PARASITE

Employé par une grande agence publique, Sylvain Forge est expert en cybersécurité. Ses livres ont déjà conquis plus de 200 000 lecteurs, et *Tension extrême* (Fayard), son sixième roman, a obtenu le prix 2018 du Quai des Orfèvres.

*Paru au Livre de Poche :*

La Trace du silure

SYLVAIN FORGE

# *Parasite*

MAZARINE

La citation en page 7 est extraite des *Noyers de l'Altenburg*, d'André Malraux, publié aux éditions Gallimard en 1948 et dans la collection « Folio » en 1997, Paris © Gallimard.


ISBN : 978-2-253-18132-3 – 1re publication LGF

*« Pour l'essentiel, l'homme est ce qu'il cache [...]*
*un misérable petit tas de secrets [...]. »*

André MALRAUX,
*Les Noyers de l'Altenburg*

*En mémoire de Firmin le Bourhis (1950-2018)*

# 1

La foule était dense et le crépuscule s'installait. Des silhouettes anonymes chargées de sacs de courses s'affairaient en tous sens sur les trottoirs. Une jeune femme admirait les décorations de Noël et regardait les bus de la capitale flanqués de publicités pour les grands magasins.

*Paris…*

Elle aimait cette ville. Les souvenirs affluaient qui lui rappelaient les débuts de sa carrière. C'était avant qu'elle ne rencontre Michel, son ex-mari, et tout ce qui s'était ensuivi.

Elle chassa ces pensées mélancoliques. Quelque chose clochait autour d'elle. C'était dans l'air, presque tangible. L'expérience. Une sorte de sixième sens nourri par des heures sur le terrain. La jeune femme, sans aucun signe extérieur d'affolement, checka toute la zone.

Une camionnette blanche stationnait au milieu de la chaussée, sans feux de détresse. Immobile. Anonyme. Les badauds la contournaient comme si elle n'existait pas. Mais Marie ne voyait qu'elle et chercha instantanément quelle pouvait être la cible. Un indice dans son entourage immédiat : synagogue, salle de spectacle ou terrasse de café… Ce qu'elle remarqua lui donna la chair de poule. Un panneau annonçait la proximité d'une école.

Sa main se posa par réflexe sur la crosse de son arme, rangée dans l'étui réglementaire collé contre sa taille. Que pouvait-elle faire ? Dégainer maintenant risquait de déclencher un mouvement de panique.

Un bus s'approchait, clignotant sur la droite. Les voyageurs allaient descendre à quelques mètres du véhicule suspect.

Marie sortit doucement son arme et tira la culasse vers l'arrière. Le bruit caractéristique indiqua qu'une cartouche était chambrée. Elle avait pris sa décision.

La porte latérale glissa côté gauche et deux silhouettes jaillirent. Cagoules noires, tenues sombres et fusils d'assaut.

*Kalachnikov !*

L'un des deux hommes resta en couverture près du véhicule. Le second se mit à courir vers l'arrêt de bus. Marie savait qu'une fois sur le trottoir, il ne serait plus qu'à quelques mètres de l'entrée de l'école pour un épouvantable carton. Les battements de son cœur s'accélérèrent. Son gilet pare-balles, en cas d'impact avec une arme de guerre, ne lui serait d'aucune utilité.

— Police, lâchez vos armes !

Le premier des deux hommes tourna la tête vers elle. Le second se rua vers le bus d'où des femmes et de nombreux enfants commençaient à sortir.

Marie vit le canon de la kalache la mettre en joue. Ses bras étaient tendus et son Sig Sauer pointé vers l'homme en noir.

*Plus le moment de réfléchir.*

Les paroles de son instructeur lui revinrent en mémoire : « Vous devez tirer pour tuer, sinon, inutile de dégainer. »

Elle fit feu à trois reprises.

Une balle toucha le pneu avant de la camionnette, les suivantes atteignirent l'individu à l'aine et au torse. Il bascula en arrière.

Les joues de Marie s'empourprèrent tandis qu'elle cherchait l'autre assaillant des yeux.

La foule était trop dense. Des gens fuyaient dans tous les sens.

*Où es-tu, salopard !*

Son cœur battait la chamade.

Elle resta pétrifiée au moment où les badauds et tout le décor disparaissaient au milieu d'une lumière éblouissante. C'était la fin.

Écran blanc.

Silence.

Des lettres s'affichèrent en grands caractères devant la jeune femme :

**EVA : Entraînement Vidéo Assisté**
**Cibles atteintes : 50 %**
**Victimes : 18**

Les néons crépitèrent. Un instructeur s'approcha de Marie.

Autour d'eux, le stand de tir sentait la poudre et l'huile.

— Que s'est-il passé, capitaine Lesaux ?

Marie sécurisa son arme et balbutia quelques excuses en guise de réponse :

— C'était si réaliste… J'ai tout vécu comme si c'était vrai.

L'homme portait une casquette siglée « Police nationale ». Il hocha la tête.

— C'est autre chose que des cibles en carton, pas vrai ?

— Le terroriste s'est fait sauter ?

— Exact, juste devant l'école : dix-huit victimes, morts ou blessés, le programme de simulation ne le dit pas.

Les lèvres de Marie tremblaient légèrement.

— J'ai manqué de temps.

Le policier avait un ton compréhensif.

— L'EVA sert à ça : apprendre à réagir face à une situation violente, telle qu'on peut en rencontrer sur le terrain. Vous vous souvenez du scénario ? Un attentat a eu lieu avec de nombreuses victimes et les terroristes sont en fuite. Au vu des éléments dont vous disposiez, la loi du 3 juin 2016 pouvait s'appliquer.

— Légitime défense étendue ?

— Oui : autorisation de neutraliser sans sommation un individu armé venant de commettre plusieurs meurtres.

— J'aurais dû les abattre tous les deux, sans attendre et sans me signaler ?

— Vous vouliez les mettre en garde à vue ? Des kamikazes ? Ils avaient une kalachnikov et une cagoule, leurs intentions étaient parfaitement claires.

Elle se repassait la scène en boucle.

*Les entraînements de tir vont devenir de plus en plus éprouvants.*

Son téléphone sonna dans la poche de son blouson.

— Marie, on vous cherche partout.

C'était la secrétaire du patron.

— Qu'y a-t-il ?

— Le commandant Masson veut vous parler, il dit que c'est urgent.

# 2

Allongé sur le sol, il ne sentait que le froid et la douleur. Il avait dans la bouche un goût ferreux et un mélange de bile et de sang. Sa joue écrasée contre des éclats de verre semblait percée comme une peau de tambour. Les tirs en rafale avaient commencé au coin de la rue et les gens avaient instantanément couru dans toutes les directions.

Ethan se souvenait d'avoir saisi la main d'Alice avant que des types ne les percutent. Il s'était alors retrouvé tout seul, au milieu du chaos.

À chaque nouvelle salve, des silhouettes s'affaissaient. Le bruit des balles était effrayant, mais celui que faisaient les terroristes en rechargeant leurs fusils était pire encore. Ethan s'était mis à courir. Il avait été percuté dans le dos et projeté en avant.

En traversant la vitrine d'un bistrot, son visage avait été déchiré par les éclats de verre.

Quand il reprit connaissance, il se trouvait dans une chambre aux murs couleur crème. Des machines clignotaient près de son oreiller et on l'avait mis sous intraveineuse.

La torpeur qui avait envahi le haut de son corps s'arrêtait au niveau du bassin. Au-delà, jusqu'aux orteils, tout n'était que douleur et démangeaisons.

Une infirmière se trouvait au pied de son lit. Le voyant se réveiller, elle partit prévenir le médecin. Lorsque ce dernier arriva, son patient était de nouveau endormi. Cela faisait trois jours qu'il était dans le coma, on pouvait bien attendre encore un peu avant de lui annoncer la suite. Le plus progressivement possible.

*Alice, où es-tu ? Pourquoi n'es-tu pas à côté de moi ? Personne n'a prononcé ton nom. Ta voix m'aiderait tant à sortir de ce néant.*

Les nouvelles tragiques étaient tombées les unes après les autres, en une cascade sans fin. Ethan, l'une des nombreuses victimes de l'attentat, avait pris une balle dans le dos. Ce que le médecin lui avait annoncé le concernant aurait tout aussi bien pu être arrivé à quelqu'un d'autre, tant il était ailleurs et toujours sous le choc. Un kamikaze, après avoir arrosé la foule à l'arme de guerre, s'était fait exploser à dix mètres de lui. Si les chirurgiens n'avaient même pas eu à extraire le projectile, qui l'avait miraculeusement traversé sans toucher d'organes vitaux, son corps avait été truffé d'éclats. Un minuscule fragment de métal, en forme de pétale, était venu se ficher dans le bas de son dos à presque toucher la moelle épinière.

— Je ne comprends pas…

— Si l'éclat se déplace ne serait-ce que de quelques millimètres, il peut occasionner une lésion. Le risque est la paralysie. Comme la zone est délicate, on va éviter de trop y toucher pour le moment et surveiller.

— Mais que va-t-on faire ?

— D'abord patienter, jusqu'à ce qu'on trouve le moyen de l'extraire sans dommages. Nos meilleurs chirurgiens sont là. En ce qui vous concerne, il va falloir utiliser vos jambes le moins possible et vous déplacer en fauteuil. Les mouvements du bassin risquent de faire bouger le fragment et ce n'est pas la peine d'en rajouter. Le fauteuil roulant vous permettra de ménager votre pelvis, c'est la seule solution pour le moment. Ça ne durera pas toute votre vie…

Ethan n'en était plus à ça près. À quoi bon marcher ou courir s'il était seul au monde sans savoir où aller ?

Il était sans nouvelles d'Alice. Personne ne lui parlait d'elle. Elle semblait n'avoir jamais existé.

— Ma femme ? Dites-moi où est ma femme !

# 3

La Sûreté du Puy-de-Dôme se trouvait au premier étage d'un bâtiment imposant, le long d'une des grandes artères de Clermont-Ferrand.

Marie Lesaux quitta le stand de tir et emprunta l'ascenseur pour regagner les locaux de la brigade départementale de protection de la famille, jadis baptisée « Brigade des mineurs » ou, plus familièrement, « Brigade-biberon ».

Elle passa ranger son arme et jeta un coup d'œil à son bureau. La pièce aux murs rose pâle était couverte d'affiches empruntées à la littérature jeunesse. Une boîte dans un coin débordait de cubes multicolores et de poupées. Il y avait aussi un buffet industriel en acier chromé, fermé par un gros cadenas, qui détonnait dans le décor. Les policiers de la brigade le nommaient « l'armoire aux péchés » : une seule clef pouvait l'ouvrir et Marie la portait à son cou depuis qu'elle avait intégré le service. Ce « privilège » lui était réservé. Elle était la détentrice de l'accès à ce sinistre sanctuaire où son prédécesseur avait stocké les dossiers en attente, les affaires irrésolues, des signalements classés sans suite faute de preuves tangibles, en espérant qu'ils atterrissent un jour sur le bureau d'un juge ; toute une galerie de pervers contre lesquels les policiers rassemblaient au fil des années des indices, dont ils dressaient des profils par recoupements de données pour voir parfois se dessiner des destins de victimes devenues à leur tour des bourreaux. L'existence de cette armoire était un non-dit. Elle « n'existait » pas. Les fichiers qu'elle contenait constituaient des archives non déclarées, illégales. Que la Commission nationale de l'informatique et des libertés vienne à s'y intéresser et toute cette mémoire serait condamnée à la destruction.

Marie trouva le commandant Masson dans la salle de réunion. La vitre donnant sur le boulevard lui renvoya l'image d'une femme agréable et vive, à la chevelure brune et aux yeux en amande couleur jade, valorisés par un petit nez retroussé.

Son supérieur direct arborait une moustache poivre et sel, de la même teinte que ses cheveux clairsemés sur le haut du front. La cinquantaine bien entamée, il portait une veste couleur souris, passée de mode et sans cravate. Depuis que Marie avait rejoint le service, il y a peu, ils ne s'étaient pas beaucoup parlé. Le commandant l'attendait en compagnie d'un policier en uniforme.

— Qu'est-ce que c'est ? demanda-t-elle.

Haussement d'épaules.

— Un drone.

— C'est-à-dire ?

Masson se pencha au-dessus de l'écran de l'ordinateur où un fichier vidéo était en cours de lecture.

— Des locataires d'un immeuble de la Croix-de-Neyrat ont composé le 17. Ils ont repéré un appareil qui effectuait un vol stationnaire devant les fenêtres de plusieurs appartements occupés par des femmes seules.

— Un voyeur à hélices ? demanda Marie.

— Exactement. Les collègues sont intervenus et ont interpellé le « pilote » : un certain Kevin Guillot, dix-sept ans à peine. Il vient d'être placé en garde à vue.

— Pour quel motif ?

— Atteinte à l'intimité de la vie privée.

Marie s'approcha de l'ordinateur.

— Et vous avez saisi le drone ?

Masson confirma et lui tendit la télécommande de l'appareil.

— Je te laisse regarder. J'ai calé la vidéo sur la séquence qui nous intéresse. Le gamin n'en est pas à son coup d'essai. Il maîtrise.

Masson pointa son index sur l'écran.

— Là, regarde. Reviens en arrière, lentement. Sur le balcon.

Une tache blanche était posée sur le béton nu.

Marie s'était figée.

— Un bébé ?

— Tu peux zoomer.

À vue de nez, le nourrisson ne devait pas être âgé de plus de six mois et portait une simple couche-culotte. Il était seul derrière une porte-fenêtre fermée. Côté rue.

— De quand date cette vidéo ?

La voix de la policière était devenue blanche.

— D'aujourd'hui. Il y a quatre heures. Regarde le timecode.

— Mais il fait un froid de canard !

Le commandant sortit son smartphone.

— Treize degrés, d'après la météo. Une patrouille est sur place.

Il attrapa son blouson.

— Et nous aussi, on y va. Prions pour que ce pauvre gosse ne soit pas en hypothermie, ou pire.

## 4

Bien sûr, ils n'étaient pas mariés. Pas encore. Ce n'était qu'un projet et personne ne pouvait savoir qu'elle était sa seule famille. Son repère. Sa vie.

Le psychologue avait beau avoir pris toutes les précautions pour lui annoncer le drame, dire qu'elle n'avait pas souffert et taire le fait qu'elle était enceinte, le choc avait été épouvantable. Seule la chimie l'avait empêché de se laisser mourir à son tour. Ethan était à la fois anéanti et révolté.

Alice, dans la panique, avait été renversée par un chauffard et n'avait pas survécu à ses blessures. Personne n'avait pu faire le lien et prévenir Ethan. Alice n'avait rien dit jusque-là à sa famille de leur bonheur, ni annoncé leur volonté de s'installer ensemble. L'appartement…

Ethan était resté longtemps silencieux, ravagé de l'intérieur, indifférent à ses propres douleurs physiques. On l'avait transféré assez vite de l'hôpital vers une sorte de sanatorium en province pour accidentés de la route. Il passait des mains d'une kiné prudente à des séances de rééducation en piscine. Son visage admirablement recousu cicatrisait pour lui laisser une trace de plus en plus fine ; elle partait du maxillaire gauche et disparaissait vers la tempe dans ses cheveux noirs, comme une ligne de vie tracée au mauvais endroit. Ethan tuait le temps à la bibliothèque ou dans la salle aux grandes baies vitrées qui donnait sur le parc.

L'homme s'était approché silencieusement.

Il s'était assis à côté de lui sans rien dire comme pour lui laisser le temps de s'habituer à sa présence. Ses cheveux bruns bouclés étaient striés de gris et son corps, long et sec, surmonté d'un visage avenant. Ethan pensa aussitôt à un flic… ou à un croque-mort.

— Bonjour, monsieur Milo, je m'appelle Claude Gutterman.

Ethan ne répondit pas.

— Je suis profondément désolé pour ce qui vous est arrivé, à vous et à votre amie.

Que répondre à cela ? Ethan n'avait pas envie de parler. Il voulait qu'on le laisse seul, dans sa coquille, car c'était bien ce qu'allait devenir son corps fossilisé.

— Dites-moi qui vous êtes ou allez-vous-en.

Le visiteur hocha la tête, davantage surpris par la pointe de colère dans la voix de son interlocuteur que par la lassitude qui y dominait. Comme la présence d'un monstre sous une eau dormante, prêt à crever la surface.

— Vous avez raison. Inutile de tourner autour du pot. Je dirige un service de recherche secret-défense placé sous la tutelle du ministère de l'Intérieur. Contrairement aux apparences, je ne suis pas là pour évoquer l'attentat dont vous avez été victime ainsi que ses conséquences tragiques, mais pour vous proposer un travail.

— Un travail ? J'en ai déjà un…

L'homme sourit avec retenue.

— En effet, vous êtes ingénieur en systèmes d'information au sein d'une entreprise sous-traitante du ministère de la Défense.

Ethan ne comprenait rien. Il attendait.

— Suite aux attentats de Paris en janvier 2015, vous avez adressé votre CV aux services antiterroristes.

Gutterman exhiba le document pour appuyer le sérieux de sa démarche.

*Je suis fatigué... qu'est-ce que vous me voulez, à la fin ?*

Ethan prit sur lui pour ne pas l'envoyer bouler.

— Je pensais qu'il s'était perdu ou qu'il n'intéressait personne.

L'homme le fixa avec intensité :

— Votre CV ne s'était pas égaré, monsieur Milo. Il était même sur le dessus de la pile. Le moment est venu de nous rejoindre. Nous avons besoin de vous.

Il tendit une carte de visite blanche à Ethan, sans logo, avec un numéro de téléphone.

— Le service que je dirige travaille sur un projet qui a débuté suite aux menaces terroristes. Nous espérons qu'il rendra le monde plus sûr. Vous savez l'importance qu'il y a à pouvoir vivre en sécurité. Vous l'avez payé assez cher. Mais ce n'est pas pour cela que nous souhaitons vous recruter. Au contraire. J'ai même failli ne pas venir vous voir par crainte d'une implication trop personnelle. Toutefois, l'analyse de votre profil me laisse penser que vous saurez faire la part des choses. Vous êtes la bonne personne.

Ethan, pour la première fois depuis des semaines, avait véritablement écouté ce qui lui était raconté. La douleur se remit à pulser dans son bassin et il grimaça. Gutterman ne le quittait pas des yeux. Quand la crise fut passée, le jeune homme murmura :

— Expliquez-moi : qu'est-ce que je viens faire là-dedans ?

# 5

Sirène et gyrophares en marche, la Peugeot de là Sûreté remontait la rue de Montplaisir à vive allure. L'immeuble se trouvait à dix minutes à peine du commissariat, à l'est de Clermont-Ferrand.

Dans la rue des Hauts-de-Chanturgue, Masson coupa la sirène et ralentit. Les sapeurs-pompiers étaient déjà là, entourés par des petits groupes plus ou moins hostiles. La patrouille dépêchée sur place était en bas de l'immeuble et un policier se dirigea immédiatement vers le commandant qui était sorti de la voiture, l'air inquiet, en regardant sa montre. Dehors l'air était frais, le vent vif.

— Impossible d'entrer. Personne ne répond. La porte est blindée. Et c'est chaud ici. Les jeunes se regroupent.

Masson regarda à nouveau sa montre.

— On y va ? lança Marie.

— On attend les collègues.

— Mais il y a urgence !

Masson secoua négativement la tête.

— Un paquet d'heures se sont écoulées depuis le passage du drone. Si par miracle ce pauvre gosse est encore vivant, il pourra bien patienter cinq minutes de plus. Je connais cette tour, la plupart des portes ont deux cadenas ; on aura besoin du bélier de la BAC. Et il nous faut des renforts. Qu'est-ce qu'ils foutent !

Marie frissonna, ferma le col de son blouson et leva les yeux vers le dernier étage.

*Appartement sur la gauche.*

Le commandant lui saisit le bras.

— Avant de grimper là-haut et de découvrir je ne sais quoi, mettons-nous bien au clair. On agit en flagrant délit, donc pas de palabres, pas de négociations : on entre, on prend le gamin et on dégage fissa. Plus on discute, plus la tension monte. Tu as vu dans quel quartier on se trouve. Un simple SMS et, en moins de cinq minutes, c'est l'émeute.

Sur ces derniers mots, les renforts arrivèrent. Des collègues équipés de flash-ball et de quoi tenir en respect un groupe d'excités.

Marie leur fit signe.

— Les parents de ce gamin sont peut-être des cloches avinées, ajouta Masson, mais ça reste leur môme et leur foyer. On ne sera pas les bienvenus, crois-moi.

— Alors on fonce ! coupa Marie en prenant la tête des opérations.

La cage d'escalier était déserte. Arrivé au sixième étage, son collègue haletait, le visage en sueur. Elle inspecta la porte. Les autres étaient figés dans le silence.

*Renforcée, mais pas blindée. C'est déjà ça.*

Elle tendit l'oreille. Des aboiements venaient de l'intérieur.

*Combien de chiens ? Deux ?*

Masson avait entendu aussi. Il désigna le bélier que portait un des membres de la BAC.

— Allez-y. On entre et on s'arrache !

L'instant d'après, la porte volait en éclats.

En pénétrant dans l'appartement, ils furent tous frappés par l'odeur infecte, mélange d'huile de cuisson, d'eau croupie et d'excréments. Le couloir menait droit vers un salon dont les baies vitrées étaient occultées par de gros rideaux déchirés. La pénombre régnait partout et des vêtements traînaient en tas parmi toutes sortes d'immondices.

Les hommes de la BAC braquèrent leurs lampes torches. Les pièces semblaient vides.

Marie, se souvenant des grognements derrière la porte, empoigna sa matraque télescopique qu'elle déplia d'un mouvement sec.

— Attention !

Masson avait hurlé. Un molosse avait jailli d'un coin sombre. L'un des policiers, paniqué, fit aussitôt usage de son pistolet électrique. La cartouche qui contenait les deux aiguillons manqua son but et l'animal jeta l'homme au sol, mâchoire refermée sur son bras.

Les secondes qui suivirent furent confuses. Marie sentit que Masson la poussait dans le dos pendant qu'une mêlée brutale opposait la bête et plusieurs collègues.

Un coup de feu claqua, puis un second. Marie de son côté progressait et trébuchait au milieu des sacs éventrés. Elle vit la porte de la chambre avec un verrou cassé. Il y avait des étrons partout sur un lino médiocre couvert de taches noires. Le gamin se trouvait dans un lit à barreaux, allongé sur un matelas dépourvu de draps et de couverture. Il ne bougeait pas, mais au moins il n'était plus à l'extérieur.

Masson s'approcha de la fenêtre et ouvrit le rideau. La lumière jaillit et fit ressortir les molécules de poussière en suspension dans l'air. Un papier peint fanait sous les taches d'humidité et d'urine, et les marques au sol résultaient de combustions multiples, sans doute dues à des cendriers directement vidés par terre.

Marie se pencha vers le lit. Quand ses mains se posèrent sur le gosse, elle frémit de le trouver si froid. Elle lui donnait deux ans à peine ; il était maigre et son front était plein de croûtes.

Elle le prit dans ses bras.

— On dégage ! lança le commandant.

Dans l'entrée, le cadavre du chien gisait au milieu du faisceau des lampes. Les flics avaient relevé leur collègue pour l'évacuer et tous s'apprêtaient à sortir quand une jeune femme leur bloqua le passage. L'adolescent qui l'accompagnait se rua dans l'escalier pour fuir.

— Qu'est-ce que vous foutez chez moi ? hurla la femme.

Ses yeux marqués de cernes étaient exorbités. Marie sentit qu'un pompier se rapprochait d'elle, protecteur.

— Police ! Cet enfant est en danger. Il a besoin de soins.

Sur ces mots, Marie se tourna vers Masson qui comprit le message. Il se dirigea vers celle qui venait d'entrer.

— Madame, je vais vous demander une pièce d'identité.

D'un geste du bras, il voulut l'écarter afin de permettre à Marie de quitter les lieux ; mais, folle de rage, la mère se jeta sur elle en vociférant.

Masson fit barrage et des ongles lui labourèrent le visage. Il recula en poussant un cri de douleur et chuta lourdement. Avant que la femme ne puisse atteindre Marie, les policiers de la BAC lui sautèrent dessus et ils eurent toutes les peines du monde à la neutraliser.

Elle continuait de hurler.

Le petit corps pressé contre elle, Marie descendait l'escalier aussi vite que possible.

*Pourvu qu'il tienne le coup…*

En débouchant sur le trottoir, elle eut à peine le temps de donner l'enfant à un pompier qu'elle tombait sur l'attroupement qui s'était formé dès l'arrivée des secours, et qui avait enflé au fil des minutes. Une trentaine de personnes criaient des insultes et commençaient à jeter tout ce qui leur tombait sous la main.

Des bouteilles éclataient au sol. Un sac-poubelle plein s'abattit violemment sur le mur à hauteur de sa tête. Un objet tombé des étages s'écrasa sur le toit de la Peugeot banalisée.

*Des renforts ! Putain ! Les renforts, vite !*

Un flic brandit son arme de défense à balles souples. Ce fut le signal de l'assaut, comme un chiffon rouge devant un taureau. Le camion des pompiers s'arrachait de la masse. Quand Masson et les autres quittèrent l'immeuble, c'était l'émeute. Les pierres volaient dans tous les sens. La BAC effectua un tir de barrage à coups de flash-balls et Masson se jeta dans sa voiture. Les pneus de la Peugeot crissèrent pendant qu'une caillasse étoilait la vitre arrière. La seconde d'après, ils évacuaient la cité.

# 6

Claude Gutterman se leva et ôta sa veste avant de la plier soigneusement sur le dossier de sa chaise, puis se mit à marcher au milieu de la pièce, mains dans le dos. Il avait proposé à Ethan d'aller dans la grande véranda du sanatorium donnant sur le parc et avait discrètement fermé la porte. De loin, les deux hommes ressemblaient à des amis qui se retrouvent.

— Je travaille pour le service des technologies et des systèmes d'information de la sécurité intérieure : le STSI2, un acronyme un peu barbare, je sais. Disons qu'il s'agit d'une agence qui imagine de nouveaux équipements et toutes sortes de gadgets pour les forces de l'ordre. En ce qui me concerne, j'ai derrière moi un parcours d'ingénieur informatique, comme vous, monsieur Milo.

Ethan le considérait en silence.

— J'encadre une équipe de gens formidables, ajouta Gutterman. Tous travaillent au sein de la division recherche et développement. Nous sommes déjà dans la police 2.0 et au-delà.

Ethan ne voulait qu'une chose, dormir. Il était épuisé.

— Aujourd'hui ce n'est pas l'information qui nous manque. Nous en avons à revendre : téléphonie, rapports, enregistrements vidéo. Des millions et des millions de documents. Mais pour quel résultat ? L'ennemi semble partout et nulle part à la fois, nous sommes submergés ! Les attentats continuent de nous frapper et nos adversaires semblent toujours avoir une longueur d'avance ; nous ne pouvons pas surveiller tout le monde…

Ethan se demandait où l'autre voulait bien en venir.

— La solution, c'est Valmont, lança Gutterman.

Devant le regard interloqué d'Ethan, il ajouta, amusé :

— Valmont n'est pas le nouveau James Bond, je vous rassure. Ce n'est pas non plus un surhomme… Vous vous souvenez de cet ancien responsable nazi que les Israéliens ont pu retrouver des décennies après sa fuite d'Allemagne ? C'était l'année dernière, on en a beaucoup parlé.

Ethan se le rappelait parfaitement.

— Celui qui était à la tête de Burton Grüber Chemicals, le consortium agrochimique ?

— Exactement. C'est une fondation juive qui l'a déniché, et vous savez comment ?

Gutterman n'attendit pas sa réponse.

— Les services de renseignement israéliens lui ont offert un moteur de recherche doté d'une intelligence artificielle capable de traiter et de recouper, en les interprétant, des requêtes parmi des centaines de milliers d'informations éparses. En l'occurrence, des archives de la Seconde Guerre mondiale.

Ethan resta silencieux.

— Valmont ressemble à ça, mais il a besoin d'un cerveau humain pour l'améliorer. Je suis venu vous parler du futur, ajouta Gutterman. Un futur qui peut commencer dès aujourd'hui.

## 7

Aux urgences pédiatriques du CHU, Marie tendit un gobelet de café à son commandant. Il fixait le sol, mutique. Une infirmière lui avait posé des pansements sur le visage, et il semblait au bout du rouleau.

Depuis l'arrivée de Marie à la brigade de protection de la famille, ils n'avaient fait que se croiser. Elle savait peu de chose de lui : ancien militaire, ayant perdu l'ouïe d'un côté lors d'un entraînement avec une grenade au plâtre, et le genou droit en vrac après un accident de moto. Caractère taiseux, limite rigide, très respectueux de la hiérarchie et plutôt bosseur. Sa surdité partielle lui imposait le port d'une prothèse qu'il vivait mal, et ce handicap avait bridé sa carrière.

— L'autre folle m'a mordu au sang, je suis bon pour un test de dépistage, maugréa-t-il en effleurant le bandage sur son poignet.

Marie cherchait un mot de réconfort quand un médecin s'approcha d'eux.

— Comment va le gosse ? demanda-t-elle.

Il croisa les bras. Sa mine était sombre.

— Le bilan des lésions somatiques est passable, mais il y a plus grave.

— Quoi donc ?

— Lorsque les pompiers nous l'ont laissé, il est tombé en arrêt cardiaque.

Marie porta une main à sa bouche.

— Il va s'en sortir ?

Le médecin soupira.

— On a pu relancer ses fonctions respiratoires, mais son état d'hypothermie ne nous rend pas optimistes ; on a préféré le laisser dans le coma. Maintenant, il n'y a plus qu'à attendre et à espérer. On vous tiendra au courant, bien sûr.

Le médecin s'éloigna. Marie resta avec Masson qui secouait la tête.

— Ce monde est complètement fou.

Elle essayait de comprendre l'indicible et en même temps la colère montait en elle.

— Comment une mère peut-elle faire ça à son propre enfant ?

Masson souffla de lassitude.

— Je ne sais plus combien de cadavres de prématurés j'ai découverts durant ma carrière, au moins une douzaine. Certains dans des poubelles, d'autres au milieu de buissons ou enterrés dans des caves. J'aurais dû quitter ce service depuis des années, mais pour aller où ? Les collègues disent que j'ai un don pour repérer les pervers, pour gagner leur confiance et obtenir des aveux.

Marie était assise à côté de lui, les mains serrées.

— N'imagine pas que tu t'y feras, à la longue, c'est faux. Personne ne peut s'habituer à la souffrance d'un môme, encore moins à sa mort.

Il soliloqua ainsi un moment.

— On est le dernier maillon de la chaîne. Quand on vient chercher un gamin, c'est le signe que tout a échoué, les services sociaux et le reste.

Elle se tourna vers lui.

— Combien de temps avant la retraite ?

— Deux ans, à peu près. Je compte les jours et ça fait une paye que je me sens largué : toute cette informatique, la bureaucratie…

Elle le laissait parler sans l'interrompre.

— Chaque fois que je m'empare d'un nouveau dossier, comme un viol par exemple, je n'ai qu'une peur : avoir oublié un détail que l'avocat du mis en cause va repérer. Un microscopique vice de procédure et le mec ressort libre et c'est à toi de t'expliquer devant les parents du môme.

Marie regardait les allées et venues à l'entrée des urgences.

Quand elle avait postulé pour diriger les « Mineurs », elle avait découvert que le poste était vacant depuis des mois. Désormais, elle comprenait pourquoi. Le service croulait littéralement sous les dossiers, une centaine par enquêteur, en moyenne. Presque toujours des cas de maltraitance sur enfants avec pour décor la sphère familiale et sa suite habituelle d'inceste, d'alcool et de misère. Elle se tourna vers son chef.

— On devrait rentrer au service, non ?

# 8

Le commissaire Mathis Lamouche lisait d'un œil distrait le procès-verbal que venait de lui tendre le commandant Masson. Marie se tenait en retrait, appuyée contre un mur. Elle observait son nouveau patron, tentant de deviner ce que son apparence et son langage corporel pouvaient révéler de sa personne : costume élégant, physique de jeune premier et, dans le fond des yeux, une envie farouche de réussir.

— C'est quoi le profil ? demanda-t-il.

— Une mère isolée qui touche le RSA. Elle a rencontré son dernier compagnon dans un bar du quartier, là où les poivrots se retrouvent pour s'arsouiller au comptoir. C'est lui, le propriétaire du chien.

— Le cerbère qui vous a attaqué ?

— Voilà. Selon la mère, l'appartement était squatté par des punks. Ça ne tient pas la route. Je penche pour une psychotique qui n'arrive plus à faire face au quotidien. Le gosse s'appelle Lucky.

Il jeta un coup d'œil à Marie avant d'ajouter :

— Je pense qu'il ne passera pas l'après-midi.

— Lucky, comme *chanceux* ? s'exclama le commissaire. Vous parlez d'une blague.

Masson continua :

— Elle avait pris l'habitude de le laisser sur le balcon, à l'abri du chien, chaque fois qu'elle s'absentait. Elle lui mettait bien une couverture sur les épaules, mais elle glissait et, au final, le gosse était presque toujours entièrement nu. Ce petit manège devait durer depuis un bout de temps.

— Les voisins n'avaient rien remarqué ?

Masson ricana.

— Évidemment que non.

Le téléphone sonna. Lamouche décrocha avant de demander qu'on le laisse seul. Le jeune commissaire semblait toujours affairé à quelque chose. C'était un ambitieux dont l'épouse, de vingt ans son aînée, était sous-préfète dans l'agglomération lyonnaise. Ils étaient tous les deux célibataires géographiques et ne comptaient pas leurs heures. De son côté, Lamouche ne cachait pas son désir d'être muté dans la capitale des Gaules, à la tête d'une unité de police judiciaire prestigieuse, avant de rejoindre Paris où sa carrière pourrait enfin décoller. Il avait l'œil pour flairer les affaires susceptibles de retenir l'attention des médias et, de toute évidence, Lucky n'appartenait pas à cette catégorie.

Avant de rentrer chez elle, Marie passa voir le jeune propriétaire du drone. La garde à vue du dénommé Kevin s'achevait. Il était livide et tassé sur lui-même. Son père se tenait à ses côtés, désemparé.

— On t'a donné la convocation pour le juge ?

Le garçon répondit d'un timide mouvement de tête.

— J'espère qu'à l'avenir tu emploieras tes compétences en pilotage à des activités plus utiles.

Le garçon ne pipa mot, alors elle ajouta :

— Laisse-moi quand même te dire un truc, Kevin : s'il n'y avait pas eu ton fichu drone, à l'heure qu'il est, un nourrisson serait mort de froid.

# 9

Quand Marie rentra chez elle, l'abattement lui tomba dessus au moment où la porte butait contre les gros sacs IKEA remplis de fringues, de livres et de bibelots : les stigmates de sa rupture et de son récent déménagement, après la vente du domicile qu'elle occupait avec son ancien compagnon. Ce souvenir était une plaie ouverte. Michel était enseignant à la faculté de médecine et gérant d'une officine pharmaceutique prospère dont il était l'unique actionnaire. Le divorce s'annonçait plus houleux que prévu, et la jeune femme y avait perdu une bonne partie de sa confiance en elle-même. Sa belle-mère ne l'avait jamais beaucoup aimée ; elle voyait dans cette union une sorte de mésalliance qu'elle avait toujours combattue avec plus ou moins de franchise. Le travail de sape qu'elle avait accompli au fil des années avait finalement porté ses fruits et permis l'estocade, en s'ajoutant aux autres problèmes. Marie s'était rabattue sur ce T2 dans une tour d'un quartier populaire.

Avec le raccourcissement des journées, son logement lui semblait plus sinistre encore. L'isolation laissait à désirer : à son étage, un jeune homme qui travaillait pour une société de gardiennage s'engueulait fréquemment avec une fille à la voix de poissonnière. Au-dessus de son salon, une grand-mère accueillait ses petits-enfants qui cavalaient dans l'appartement comme un troupeau d'hippopotames. La rénovation des logements traînait en longueur depuis qu'on avait condamné le dernier étage qui était devenu un squat où se réfugiaient des sans-papiers, des fugueurs, des marginaux et tout ce que la ville comptait de personnes à la rue. Avec ses portes cadenassées, l'endroit était lugubre à souhait.

Alors qu'elle se préparait un plateau-repas, Marie vit la diode rouge du répondeur. Elle ne se faisait guère d'illusions ; sa séparation avait dispersé sa vie sociale aux quatre vents. Qui pouvait bien l'appeler à une heure pareille, si ce n'était son excentrique de mère ? Elle allait encore parler d'elle et de son petit nombril, retendu par une énième intervention de chirurgie esthétique.

*J'ai bien le temps de découvrir le prénom de sa nouvelle conquête ou la destination de ses prochaines vacances !*

Le tempérament séducteur de sa mère, allié à des formes généreuses entretenues par la fréquentation assidue des salles de sport, justifiait sa popularité auprès des minets qui se succédaient comme autant de coups de foudre éphémères.

Marie alluma la radio, mais l'éteignit bien vite, assommée par les plages de publicité et la tristesse des infos. Dans son petit salon, le silence et la nuit se coagulèrent autour de ses épaules. Elle se laissa tomber sur le canapé, face au téléviseur qu'elle ne regardait jamais. La déprime sapait toute son énergie, et ce qu'elle voyait du monde dans la journée n'était pas fait, une fois l'adrénaline de l'action passée, pour la réconforter. Souvent, elle se demandait combien de personnes comme elle se sentaient si seules alors qu'elles auraient tant à donner.

La vibration de son smartphone la tira de sa prostration.

Le SMS de Masson était laconique : « Lucky va mieux. Il a un sursis. »

Marie resta un moment dans l'obscurité puis se dirigea vers la fenêtre pour regarder la rue. Tout ce qui pouvait bien se passer ailleurs. Dehors, elle devina l'ombre de la « Muraille de Chine », une barre HLM de plus de trois cents mètres de long, promise à la démolition et qui donnait au quartier une mauvaise réputation. Il y avait aussi les lumières de la ville, les flèches bleutées de la cathédrale, les néons des hôtels et le bourdonnement du tram : la vie qui continuait malgré tout.

Elle se mit à pleurer.

## 10

Il était difficile de se garer dans la rue Saint-Adjutor, dans un quartier situé à deux jets de pierre du palais de justice et bien connu des noctambules, avec son cinéma d'art et d'essai, ses bars animés et ses discothèques. L'ancien hôtel borgne avait été racheté par un investisseur et la façade, décorée désormais à la mode victorienne, attirait le regard avec sa nouvelle enseigne.

Le vieil homme avait laissé sa voiture dans un parking souterrain. Il s'aidait pour marcher d'une canne au pommeau d'ivoire. C'était la première fois qu'il se rendait à cette adresse. D'ordinaire, il évitait de traîner dans les rues, passé une certaine heure. Mais ce soir, c'était différent.

À deux reprises, il s'arrêta pour regarder derrière lui, mais ne vit personne, sans se sentir rassuré pour autant. Si l'anonymat permis par les réseaux sociaux était une aubaine pour leurs affaires et ses fantasmes, certains de ses interlocuteurs sous pseudonyme ne partageaient pas son engouement. Il avait dû se rallier à la majorité, lui, le doyen de ce groupe qu'ils avaient composé dans le darknet.

*Ce sera l'affaire de quelques minutes à peine.*

Arrivé à destination, il jeta un regard étonné vers l'enseigne avant de se décider à entrer. À l'intérieur, de lourds rideaux feutraient l'ambiance et la décoration rétro était insolite. L'endroit ne lui plaisait guère. Un homme patientait derrière un petit bureau.

— C'est fermé, les heures d'ouverture sont affichées à l'extérieur.

Le ton était catégorique, volontairement dissuasif. Le type n'avait même pas levé la tête. Le vieillard s'approcha et murmura une phrase courte qu'il avait mémorisée quand était tombé le message crypté annonçant la nouvelle « merveille ». L'employé le fixa alors avec un mélange de dégoût, de crainte et de férocité. Sans un mot, il glissa sa main sous le comptoir et lui tendit une clef typique des hôtels de l'ancien temps. Il portait une redingote et une chemise empesée qui le rendaient encore plus anachronique :

— Votre chambre est au quatrième, au fond du couloir de droite. Vous pourrez laisser la clef à l'intérieur.

Le vieux hocha la tête, mal à l'aise. Son interlocuteur lui confia également une lampe torche.

— La lumière ne fonctionne pas toujours, mais vous trouverez ce que vous cherchez sur l'étagère.

Le vieux n'aimait pas les manières de ce type. Toute sa vie, on ne s'était adressé à lui qu'avec déférence. Il voulait bien se plier à toutes les règles de sécurité, même les plus paranoïaques, mais n'acceptait certainement pas qu'on le traite avec mépris. Et s'il n'avait jamais tenu la moindre arme à feu dans ses mains ailleurs qu'à la chasse, nombre de gêneurs lui devaient sans le savoir leur effondrement social, leur divorce ou leur suicide.

L'homme avait rapidement atteint le quatrième par un ascenseur à grillage d'époque et ouvert la porte d'un cagibi plongé dans le noir. Il s'y entassait de vieilles couvertures, des tables de nuit hors d'usage et une petite bibliothèque avec des annuaires et des bibles laissées par des associations. Le CD-ROM dans sa pochette plastique était glissé entre deux ouvrages. Le souffle du vieillard se fit plus court ; l'excitation le gagnait. Toujours la même sensation enivrante, l'impression qu'il allait perdre pied. Il pouvait tout s'acheter et, à son âge, il avait déjà tellement vu de choses, goûté tant de voluptés. Celle-ci était la dernière, la plus forte de toutes. Pour l'éprouver une fois de plus, il était prêt à traverser le monde à pied.

Il coinça la lampe sous son bras et attrapa la pochette. Ses mains tremblaient légèrement quand il en caressa le plastique dur et froid, promesse de délices insoutenables pour le commun des mortels. Puis il le rangea précieusement dans une poche intérieure de son manteau, tout près du cœur. À l'accueil, le réceptionniste avait disparu et le visiteur sortit comme il était entré, le plus ordinairement possible.

# 11

Les deux pièces se trouvaient côte à côte, séparées par un grand miroir sans tain. À gauche, dans la salle destinée à recueillir la parole des enfants victimes, les murs étaient peints de couleurs chatoyantes et il y avait quelques peluches. À droite, un local plus spartiate était équipé d'un matériel d'enregistrement.

— C'est une association qui a financé cet espace, précisa la gardienne de la paix qui accompagnait Marie dans les couloirs. Avant, les auditions des gamins se déroulaient dans les bureaux des fonctionnaires. Ce n'était pas pratique. C'était froid. Les enfants pleuraient souvent. Ils avaient peur.

Les deux policières passèrent ensuite devant l'unité de police technique et scientifique avant de monter au premier étage où Marie devait se rendre. Celle-ci regardait autour d'elle en souriant :

— J'ai passé plusieurs années dans les locaux de la brigade criminelle. C'est le même bâtiment, mais le travail y est complètement différent.

La gardienne haussa les épaules :

— C'est un autre monde, tu veux dire ! Je peux te poser une question ?

Dans les unités en civil, le tutoiement était de rigueur, indépendamment des grades.

— Je t'en prie, répondit Marie.

— On m'a dit que tu étais volontaire pour venir chez nous.

— C'est exact.

— Masson ne t'avait pas fait le topo ? Tu connais nos conditions de travail ?

Marie soupira.

— J'en avais ma claque des cadavres, de l'odeur et de tout le reste. Je me suis dit qu'ici je pourrais être utile. Près des enfants. J'avais besoin de voir autre chose.

— Tu n'as pas de gamins à toi ?

— Non.

— La plupart des fonctionnaires de la brigade en ont, ce n'est pas incompatible, malgré tout ce qu'on peut dire.

La gardienne de la paix se perdit dans ses pensées. Marie, après quelques secondes, la ramena sur terre :

— Et Masson ? Comment est-il ?

La collègue haussa les épaules.

— Intelligent et travailleur, personne ne peut dire le contraire, même s'il a tendance à lever le pied, ces temps-ci. Son principal défaut, c'est son caractère soupe au lait. Il n'hésite pas à dire ce qu'il pense, même quand il abuse. Il a adhéré récemment à un syndicat et tout le monde dit que décrocher une dernière promotion avant la retraite est la seule chose qui l'intéresse.

— Il est marié ? Il a des enfants ?

— Son fils vit au Québec et sa femme est secrétaire au cabinet du préfet de région : commode pour obtenir certaines informations ou accéder à des fichiers, par exemple !

Leur bout de chemin en commun s'acheva devant la porte entrouverte du bureau du commissaire. Marie remerciait la jeune femme quand elle aperçut le taulier qui regardait dans sa direction. Il lui fit signe de le rejoindre. Elle nota l'élégance de son costume, différent de ceux qu'il portait d'ordinaire, et ses efforts pour faire bonne figure.

*Du beau monde... De la visite ? Paris ?*

Marie entra et vit qu'en effet son chef n'était pas seul. Trois hommes discutaient avec lui. Outre Masson, les autres devaient être des cadres à en juger par leur allure et leur maintien. Un des nouveaux venus l'intrigua : beaucoup plus jeune, le visage presque poupon. Ses vêtements ne respiraient guère la joie de vivre – chemise immaculée, gilet sombre et cravate d'un noir funèbre. Détail particulier, il était cloué dans un fauteuil roulant.

# 12

Marie déboucha au milieu d'une conversation qui tournait à l'aigre. Thierry Masson fulminait sur son siège.

— Aujourd'hui, cette machine débarque. Et demain ? Vous pensez qu'elle me remplacera parce que je suis trop vieux ? Vous croyez que les enquêtes se résolvent derrière un écran ? Avec ces saloperies d'intelligences artificielles ?

Le commissaire Lamouche semblait surpris de ce brusque accès de colère.

— Thierry, calmez-vous, je vous prie.

Son officier agitait les mains comme s'il voulait étrangler quelqu'un.

— J'ai avalé beaucoup de couleuvres dans ma carrière, mais celle-là, c'est trop. Ne comptez pas sur moi pour jouer avec votre bidule !

Il sortit en manquant claquer la porte. Lamouche soupira et se tourna vers Marie. Les deux inconnus restaient silencieux.

— Le commandant Masson est un flic de première, mais il est allergique à l'informatique. Je crains qu'il faille nous passer de lui sur ce coup-là.

Le commissaire leva les yeux vers Marie en s'efforçant de dissimuler sa contrariété.

— Je vous sais bien occupée, Marie, aussi merci d'être là. Aujourd'hui nous recevons messieurs Gutterman et Milo, du service des technologies de la sécurité intérieure, venus de Paris.

Marie dévisagea les nouveaux venus avec curiosité. Le plus âgé se pencha pour lui serrer la main.

— Bonjour Marie. Je m'appelle Claude Gutterman, et voici Ethan Milo.

Il désigna le jeune homme assis dans un fauteuil roulant. Marie avait entendu parler du service que venait de mentionner son patron. On savait vaguement qu'il fournissait des gadgets high-tech aux flics et contribuait aux évolutions vers une police 2.0, mais rien de plus.

Lamouche reprit la parole et s'adressa à la jeune femme.

— Capitaine, je crois que ces personnes ont quelque chose à vous proposer. J'aimerais que vous leur accordiez toute votre attention.

Marie avait bien repéré la chemise jaune posée sur le bureau devant son patron. Elle était de la couleur caractéristique des dossiers individuels des policiers. Son patronyme y figurait en lettres capitales. Claude Gutterman joignit le bout de ses dix doigts en prenant un ton solennel :

— Nous œuvrons dans le cadre d'un programme gouvernemental très prometteur et particulièrement discret. Son nom de code est Valmont, un acronyme de mots anglais dont la traduction signifie : « Analyse visuelle destinée à la surveillance de cibles criminelles ». Nous l'avons baptisé ainsi en l'honneur de ce détective imaginé par l'écrivain Robert Barr, au XIXe siècle.

Il croisa le regard sceptique de Marie.

— Capitaine, vous n'ignorez pas que dans le domaine des enquêtes criminelles, comme dans beaucoup d'autres, les progrès de l'intelligence artificielle ouvrent des perspectives nouvelles et extraordinaires. Nous sommes désormais capables d'utiliser des algorithmes sous forme de réseaux de neurones qui reproduisent presque à l'identique le fonctionnement du cerveau humain.

— Dans quel but ? demanda Marie.

Le départ tonitruant de Masson, son supérieur direct, ne présageait rien de bon. Le temps était à l'orage et elle préférait tout de suite marquer son territoire et savoir où elle mettait les pieds. L'homme en fauteuil roulant intervint et Marie crut entendre un adolescent.

— Val peut remplacer des centaines de policiers en balayant des millions de données, quelles que soient leurs formes : des procès-verbaux avec la reconnaissance optique de caractères, des tableaux et même des notes manuscrites… Un travail dantesque que seule une machine peut réaliser.

— Mais quel rapport avec moi et le service de protection des mineurs ?

Gutterman répondit avec une pointe de fierté.

— Ce programme peut établir des liens qu'aucun humain n'est capable d'identifier : rapprocher des délits éloignés dans le temps et dans l'espace à l'aide de toutes sortes de détails cruciaux, jusque-là noyés dans la masse : des numéros de téléphone, des adresses, des plaques d'immatriculation, et même des modes opératoires. Très utile pour traquer des tueurs en série… ou des violeurs multirécidivistes. Valmont ne néglige aucun indice.

— Quelque chose qui pourrait faire avancer des enquêtes au point mort ?

Marie avait parlé tandis que sa main droite avait inconsciemment effleuré la clef qui pendait à son cou sous son pull léger. Elle venait de comprendre.

*L'armoire aux péchés et ses dizaines d'affaires non résolues.*

La voix de Lamouche se fit plus grave.

— Paris et la France accueilleront prochainement les jeux Olympiques. D'ici là, nous devrons avoir limité au mieux la menace djihadiste ; il en va de la crédibilité de notre pays. Nous ne pouvons plus tolérer ces attentats menés par des cinglés inconnus des services de police, et constamment prêts à frapper.

— Pourquoi ne pas présenter le projet aux services antiterroristes ? objecta Marie. Et j'ajouterai : pourquoi le tester ici, en province ?

Un malaise s'installa dans la pièce.

— Ce programme est à l'état expérimental. Certains problèmes juridiques n'ont pas encore été réglés, des agréments se font attendre. Comme le temps presse, le ministre de l'Intérieur a décidé que Valmont devait être mis à l'épreuve *discrètement* sur le terrain. Démontrer son efficacité dans d'autres domaines criminels permettra le moment venu de l'imposer plus facilement.

*C'est sûr que faire tomber des violeurs d'enfants simplifiera la mise en place d'une telle base de données.*

— Pas question de l'utiliser dans une affaire judiciaire, ajouta Gutterman. Nous ne tenons pas à ce qu'un avocat vienne y fourrer son nez.

Marie était dubitative.

— Vous êtes en train de me dire que Valmont est *illégal* ?

— Mais pas le moins du monde, qu'allez-vous imaginer ! Il s'agit simplement d'une version d'évaluation qui doit être jaugée à l'abri des indiscrétions.

— Et c'est là que j'interviens ? demanda Marie.

Lamouche hocha la tête.

— Valmont, c'est l'avenir. Les grandes puissances sont toutes en train de s'équiper de programmes équivalents, la plupart venant des États-Unis. La France ne doit pas rester à la traîne. Si nous voulons contrer Daesh et son idéologie mortifère, nous devons nous doter d'outils modernes. Je vous parle de la police du XXIe siècle, et tant pis pour les collègues qui se sentiront largués…

Marie gardait le silence. Le commissaire reprit la parole :

— Vous connaissez l'état de nos effectifs, la brigade est au plus mal. En nous aidant à résoudre des cas terribles, Valmont nous permettrait de décrocher des budgets supplémentaires, d'embaucher de nouveaux fonctionnaires et peut-être, un jour, de purger tous les autres crimes impunis de notre fichue armoire.

Marie examinait son chef par en dessous.

*Tu t'en moques pas mal de nos vieux dossiers, la seule chose qui t'intéresse, c'est ta carrière !*

Gutterman approuva d'un signe de tête, et Lamouche conclut :

— C'est une chance qui nous est offerte, capitaine !

## 13

Ethan poussait son fauteuil le long du couloir. Marie lui avait proposé de l'aider en posant les mains sur les poignées de conduite, mais il avait décliné l'offre d'un mouvement de tête. Les roues grinçaient un peu. Ils prenaient ensemble la direction de la sortie. Des policiers en uniforme et d'autres en civil les croisaient et la plupart jetaient vers l'inconnu des regards étonnés, parfois lourds de sens. Marie se sentait mal à l'aise. Elle trouvait aussi qu'il avait une drôle de touche, avec ses vêtements sombres et tristes et une expression sur le visage qui l'était tout autant.

*Qu'est-ce que c'est que ce zèbre ?*

Cet homme visiblement meurtri, à l'étonnante juvénilité contredite par de très fines rides de mélancolie, l'avait prise au dépourvu lorsque, en aparté à la fin de la réunion, il lui avait proposé de l'accompagner dans leurs locaux.

— Ce n'est pas très loin, mais nous irons en voiture si cela ne vous dérange pas. Vous verrez, c'est surprenant. Cela vous permettra de mieux visualiser tout ce dont nous venons de parler.

Elle avait accepté. Autant par curiosité envers lui que pour Valmont. Aussi parce qu'elle n'avait pu s'empêcher de penser qu'elle ne devrait pas le laisser seul avec son fauteuil et qu'elle pourrait l'aider. Le voir s'extraire difficilement de son siège avait été une surprise de plus.

— Oui, je peux marcher…

Il lui avait souri doucement, comme pour s'excuser de ne pas lui en dire davantage, et elle s'était sentie, avec une sorte de chaleur, devenir la complice d'un secret qu'il lui révélerait un jour. Ethan avait mis le fauteuil dans le coffre d'une citadine spécialement équipée et avait pris le volant. Il se gara quelques rues plus loin devant l'ancien commissariat central. Marie était en terrain connu : c'était là qu'elle avait rejoint la brigade criminelle lorsqu'elle s'était installée à Clermont, avec son mari. Désormais, une barrière empêchait l'accès au site. À côté trônait la vieille guérite, avec sa porte en fer et sa lucarne grillagée. Elle témoignait d'une autre époque, quand les policiers n'occupaient pas encore leur nouveau QG de l'avenue de la République, moderne et bien équipé.

Ethan s'était levé pour aller récupérer son fauteuil dans le coffre. C'était un modèle couleur anthracite, léger et facile à plier. Leurs regards se croisèrent à nouveau. Cette fois-ci, Ethan ne biaisa pas :

— Ce ne sont pas mes jambes le problème, vous savez.

Le ton de sa voix trahissait une forme de lassitude à devoir s'expliquer.

— Il suffit que je limite mes déplacements à pied.

Marie se contenta d'acquiescer. Cet homme était vraiment surprenant. Ils traversèrent la chaussée. Ethan tendit une clef à la jeune femme.

— Je vous laisse ouvrir ?

La vieille porte en fer grinça et ils se retrouvèrent dans le site, désormais dévolu à l'inspection académique. Plus loin sur la droite, Marie reconnut l'ancien siège du Service régional de police judiciaire, qu'occupaient dorénavant les bureaux du ministère de la Jeunesse et des Sports.

— Que faisons-nous ici ?

— Vous allez voir, fit Ethan en désignant un petit bâtiment au fond d'un parking.

Les murs discrets étaient crénelés de barbelés.

— C'est une dépendance de la base militaire située juste à côté, objecta-t-elle. Dans mes souvenirs, on ne pouvait y accéder qu'en passant par l'entrée de la caserne.

Ethan manœuvrait son fauteuil sans répondre. Il s'arrêta devant une porte en acier munie d'un digicode.

— Je vais encore avoir besoin de vous, sourit-il.

Il lui murmura un code à six chiffres qu'il aurait parfaitement pu taper seul. L'instant d'après, la porte se refermait dans leur dos sous l'œil d'une caméra fixée dans un angle. Une odeur de peinture imprégnait le couloir pourtant laissé dans son jus depuis des années. Le grincement des roues résonnait dans le silence. Ils arrivèrent devant une troisième porte équipée d'un lecteur de badge.

*C'est quoi ce cinéma ?*

Ethan fouilla dans une poche de son gilet noir et en sortit une carte plastique qu'il fit maladroitement passer devant la serrure électronique. La porte s'ouvrit et ils entrèrent dans un local entièrement peint en blanc. Tout puait le neuf. Des néons diffusaient une lumière puissante qui renforçait l'impression de clarté. La salle devait faire dans les vingt mètres carrés et était pratiquement vide, à l'exception d'un long plan de travail couvert d'ordinateurs et d'armoires typiques des data centers. Ethan s'installa devant un simple écran relié à un boîtier gris. Il demanda à Marie de refermer la porte qui se verrouilla dans un bip sonore. Son visage était d'une blancheur presque maladive, mais ses yeux luisaient d'intelligence. Il lui tendit la main.

— Votre chef m'a déjà présenté, mais j'aimerais le faire moi-même : Ethan Milo.

Elle fit de même.

— Capitaine Lesaux. Appelez-moi Marie.

Il hocha la tête.

— Vous êtes policier ? Militaire ? demanda-t-elle.

— Non, juste un contractuel embauché par la sécurité intérieure. Avant, j'étais doctorant dans une école polytechnique.

*Une tronche…*

— C'est vous qui avez conçu Valmont ?

Il sourit.

— Ce sont les services secrets israéliens. À l'origine le programme permettait de traquer les anciens nazis. Le ministère de l'Intérieur en a acheté une version commerciale avant de commencer à l'adapter à nos besoins. Claude Gutterman, mon directeur, a encadré une équipe de huit ingénieurs pour bosser dessus pendant plus de trois ans. À un moment donné, ils ont buté sur un problème technique insoluble et c'est là que je suis intervenu.

Marie marchait au milieu de la pièce immaculée.

— C'est quoi votre spécialité ? Des trucs de science-fiction autour des intelligences artificielles ?

— Plutôt le *scraping* : l'extraction automatique de contenus appliquée à la reconnaissance de textes. Par exemple, permettre à des chercheurs de retrouver des articles scientifiques dans des millions de documents.

La jeune femme pointa l'index vers l'écran de l'ordinateur.

— C'est donc vous qui pilotez ce programme ?

Un voile passa sur le visage de l'ingénieur et sa voix perdit de son assurance :

— Oh, non... On m'a juste demandé de vous apprendre à vous en servir.

Elle le fixa, étonnée.

— Mais je n'ai rien accepté !

Il la regardait sans rien dire avec l'air de la connaître depuis toujours.

Marie, pour cacher son trouble, enchaîna :

— Puisque vous avez amélioré Valmont, pourquoi ne l'utilisez-vous pas ?

Ethan fit légèrement bouger son fauteuil.

— Val n'est pas un simple logiciel d'agrégation de données, c'est un programme immersif ultra-sophistiqué avec une multitude d'algorithmes et une puissance de calcul colossale.

— Immersif ?

Les mains de l'ingénieur se posèrent doucement sur ses genoux.

— Je ne peux pas me servir de mes jambes et Val ne fonctionne que si son opérateur est capable de se mouvoir.

— Désolée, mais je ne saisis pas.

Ethan alluma le boîtier situé près de l'écran.

— Le programme et son utilisateur devront travailler en symbiose. Il ne s'agit pas d'un simple logiciel de cartographie, c'est bien autre chose…

Son regard devint brillant.

— Quand vous l'aurez essayé, vous ne verrez plus le monde de la même façon.

Ethan l'avait regardée longuement puis il avait posé son doigt sur un capteur biométrique avant d'entrer un mot de passe. Une session s'ouvrit sur un écran beige où se découpait une loupe stylisée avec une phrase en gras impossible à manquer :

**Ministère de l'Intérieur — VALMONT**

Le programme garde la trace
de toutes les actions effectuées

— Marie, je vais vous ouvrir un compte d'utilisateur avec votre propre mot de passe. Vous devrez aussi confier à la machine l'empreinte de votre iris, mais nous verrons cela plus tard. Dès que votre accès sera validé, vous serez la seule personne de tout le commissariat à pouvoir pénétrer ici. Si vous avez des questions ou si vous rencontrez un problème, vous n'en référerez qu'à moi, ou à Gutterman, au cas où je serais empêché d'une façon ou d'une autre. Votre hiérarchie n'aura connaissance que des grandes lignes.

— Elle ne va guère apprécier, objecta Marie.

— On s'en fiche, les ordres qu'elle a reçus sont clairs : vous lâcher la bride, mais sans rien en laisser transparaître. Vous allez pouvoir mesurer l'impact de Valmont sur votre travail, et la confidentialité la plus stricte vous sera demandée sur ce que vous allez découvrir et sur les moyens qui seront mis à votre disposition. À vous de savoir le gérer. Ce que permet le projet est fascinant, mais tout le monde n'est pas prêt à l'accepter.

Marie, sans s'en apercevoir, venait de plonger. Elle posa son regard sur les caissons bourrés d'électronique.

## 14

Au milieu de la pièce se trouvait un cadavre, baignant dans une mare de sang. L'image était d'une netteté stupéfiante. Marie tendit par pur réflexe la main vers la crosse de son arme avant de prendre conscience qu'il n'y avait rien. Son revolver était au coffre.

*Ce n'est pas réel... c'est une putain de mise en scène.*

Ethan lui parla depuis l'écran de son ordinateur.

— Désolé pour le choc, j'aurais dû vous prévenir. La première fois, c'est un peu brutal.

Marie ôta précautionneusement ses lunettes. Le corps avait disparu. Elle les remit : il était revenu, replié en position fœtale, les vêtements tachés de sang. Un couteau se trouvait près de sa tête avec un téléphone portable, à moins d'un mètre de ses jambes.

Ethan avait ménagé son effet. Quelque temps avant, peut-être des heures ou seulement dix minutes plus tôt, dans un autre monde, une autre réalité, il lui avait dit :

— Il suffit de cliquer sur la loupe. Vous serez alors en relation avec le serveur sur lequel le programme est installé. Toutes les ressources, les fichiers et la technologie de Valmont se trouvent à Paris.

— Donc, le logiciel est indépendant des appareils sur lesquels il fonctionne ?

— Exactement. On pourrait tout aussi bien s'y relier avec une télévision ou une montre connectée, mais ce serait dommage : les usages seraient très limités. En fait, le support sur lequel Valmont marche de manière optimum, c'est celui-ci !

Ethan avait saisi un sac noir rangé sous le bureau pour en sortir un objet étrange aux vitres opaques.

— Qu'est-ce que c'est ?

— Des lunettes 3D pour accéder à la réalité virtuelle. Oui, on dirait une sorte d'hybride entre des Ray-Ban et un masque de plongée.

Marie les avait soulevées d'une main.

— C'est lourd !

— Sept cents grammes, à peu près. Évitez de les porter trop longtemps, sinon les muscles de votre nuque en souffriront. Le système n'est pas encore très confortable, mais on l'améliore de jour en jour.

Elle allait les mettre sur son nez quand Ethan avait fait un geste.

— Pas tout de suite, si vous voulez bien. Avant, vous devez revêtir ceci.

Il lui avait désigné au fond du sac une sorte de maillot de coton à manches longues, de couleur grise.

— Il faut que j'enfile ça ?

— Oui. Le tissu est composé de fils conducteurs capables d'interpréter vos gestes et de les communiquer à vos lunettes, qui les transmettront au serveur de Valmont.

Ethan l'avait vue retirer son blouson et avait toussoté pour se donner un peu de contenance.

— Vous ne pourrez pas le porter par-dessus vos habits. Il doit être à même la peau afin que la reconnaissance des mouvements de la main soit optimale.

— Et le soutien-gorge ?

Le visage du jeune homme s'était empourpré.

— Je vais garder le dos tourné pour que vous puissiez vous changer.

Marie avait contemplé un instant la curieuse tenue puis jeté un coup d'œil vers la nuque d'Ethan avant de se retourner et d'ôter son chandail. Lui avait continué à fixer l'écran de l'ordinateur comme s'il n'avait jamais vu une femme se déshabiller. Dans le reflet, il entrevoyait un bout du dos nu de celle qui était en train de devenir sa partenaire. Cette image fugace s'était ajoutée à celle de son profil, alors qu'elle se baissait pour enfiler le tee-shirt, dévoilant la courbe douce d'un sein lourd. Ethan aurait pu détourner la tête, mais il n'en avait rien fait. Elle était jolie et ce qu'il venait d'apercevoir le troublait.

Il avait fermé les yeux, mais déjà le visage d'Alice lui était revenu à l'esprit. Le chagrin remontait dans son ventre.

— Ethan ?

Marie le regardait dans cette demi-combinaison qui faisait ressortir sa silhouette mince.

— Vous ne vous sentez pas trop à l'étroit ?

Elle avait fait signe que non.

— Il n'y a pas de néoprène au moins ? Je n'ai pas envie de transpirer à mort.

— Rassurez-vous. On commence ?

Marie avait posé les lunettes sur son nez et Ethan lui avait désigné un bouton sur la branche droite. Elle avait pressé dessus pour mettre l'instrument sous tension.

— Gardez les yeux bien ouverts. Val va prendre l'empreinte de votre iris gauche.

Le scan avait duré deux secondes à peine.

— Et maintenant ?

— Dirigez-vous vers le centre de la pièce et ne bougez plus.

Marie avait fait quelques pas. Au début, rien ne s'était passé. Seule une très légère vibration lui indiquait que les lunettes étaient allumées. Puis différentes fonctions s'étaient affichées, superposées à sur ce qu'elle voyait.

— Il y a des phrases, on dirait…

La voix d'Ethan venait de derrière elle.

— L'appareil est en train de s'adapter à votre regard, laissez-le faire.

Alors, presque soudainement, le décor était devenu brumeux avant de se décliner dans un camaïeu de gris et de bleu. En dépit du ronron que générait le programme, Marie était captivée par les changements à l'œuvre : les murs et le sol étaient toujours là, mais comme masqués par un épais brouillard.

Sur l'écran de son ordinateur, Ethan suivait toute la scène.

— Vous voyez ce qui vient d'apparaître ?

Devant elle flottaient trois icônes marquées respectivement des lettres E, R puis H.

— C'est quoi ?

— Les trois fonctions principales du programme : Extraction – Regroupement – Hypothèses.

— Et après ?

— Un module tactile est placé dans la manche gauche de votre tee-shirt, vous le sentez ?

— Oui.

— Il forme un clavier qui permet d'accéder au moteur de recherche.

— OK.

— Sinon, vous pouvez aussi parler, un micro se trouve dans vos lunettes.

— Parler, mais à qui ?

— À Valmont.

— Vous plaisantez ?

— Pas du tout, le programme fonctionne comme un assistant numérique. Il ne va pas vous faire la conversation, mais vous pouvez l'enclencher en le saluant par la formule : « Bonjour Val ».

Marie avait fait ce qu'Ethan lui avait dit et une voix masculine lui avait répondu.

— *À votre service.*

Elle s'était tournée vers le jeune homme.

— Et ensuite ? Je lui demande la météo ?

Ethan avait ri.

— Val ne peut réagir qu'à trois questions : où ? Quoi ? Et qui ? Pour le reste, fiez-vous à votre intuition en commençant par l'icône « Extraction ». Le programme a déjà mémorisé quinze années d'archives judiciaires au sein du commissariat de Clermont-Ferrand. Il y a même les notes des anciens Renseignements généraux, soit dix piles de papier de trois mètres chacune !

Marie avait pris une grande inspiration puis s'était lancée :

— Val : extraction !

Une dizaine d'options s'étaient ouvertes devant elle : individus, personnes morales, numéros de téléphone, messageries Internet, localisations, dates, véhicules…

— Je vous propose de faire un test, avait soufflé Ethan. Cherchez une affaire d'homicide avec comme critères de temps et de lieu l'année 2017 et la place de Jaude, au centre de Clermont-Ferrand…

Marie avait pris une seconde avant de prononcer à voix haute :

— Homicide – 2017 – place de Jaude.

En dépit de ce long préambule, Marie n'avait pas idée de ce qui l'attendait. Dans ses lunettes, la vue s'était brièvement obscurcie avant qu'elle ne laisse échapper un cri de stupeur et de dégoût.

## 15

— Ce que nous avons devant nous, fit Ethan après que Marie se fut remise de son choc, c'est la retranscription d'une scène de crime, entièrement numérisée. Elle correspond à ce que vous avez demandé : une affaire d'homicide enregistrée par Valmont dans les archives de la police judiciaire, place de Jaude, en 2017. La victime était un sans-abri. L'enquête avait été confiée à la Sûreté urbaine.

Marie s'approcha du « cadavre ».

*Il ne manque que l'odeur.*

À quelques centimètres du *corps*, elle vit que l'image était constituée d'un ensemble d'innombrables petits points colorés qui, assemblés les uns aux autres, retranscrivaient sa silhouette. Elle était criante de vérité.

— Depuis deux ans, ajouta Ethan, la police technique et scientifique utilise une caméra très spéciale. Elle reproduit en images tridimensionnelles des scènes de crime ou des accidents de la route. Tous les détails sont mémorisés : les objets environnants, la position de la victime… À partir d'une multitude d'éléments, on peut déterminer la trajectoire d'un tir ou la morphoanalyse des taches de sang.

Marie était songeuse.

— J'en avais entendu parler, mais je n'avais pas eu l'occasion de voir le résultat. C'est vraiment stupéfiant.

— Si vous examinez la scène de plus près, vous remarquerez diverses choses entourées d'un halo lumineux.

— Il y a un téléphone mobile, on dirait.

— Tendez une main dans sa direction, proposa Ethan.

Marie fit le geste et, aussitôt après, des numéros jaillirent autour de l'appareil. Ils flottaient dans l'air, en grappe.

— Vous voyez, un enquêteur a dû retranscrire dans un procès-verbal le contenu du répertoire téléphonique. Si vous *touchez* un indicatif, Val vous dira s'il apparaît dans une autre affaire. Mais je vous suggère de les valider tous d'un mouvement de la main.

Les suites de nombres, une fois sélectionnées, prirent une couleur jaune.

— Val : regroupement !

Un sablier jaillit. De la colonne « Extraction », un fichier fut prélevé et Val annonça, dans un timbre de voix cybernétique : « *Congruence : un numéro*. »

*Il a trouvé le même numéro quelque part dans nos fichiers judiciaires*, songea Marie.

— Val : hypothèse.

Le scan d'une carte de résident surgit, délivrée à Qadir Rabbani. Marie songea à l'image qu'elle devait donner, ainsi debout à agiter les bras. Elle lança sans se retourner :

— Si je comprends bien, le numéro de ce Rabbani figurait dans le répertoire du SDF ?

— Oui, et vous pouvez même accéder à ses antécédents judiciaires.

— Valmont peut se connecter au fichier TAJ de la police ? s'étonna Marie.

Le jeune homme confirma.

Marie lança la requête :

— Val : analyse fiche TAJ.

Les résultats apparurent.

*Beau palmarès…*

— Il a été interrogé par la police ?

— En effet, et qu'a-t-elle trouvé ? Son ADN sur le manteau de la victime : il est passé aux aveux, dossier bouclé !

— Vous ne m'avez pas fait rechercher cette affaire par hasard…

— Pour être honnête avec vous, j'avais demandé à vos collègues de la Sûreté de me proposer une affaire emblématique de leur travail. En l'occurrence, ce service avait mis une semaine pour interpeller Rabbani, en croisant les fichiers de police et en mobilisant deux enquêteurs à plein temps. Ce dossier était simple, mais Val a pu le résoudre en moins d'une minute.

— Ce truc que vous venez d'inventer est effrayant !

— Vous croyez vraiment ? s'étonna Ethan. Val n'est pas omniscient, il ne peut trouver que ce qui a déjà été inscrit quelque part.

— Je suis curieuse de voir ce qu'il pourrait faire avec une affaire plus complexe.

Ethan se rapprocha d'elle.

— C'est précisément pour ça que vous avez été choisie.

# 16

Il était tard. Les urgences pédiatriques semblaient désertes. Marie devinait dans la pénombre la présence du petit corps et les fils qui le reliaient à l'assistance respiratoire. Seul le souffle de la machine troublait le silence. Debout près de la porte entrouverte, elle avait du mal à partir. Quelque chose la retenait là. Peut-être la perspective de retrouver la solitude de son appartement.

Un jeune interne entra dans la pièce.

— Qui êtes-vous ?

Marie montra sa carte de police.

— Comment va-t-il ?

L'étudiant en médecine la regarda d'un drôle d'air, sans doute surpris de tomber sur un flic à cette heure.

— Des lésions profondes, un peu partout. Anciennes pour certaines. Ce gosse a vécu un calvaire.

Elle tourna la tête vers Lucky.

— Il va s'en sortir, n'est-ce pas ?

— Nous faisons tout notre possible.

— La première fois que je l'ai vu, il était enfermé dehors, sur un balcon, en plein froid.

L'interne s'approcha de la console.

— On m'a dit. C'est terrible. J'imagine que c'est son beau-père qui le mettait là ?

Marie acquiesça de la tête.

— L'idée était de lui en tout cas. Au début de sa garde à vue, la mère a déclaré que c'était pour protéger l'enfant du chien quand son maître était en virée dans les bars. Pourtant, ça ne colle pas avec le témoignage de beau-papa qui a avoué que c'était pour rendre Lucky « plus fort ».

— C'est le schéma classique, dit l'interne : un parâtre qui n'a pas de lien biologique avec son souffre-douleur, un géniteur absent et une mère immature. On appelle ça l'« effet Cendrillon », un contexte qui se prête à toutes les maltraitances.

Ils avaient discuté un moment, profitant des heures calmes d'avant minuit. Cet échange avait fait du bien à Marie, rassurée de savoir le petit garçon entouré de bienveillance. Elle-même ne pourrait pas venir régulièrement et son métier voulait qu'elle évite de s'engager intimement. Chaque fois, elle croisait les doigts pour que d'autres professionnelles des services sociaux prennent le relais.

Marie quitta le CHU dans la nuit grise et rentra chez elle à pied. Durant le trajet, son téléphone sonna. Le commandant Masson venait aux nouvelles.

— Bonsoir, Thierry.

Elle avait deviné qu'il voulait lui tirer les vers du nez au sujet de Valmont et qu'il devait regretter son esclandre dans le bureau du patron. Elle éluda ses questions et minora. À l'autre bout du fil, Masson, pas dupe, l'avait mauvaise.

— Depuis quand la Sûreté sert-elle de cobaye à Paris et à ses putains de « recherches » ? Comme si on n'avait que ça à faire ! Tu veux que je te dise, on s'est bien foutu de ma gueule. Au départ, le taulier te recrutait pour consolider mon équipe avec, à la clef, mon passage au grade supérieur, et m'avait promis un nouveau bureau. À l'arrivée, te voilà embarquée avec cette *machine*, à plein temps, alors que, moi, j'ai des dizaines de dossiers en souffrance ! Il est où, mon renfort ?

Elle ne savait quoi répondre.

— J'en ai marre de dire à des parents dont la gamine a été violée et qui croisent tous les jours son assaillant dans le bus que la procédure est bien dans notre pile, mais qu'on est débordés et qu'il faut attendre, encore et encore.

— Je comprends, écoute, je…

— Non, c'est toi qui vas m'écouter. Tout ça, je suis sûr que c'est une idée de Lamouche et de sa sous-préfète de femme ; il la veut, sa putain de prime de performance. Pourvu qu'il brille jusqu'à la place Beauvau !

Un silence bouillant de colère, puis Masson renchérit :

— Et si tu crois que ton recrutement est dû au hasard, tu te mets le doigt dans l'œil !

— Qu'est-ce que tu veux dire ?

— Tu as bossé plusieurs années à la DST et le gouvernement a eu tout le temps de se renseigner sur toi. Ton dossier a été minutieusement épluché. On t'a rangée dans la case des « cérébraux » qui savent tenir leur langue. Ils ont tellement peur des fuites, qu'on dise que les flics testent un super Big Brother…

Marie soupira.

— Tu as sans doute raison, mais je n'y suis pour rien.

— Attends la suite, tu verras. Une fois que tu seras aux commandes de cette *chose* numérique, ton poste sera nomenclaturé afin que tu puisses passer commandant. Belle promotion, tellement inattendue !

— Tu me l'apprends, je n'en savais rien.

— À d'autres ! éructa Masson. Pourquoi choisir un service sinistré quand on a une place à la brigade criminelle ? Ça cache forcément un truc.

*Dans cinq minutes il va prétendre que j'ai couché*…

— On va arrêter cette discussion, Thierry.

Il avait déjà raccroché.

# 17

L'armoire aux péchés dans le dos de Marie dégueulait de feuillets. La policière avait disposé deux chemises rouges devant elle. De l'autre côté du bureau, Ethan et le commissaire Lamouche patientaient.

— Alors, par quoi allez-vous commencer ? demanda ce dernier en lissant sa cravate.

Il suintait l'ambition, songea Marie.

— J'ai retenu deux affaires singulières, mais pauvres en indices. Il peut s'agir de rumeurs ou de fausses pistes, on ne sait pas encore.

— Parfait, lança Lamouche, c'est l'occasion de voir ce que Valmont a dans le ventre.

Marie prit le premier dossier.

— Nous avons un entrefilet dans la presse et plusieurs déclarations sur Facebook qui affirment qu'un homme utiliserait les failles de jouets reliés à Internet pour attirer des fillettes en dehors de chez elles. En l'espèce, des poupées connectées par un réseau sans fil. Le prédateur tournerait dans Clermont, le soir, dans une « voiture noire ». Son heure fétiche pour agir : 19 h 30, juste avant le dîner, quand les parents sont occupés en cuisine et que les gamines sont seules dans leur chambre.

— Le modus operandi ?

— Dans un premier temps, il localiserait les jouets des mômes. Ensuite, il profiterait de l'absence de mot de passe pour accéder au micro de la poupée et engager la conversation avec l'enfant.

— Saloperie !

Lamouche en était presque admiratif. Le crime se réinventait sans cesse…

— Sauf que le dossier est pratiquement vide ! Et l'autre ?

— Une affaire plus récente.

Le mot « Hyène » était marqué au feutre noir sur une chemise déjà bien remplie.

— De quoi s'agit-il ?

— Une légende urbaine traîne depuis des mois dans les quartiers populaires de Clermont : une « hyène » opérerait au sein de la communauté africaine.

— Comment ça, une « hyène » ?

Marie lut une explication imprimée dans le dossier.

— C'est le surnom donné au Malawi, en Afrique, à des hommes payés par les familles pour « purifier » sexuellement de très jeunes filles. Le but est de les préparer au mariage en chassant les mauvais esprits. En Europe, c'est considéré comme de la pédophilie, mais là-bas, c'est une « coutume ».

Le commissaire se pencha légèrement en avant.

— Sur quoi s'appuie cette rumeur ? On a des billes ?

Marie parcourait la documentation.

— Aucune plainte officielle, sinon l'affaire aurait été confiée à un juge. Mais ce dossier est quand même plus épais que les autres. Les collègues ont recueilli divers éléments au fil des mois : une famille originaire du Malawi aurait séjourné à Clermont-Ferrand, dans une tour d'habitation située près de la Muraille de Chine. À quelle date s'est-elle installée, on l'ignore. Je relève bien quelques témoignages, mais toujours flous et parcellaires. Des riverains auraient accusé cette famille de se livrer à de la sorcellerie. Elle aurait quitté les lieux précipitamment il y a moins d'un an.

— En ce cas, pourquoi s'intéresser à cette affaire ? demanda Ethan qui était resté particulièrement silencieux, mais ne perdait rien des échanges.

Marie sortit un article tiré de la presse locale. Le titre en était :

**Chute mortelle d'une enfant**
**dans le quartier de Saint-Jacques**

Une mineure de 13 ans s'est tuée, mardi soir vers 21 heures, en tombant du toit d'un immeuble HLM, boulevard Claude-Bernard à Clermont-Ferrand. Une enquête a été ouverte pour déterminer les circonstances du drame.

Marie commentait à voix haute :

— La gamine était originaire du Malawi et toute sa famille a fichu le camp après la tragédie. La mère élevait seule ses cinq filles. Le parquet, faute de pouvoir interroger des témoins, a conclu à un suicide. L'enquête a été classée. Par défaut.

Lamouche s'énervait.

— Il n'y a rien dans votre dossier !

Marie ignora l'intervention :

— La victime n'a pas été autopsiée et les constatations sur son corps ont été sommaires.

— Pas étonnant : une ado qui met fin à ses jours, ça arrive régulièrement.

— L'OPJ chargé de l'affaire était épaulé par un lieutenant stagiaire. Manifestement, ces deux-là n'étaient pas d'accord sur les conclusions à remettre au parquet. Le policier titulaire disait par exemple que la défunte portait un bracelet au poignet alors que le jeune officier affirmait qu'il s'agissait d'une lanière.

— Comme une corde, vous voulez dire ?

Marie confirma.

— Dans le cas où elle aurait été attachée juste avant de tomber, l'hypothèse du suicide ne coule pas de source. Avec une autopsie, on aurait pu s'assurer de la présence de plaies ou de traces sur les poignets.

Lamouche réfléchissait.

— Où se trouve la dépouille ?

— Au cimetière des Carmes, dans le carré des indigents.

Le commissaire se tourna vers Ethan.

— Qu'en pensez-vous ? On utilise le programme, avec tout ce qu'il a coûté, pour cette enquête ?

— Oui. Sans hésitation. Le cas est parfait. Et elle a peut-être été poussée.

— Encore faut-il le prouver ! grommela Lamouche.

Le jeune homme soutint son regard.

— Valmont sert justement à cela, monsieur.

Le taulier se ferma une seconde avant de se lever, pressé comme toujours. Sa réponse fut cinglante :

— Sans intérêt. Vous faites comme vous voulez, mais je désapprouve.

Le visage de Marie resta de marbre.

— Il y a une dernière chose.

— Quoi ?

— La gamine a chuté du haut de la tour Corinthe. L'immeuble est situé boulevard Claude-Bernard.

— La belle affaire !

Marie verrouilla son regard dans celui de son supérieur :

— Je connais cette tour. J'y vis depuis des mois.

# 18

Rentrée chez elle, Marie n'avait cessé de songer à la journée écoulée. Elle peinait à trouver le sommeil et se retournait dans son lit. Sur sa table de chevet, le réveil rétroéclairé indiquait minuit passé. La dispute avec le commandant Masson la pourchassait.

*Et s'il n'avait pas complètement tort ?*

Elle pouvait très bien être manipulée.

*Tu as intérêt à te montrer prudente. Masson est un policier chevronné qui connaît parfaitement le terrain ; tu auras besoin de ses conseils. Quant à Lamouche, il ne pense qu'à sa carrière. Il ne restera pas.*

Elle alluma sa lampe avant de s'asseoir sur le rebord du lit. Sa gorge était sèche. Elle rejoignit la cuisine et fit couler un peu d'eau dans un verre. La dernière missive du cabinet d'avocats qu'employait son ex-mari était sur la table du salon. Avec Michel, la bataille judiciaire s'annonçait longue et coûteuse, et il allait jouer la montre. Une guerre d'usure, car il savait qu'elle n'avait pas les moyens financiers de se défendre. Marie but une gorgée et fixa le mur en face d'elle, soucieuse.

*Il paraît qu'en ce moment, il se tape une jeune chercheuse…*

En reposant le verre dans l'évier, elle songea à son isolement. Sa mère était une conne égocentrique qui ne pensait qu'à s'envoyer en l'air et Michel, obnubilé par la pression du qu'en-dira-t-on, voulait lui faire payer au maximum l'humiliation de leur séparation. À vomir.

Elle s'humecta le visage. Une heure passa, puis deux. Le dossier de la Hyène lui tournait dans la tête. Elle trouva sur la toile plusieurs articles de presse qui abordaient le sujet. Le Malawi était un pays pauvre coincé entre la Zambie et le Mozambique où les populations vivaient au rythme de traditions immémoriales, mêlant patriarcat, sorcellerie et magie noire. Malgré son interdiction récente, la coutume du *kusasa fumbi*, littéralement « éliminer la poussière », était encore vivace. Selon cette dernière, les familles faisaient appel à une « hyène », ou *fisi*, pour « purifier » le corps de leur fille à l'apparition des premières règles. Cet acte sexuel imposé à des gamines qui parfois n'avaient pas dix ans servait à contenter les ancêtres et attirer la félicité. Il expliquait aussi en partie la propagation du VIH dans le pays.

Marie était indignée. Elle pensait à cette fille, tombée de son immeuble. Qui était-elle ? La besogne avait été bâclée. Une immigrée africaine, vivant dans un squat… Qui s'en souciait ?

*Toujours la même rengaine.*

L'esprit de Marie continuait à divaguer. La fille avait vécu au-dessus de chez elle. Que pouvait-il y avoir derrière les portes désormais condamnées du dernier étage ?

La policière fixait le plafond tandis que les rumeurs de la ville accompagnaient son insomnie. Elle se leva. La lampe torche se trouvait dans le tiroir dans l'entrée. Elle voulait en avoir le cœur net.

# 19

Poussière et mégots jonchaient les marches de l'escalier de service. Une odeur d'urine empuantissait l'atmosphère. Marie brandissait sa torche vers l'avant tout en se dissimulant le nez au creux du coude. La porte qui conduisait au palier du dernier étage n'avait plus de serrure. L'ancien syndic de l'immeuble l'avait réparée plusieurs fois avant de jeter l'éponge. Depuis, l'organisme qui avait repris la gestion de la tour laissait les parties communes à l'abandon. Au sol, une pancarte gisait dans la saleté : « ESTTIA Participations : votre foyer, notre préférence ».

*Je comprends pourquoi j'ai pu louer si facilement.*

La porte entrouverte était taguée et quelqu'un y avait écrit au marqueur « Attention zombies ». En plein jour, si elle avait ignoré le drame qui s'était joué là, la mise en garde aurait amusé Marie. Le rond blanc de sa lampe découvrait un large couloir donnant sur des appartements aux entrées béantes. Un capharnaüm de chaises renversées, de paillasses et d'ustensiles de cuisine entravait sa marche. Des débris de verre et de vaisselle fracassée crissaient sous ses semelles.

*Les gens ont décampé du jour au lendemain.*

Marie progressait lentement. Le premier deux-pièces, côté gauche, avait dû servir de cuisine collective. De vieux matelas, des vêtements d'enfants rassemblés en tas et quelques jouets traînaient plus loin dans une sorte de dortoir. La policière poursuivait son exploration dans un silence que ses pas troublaient à peine. Des rats filaient dans le halo de sa torche. Un grand lit à baldaquin dont les tentures pendaient misérablement attirait l'œil. Il détonnait, et la porte de la pièce où il se trouvait tenait encore sur ses gonds. Des traces de pas se dessinaient dans la poussière et des miroirs fêlés étaient accrochés aux murs.

*On dirait un lupanar…*

Un bout de plastique noir luisait au pied de l'un des montants du lit. Marie le ramassa à l'aide d'un mouchoir et l'enfouit dans la poche de son jean. L'extrémité faisait penser à ces colliers de serrage utilisés par les électriciens. Plus loin, un autre appartement était couvert de graffitis de toutes les couleurs.

*Des dessins d'enfants.*

En se retournant, Marie vit sur la dernière porte un curieux symbole tracé au feutre noir. Cela ressemblait à une toile d'araignée dont le centre avait la forme d'une spirale. Contrairement aux barbouillages, celui-ci avait quelque chose de malsain. Marie le contempla un moment avant de le prendre en photo. Son portable n'était plus qu'à 2 % de batterie. Sous l'effet du flash, la mystérieuse représentation était plus effrayante encore. La jeune femme regagna le couloir et se dirigea vers un coude qui permettait de s'enfoncer plus loin dans l'étage. Les portes béantes des appartements se succédaient. Plus elle avançait, plus l'angoisse se faisait lourde. Des parpaings muraient l'accès à l'ascenseur. Marie se figea. Une lueur rougeâtre sourdait sous une porte fermée. L'espace d'un instant, elle regretta de s'être aventurée dans cette expédition nocturne. La curiosité avait été la plus forte. Elle percevait désormais une odeur épaisse et pesante qui flottait dans l'air ; le genre d'effluves que les policiers connaissaient bien.

Marie tendit la main vers la poignée.

# 20

Des plants s'alignaient dans des pots disposés sous de grosses lampes horticoles, tamisées pour ne pas brûler les feuilles. L'électricité provenait d'un raccordement sauvage. Il y en avait pour une petite fortune et pas mal des têtes de cannabis étaient prêtes pour la récolte.

*Putain de découverte !*

Marie allait marquer des points auprès de ses collègues et de sa hiérarchie sans passer par la case Valmont. Elle s'apprêtait à sortir de ce qui ressemblait à un loft quand un bruit la cloua sur place. Elle éteignit sa lampe, devenue inutile, puisqu'elle baignait dans la puissante lumière pourpre des halogènes. Quelqu'un venait dans sa direction. Instinctivement, elle recula.

*Merde !*

Pas de flingue. Une vraie débutante. Marie s'allongea sur le sol derrière une rangée d'arbustes. L'angoisse lui tordait le ventre. Lorsqu'elle sortit son portable, elle vit qu'il venait de rendre l'âme.

*Et maintenant, tu fais quoi ?*

Une silhouette trapue entra dans le local. Sweat-shirt, capuche rabattue sur la tête et tennis aux pieds. L'homme s'arrêta sur le seuil de la pièce et parut examiner quelque chose. Puis il jeta son sac dans un coin et entreprit d'arroser les plants avec un spray. Il se baissait, se relevait et, tout en se rapprochant inexorablement de Marie, fouillait dans sa besace pour prendre des choses et en déposer d'autres qu'il ramassait au pied des pots.

*Tu parles d'un jardinier !*

Marie attendit qu'il lui tourne le dos pour se redresser et bondir hors de la pièce. Elle fila aussi vite qu'elle le pouvait, faisant tomber tout ce qui était à sa hauteur afin de ralentir son poursuivant. Avant d'atteindre la porte de l'escalier, elle glissa et s'étala de tout son long. Sa tête heurta un angle dur. Du sang coulait sur sa tempe quand elle se releva, sonnée. L'homme, la surprise passée, se jeta à sa poursuite. Marie se rua dans l'escalier et dévala les marches jusqu'à son étage, se jetant contre la porte palière qui s'ouvrit à la volée. Son appartement était à l'autre bout du palier. Elle n'aurait jamais le temps d'y arriver.

*Trouve quelque chose !*

Elle s'engouffra dans le local technique des compteurs et disjoncta toutes les alimentations. Un mélange de sueur glacée et de sang lui coulait dans les yeux et la panique submergeait tout. Elle entendit l'homme jurer dans le noir. Marie recula à l'intérieur du local, priant pour qu'il ne l'ait pas remarquée. Son dos heurta quelque chose. Un balai. Elle en saisit le manche.

*Tenter sa chance !*

Marie mit un pied dans le couloir en serrant son arme de fortune contre elle. Dire qu'elle n'était qu'à deux pas de son canapé et de la quiétude de son salon ! Elle pouvait l'atteindre en quelques secondes. Un imperceptible frôlement sur sa droite la fit réagir. Elle brandit son balai et l'abattit au jugé, aussi violemment qu'elle le pouvait. Le manche heurta le type qui glapit de douleur. Profitant de l'effet de surprise, Marie courut devant elle dans le noir. L'homme était sur ses talons, mais elle l'entendit se fracasser contre un mur. Elle parvint devant sa porte et saisit son trousseau de clefs. Son cœur cognait si fort qu'elle en perdait le souffle. La porte s'ouvrit brutalement et elle s'engouffra à l'intérieur au moment où des mains tentaient de l'attraper par les cheveux. Elle n'eut que le temps de repousser le battant d'un violent mouvement d'épaule. Coups de poing et de pied accompagnèrent une avalanche d'insultes et de menaces. Marie se rua sur son téléphone. L'attente lui sembla interminable.

— Police nationale, j'écoute.

Elle déclina immédiatement son matricule.

# 21

La pendule de la cuisine indiquait 2 heures du matin. Le gradé accepta le café que lui tendit Marie. Il avait les cheveux courts, le visage taillé à la serpe et portait des vêtements appropriés pour les missions d'une brigade anti criminalité : bombers kaki et tennis aux pieds. Il posa sa radio sur une table et montra une photo sur son téléphone.

— Elle a été prise il y a cinq minutes, après qu'on lui a notifié sa garde à vue.

Marie reconnut le jogging à capuche et la couleur des chaussures. Elle fit un signe de tête.

— C'est lui.

— On remontait le viaduc Saint-Jacques quand la salle de trafic nous a appelés, une chance qu'on ait été à deux pas. Il se carapatait en direction de la Muraille de Chine.

— Connu au village ? demanda Marie.

— Deal de shit, vols de scooters. Il y a quelques mois il refourguait de la beuze près du lycée Blaise-Pascal. Il n'est pas encore passé à la coke ou aux amphétamines, mais ça ne saurait tarder, les marges sont trop bonnes.

Elle but une gorgée, songeuse.

— N'empêche que, là-haut, il y a toute une installation pour faire pousser de la marijuana avec du matériel sophistiqué. Il a peut-être pris de l'envergure.

Le flic fit la moue.

— Il doit servir de sous-fifre.

— Il est connu pour des affaires de cul ? Genre viol, harcèlement…

— Pas que je sache.

— Merci d'avoir fait si vite.

— Normal, répondit son collègue en lui tendant une main. Tranquillisez-vous, capitaine, on l'embarque. Avec tout le matos qu'on a déniché à l'étage et son agression à votre encontre, le parquet va demander son incarcération.

Marie regagna le service en fin de matinée. Arrivée sur place, elle partit en quête du technicien de la police scientifique. Elle le trouva occupé à ranger du matériel.

— Tu m'autorises à t'emprunter une lampe à ultraviolets ? demanda-t-elle.

Il leva la tête.

— Pour quoi faire ?

— Une recherche de traces biologiques : un détail à vérifier avant de vous déranger pour rien, toi et ton équipe.

— OK, fit son collègue, à condition que tu me signes le registre de sortie, on m'en a déjà fauché deux cette année.

— Qui peut avoir une idée pareille ? s'étonna-t-elle.

— Des tas de mecs. C'est pratique pour voir si ta bourgeoise s'envoie en l'air quand tu es de permanence.

Marie sourit en prenant la torche, un modèle avec LED.

— C'est valable aussi pour les femmes.

La visite suivante fut pour les collègues des stups.

La garde à vue de son assaillant était toujours en cours. Elle se procura une copie du procès-verbal du premier interrogatoire. Le type qui l'avait coursée se nommait Tony Goncalves : il n'était pas inscrit au fichier des agresseurs sexuels et ses propos tournaient en boucle. Il avait pris possession de l'étage par hasard, alors qu'il cherchait une planque pour son shit. Il avait choisi l'endroit pour son caractère abandonné et le matériel qu'il avait utilisé n'était pas le sien, à commencer par les lampes horticoles qu'il prétendait avoir trouvées sur place.

*Il nous prend vraiment pour des imbéciles*, songea Marie en finissant la lecture du rapport. Elle décida de rejoindre Ethan, dans la salle réquisitionnée pour héberger Valmont. Déjà le couloir pour y accéder lui semblait plus familier.

— Comment allez-vous, aujourd'hui ?

— C'est à vous qu'il faudrait le demander, répliqua Ethan. La nuit a été agitée, paraît-il.

Elle haussa les épaules. Le pansement qu'elle portait sur le front parlait de lui-même.

— Les nouvelles vont vite. Garder secret notre travail avec Val sera une gageure, j'en ai peur.

Elle lui tendit un feuillet.

— On peut intégrer ce document à la base ?

— Val va le mémoriser tout de suite.

— Je dois vérifier un truc avant qu'on s'y mette. On se revoit cet après-midi ?

Après qu'elle fut sortie, Ethan prit un miniscanner de poche, modèle compact, qui permettait de numériser des articles de journaux ou de magazines. Idéal pour confier à Valmont les informations collectées au fil de l'eau. Quelques instants plus tard, le fichier fut transmis à un centre de données qui hébergeait la mémoire de leur allié de silicium. Il se trouvait à Paris, dans un complexe sous-terrain situé sous les Invalides. C'était là qu'opéraient les hommes et les femmes du Groupement interministériel de contrôle (GIC), responsables des écoutes téléphoniques. Toutefois, le personnel du GIC n'avait pas accès directement au cerveau de Valmont et toute son architecture réseau bénéficiait d'un niveau d'accréditation spécial.

Ethan rangea le scanner puis se leva prudemment. Un instant, il resta debout, les mains agrippées à son fauteuil et les jambes pleines de crampes. La sensation était désagréable, mais se tenir à la verticale lui rappelait qu'il en était encore capable.

À l'hôpital, peu après l'attentat, le médecin l'avait prévenu du dilemme qui l'attendait. Le fauteuil lui serait d'une aide provisoire mais, s'il l'utilisait trop, les muscles de ses membres inférieurs allaient s'atrophier et, s'il n'y avait pas recours, le fragment de balle niché dans ses hanches allait poursuivre sa progression jusqu'à l'immobiliser pour de bon. Un cauchemar insoluble auquel il s'efforçait de penser le moins possible, sans y parvenir.

Une fois son équilibre retrouvé, il prit son smartphone et enclencha une application qu'il avait bidouillée lui-même. Elle fonctionnait à l'aide d'un capteur à rayons X qui utilisait l'objectif de sa caméra. Un modèle dont se servaient les douaniers pour inspecter des conteneurs. Il se l'était procuré sur Internet, en contactant leur fournisseur. Le rituel était désormais quotidien : un pointage au lever du lit, un avant l'heure du déjeuner et un autre le soir, avant de dormir. Il vérifiait que l'éclat n'avait pas bougé, qu'il ne serait pas paralysé le lendemain.

À l'écran, la situation était stable. Il rangea l'appareil et se rassit doucement dans son fauteuil.

# 22

Au dernier étage de la tour Corinthe, il y avait plus d'animation que d'ordinaire. Le groupe des stups avait pris possession du local où se trouvaient les plantations de cannabis. Du matériel fut placé sous scellés et les policiers procédèrent à la « destruction administrative » des végétaux. De son côté, Marie examinait l'étrange lit à baldaquin. La pièce était dépourvue de fenêtres.

*Une chambre aveugle…*

Elle ferma la porte et l'ambiance devint plus lugubre encore. On devinait à peine la forme du lit. Après avoir enfilé une paire de gants en latex, Marie sortit la torche équipée de diodes électroluminescentes à ultraviolets. Elle rendait fluorescents les fluides corporels, comme le sperme. Dans le silence de la pièce, Marie examina soigneusement la surface du matelas, révélant de multiples taches, peu ragoûtantes.

Elles étaient anciennes.

Sous l'effet de la lumière artificielle, d'autres détails apparurent : marques d'urine, crottes de souris, éraflures autour des pieds du lit. Ces striures étaient minces et longitudinales. *Des liens ?*

Elle fit décrire plusieurs cercles au faisceau de sa lampe en le braquant sur le sol et en s'écartant du lit. Près d'un mur se trouvait une prise électrique et non loin, imprimés dans la poussière, trois ronds à égale distance les uns des autres. Marie s'accroupit pour les observer puis se releva en fixant le grabat.

*La police technique devrait passer cette pièce au peigne fin. Mais sans enquête officielle, pas de réquisition, donc pas d'expertises…*

En ressortant dans le couloir, elle croisa un collègue.

— On entre ici comme dans un moulin, pas étonnant que l'étage soit devenu le repaire d'un dealer !

Marie hocha la tête.

— C'est vrai que tu habites ici ? lui lança le flic des stups.

Elle se sentait honteuse.

— Pour le moins longtemps possible, j'espère.

Il esquissa un sourire.

— Après ma sortie d'école, j'ai vécu quinze ans dans une cité HLM, à Bobigny. La copropriété et ses galères, je connais !

En quittant l'immeuble, Marie tomba sur la voisine d'origine italienne du rez-de-chaussée qui s'empressa de venir la saluer.

— Comment allez-vous, aujourd'hui ?

La vieille dame rayonnait, à mille lieues de l'agitation qui venait de secouer les plus hauts étages de la tour. Marie ne chercha pas à brider sa bonne humeur.

— Qu'est-ce que vous avez là ? demanda-t-elle en montrant la chose qui se lovait dans les bras serrés de sa maîtresse.

— Mon nouveau chien, je ne lui ai pas encore trouvé de nom.

— Il faudra peut-être revoir votre clôture, conseilla Marie.

Sa voisine profitait d'un petit jardin qui prolongeait son deux-pièces. Son précédent labrador avait fait de ce carré d'herbe son royaume avant que ne lui vienne une farouche envie de se carapater. Il avait creusé des trous sous la palissade et pris l'habitude de s'allonger sur la route, au milieu des voitures. Malgré tous les efforts de la vieille, l'animal récidivait et, un matin, une camionnette de livraison n'avait pu l'éviter. Sa maîtresse l'avait enterré dans son jardin au mépris de toutes les lois. Marie aurait pu intervenir, mais ce genre de délits n'était pas son rayon. Sans compter que, comme l'avaient prouvé les événements de la nuit, jouer au flic sur son temps libre ne lui réussissait pas toujours.

## 23

Avant de rejoindre Valmont, Marie se rendit dans la pièce qui faisait office d'espace de convivialité, une salle partagée par plusieurs unités. La cafetière n'était pas complètement vide, elle trouva de quoi se remplir un demi-gobelet. Accroché à un mur, face à la grande table où traînaient des miettes de croissant, un téléviseur diffusait une chaîne d'informations en continu. Il était presque toujours allumé et c'était là, trop souvent, que les collègues avaient pris l'habitude de se retrouver pour communier en silence devant l'annonce d'un énième attentat.

Marie, pensive, fixait l'écran quand des policiers firent leur entrée. Ils riaient fort. En venant lui serrer la main, un major lui demanda narquoisement :

— Le mormon n'est pas avec toi ?

Elle fit mine de ne pas saisir.

— Qui ?

Il s'esclaffa.

— Le gamin habillé comme un pingouin de la brigade financière. Il enterre son père, cette semaine ?

Elle prit sur elle pour ne pas l'envoyer balader. Un autre renchérit.

— Les collègues se posent des questions, ça discute pas mal. Qu'est-ce que ce type fout chez nous ?

Marie sentait la colère l'envahir. Elle essaya tant bien que mal de se contenir.

— Demandez au commissaire.

Comme prévu, le flic monta dans les tours.

— Ton commandant pense comme nous : avec cette putain d'expérience, on nous traite comme des souris dans une cage de laboratoire. On ne va pas se laisser faire, ça non !

Ce brigadier était connu pour son irascibilité légendaire. Marie en ignorait l'origine, une frustration quelconque ? Elle le contourna avant de sortir de la pièce, mais l'un des flics la retint par le bras et désigna un thermos rouge décoré avec des fleurs près de la cafetière.

— Tu oublies quelque chose. Ton mignon a perdu sa camomille !

— Pas de risque qu'il te coince contre un mur, celui-là, ajouta un autre.

Tous éclatèrent de rire.

Marie referma la porte qui se verrouilla dans un bip. Ethan était là.

— Quelque chose ne va pas ?

Elle était furibonde.

— J'espère que cette *expérience* sera concluante et qu'ensuite chacun pourra retourner à ses occupations au plus vite.

Le jeune homme attendait la suite.

— As-tu une idée de l'ambiance qui règne dans la boutique ? À l'exception du taulier, ce programme n'enchante personne.

— Et donc ? répliqua Ethan.

*Il le fait exprès ou quoi ?*

— Il y a beaucoup d'ignorance au sein des collègues et le côté « top secret » de ce truc n'arrange rien. Ce n'est jamais bon, les chicaneries. J'étais à la DST, j'en sais quelque chose.

Ethan était désemparé. À Paris, quand il travaillait aux côtés de Gutterman et de ses confrères, les choses étaient claires. Valmont représentait une percée majeure et il ne faisait aucun doute que les policiers seraient enthousiastes à l'idée de l'utiliser. Aussi, confronté aux réactions de la base, sa désillusion était cruelle : rien ne se passait comme il se l'était imaginé.

— Ton commissaire nous a pourtant assuré que le maximum de confidentialité serait assuré. Comment tes collègues peuvent-ils déjà être au parfum ?

— Thierry Masson s'est peut-être confié, et puis il y a ce petit restaurant, dans la rue Pélissier. C'était la cantine de la PJ à l'époque de nos anciens locaux ; le patron connaît tout le monde. Elle reste tout près du nouvel hôtel de police et beaucoup de flics continuent d'y déjeuner. Quelqu'un a peut-être remarqué quelque chose d'intrigant, devant le portail qui mène au bâtiment où Valmont est installé ?

Ethan n'avait pas de réponse.

— Nous avons une tâche à accomplir, argua-t-il avant de se retourner vers l'écran de l'ordinateur. Les enjeux sont énormes, ce n'est pas le moment d'avoir des états d'âme.

Marie se rapprocha de lui.

— Tu sais, la plupart des gens ici doivent penser comme le commandant Masson. Ils disent qu'on va les remplacer par des intelligences artificielles, que leur flair et le boulot de terrain, ça ne compte pas.

— C'est n'importe quoi !

— Sans doute, mais un peu de transparence de la part de nos chefs ne ferait pas de mal.

Il toussota. Les choses étaient bien assez transparentes comme ça. Masson comme Lamouche en avaient déjà trop dit. Lui-même n'aurait jamais dû mettre les pieds dans le commissariat. Ils avaient été imprudents.

— Franchement, tu aurais pu éviter de me mettre en première ligne en venant me recruter sous leur nez.

Marie avait pour ainsi dire lu dans son esprit.

— Maintenant, tu te demandes si je vais avoir le cran de continuer, pas vrai ?

Ethan sourit.

— Je n'ai aucun doute là-dessus.

— Alors qu'est-ce qu'on attend ?

# 24

Marie se plaça au centre de la pièce, lunettes sur le nez. Elle les mit sous tension.

— Tous les éléments du dossier ont été scannés ?

À travers ses lentilles de verre électroniques, la lumière bleuissait déjà.

— Affirmatif, répondit Ethan.

Elle ferma les yeux un instant.

*Concentre-toi… c'est maintenant le plus difficile.*

— Par quoi veux-tu commencer ?

— On n'a qu'un seul suspect : le « jardinier » qui m'a coursée dans mon immeuble. Voyons s'il ressort dans une autre affaire.

Les bras collés le long du corps, elle redressa la tête et dit, avec assurance :

— Val, extraction : Tony Goncalves.

Des points brillants surgirent avant de tournoyer les uns autour des autres. Toutes les procédures où Goncalves était mentionné apparurent ; les algorithmes faisaient ressortir à coups de lignes lumineuses les correspondances entre les adresses, les personnes citées et les numéros de téléphone. Une nébuleuse de mots et de chiffres.

— Je cherche une affinité entre tous ces dossiers, lança-t-elle. Des domiciles, des modes opératoires ou des complices, surtout s'ils sont africains et originaires du Malawi.

— Énonce tous les mots-clefs que tu souhaites associer et termine par « Hypothèses », conseilla Ethan.

Elle s'exécuta et le résultat tomba aussitôt.

— *Pas de congruences*, répondit Val.

*Sa voix semble presque humaine, c'est incroyable.*

— Ça ne donne rien, merde…

— Persévère. C'est ton apprentissage !

Marie réfléchissait.

*Je vais ratisser plus large.*

— Val, extraction : Malawi – suicide – Clermont-Ferrand.

Cette fois-ci, trois documents apparurent : une note du renseignement territorial du Puy-de-Dôme, datée d'à peine huit mois, un procès-verbal d'enquête pour « Recherche des causes de la mort » entamée après la chute de la jeune d'origine malawite et un compte rendu signé de la main d'un certain Hervé Prigent, lieutenant stagiaire.

— Quelque chose cloche, fit Marie.

— Quoi donc ?

— Le rapport du stagiaire… Il n'est pas dans la procédure transmise au parquet.

— Comment le sais-tu ?

— Il y a une copie de tous les PV de l'affaire dans l'armoire aux péchés, mais ce texte-là n'y est pas. Je suis formelle.

— C'est un problème ? demanda Ethan.

— Je l'ignore, pour l'instant. Comment puis-je en prendre connaissance ?

— Dirige ta main vers le document.

L'instant d'après, le rapport était là. Elle le parcourut rapidement.

— Je lis que Prigent s'est adressé à son chef de service pour se plaindre du comportement « désinvolte » de son coéquipier, le brigadier Champonoix. Il lui reprochait de n'avoir ni réclamé d'autopsie ni interrogé le voisinage, ce qu'il avait dû faire seul, semble-t-il, au mépris des règles.

— De l'eau dans le gaz, conclut Ethan. Le jeune officier contre le vieux briscard, bonjour les étincelles !

— Dans les constatations faites après la chute de la gamine, Champonoix décrit la présence d'un « bracelet tribal » au poignet droit de l'enfant, ce que Prigent conteste. Il affirme qu'il s'agissait d'un reste de cordelette.

Ethan parcourait le document directement sur son écran d'ordinateur.

— Il nous en faut plus, Marie.

Elle hocha la tête.

— Je vois ce rapport du renseignement territorial. Pourquoi Valmont nous le propose-t-il ?

— Il n'y a qu'un moyen de le savoir.

Marie l'ouvrit d'un simple geste. La note était classifiée « Diffusion restreinte ». Elle datait d'un an à peine.

### Sorcellerie, zombies et voleurs de sexes : ces rumeurs qui pourrissent le climat d'une cité clermontoise

Depuis quelques mois, des rumeurs circulent dans les halls d'immeubles du quartier Saint-Jacques. Un sorcier, roulant à bord d'une « voiture noire », pourchasserait des enfants afin d'utiliser leurs organes pour préparer des potions, destinées à des rituels. Le véhicule aurait été vu à proximité de plusieurs écoles du quartier, sans autre précision. Le conducteur serait originaire du Malawi. Cet individu est présenté par ouï-dire comme un « voleur de sexes » (disposant de la faculté de réduire la taille du pénis des hommes, par simple contact) ou un envoûteur, capable de transformer des personnes en zombies. Sur les murs de la cité, des graffitis cabalistiques ont fait leur apparition à divers endroits.

À ce jour, aucun élément n'est venu étayer la réalité de ces rumeurs.

*NOTA : la zombification est une pratique qui consiste à administrer à une victime une poudre provoquant les mêmes symptômes que la mort. Après avoir été inhumé, le malheureux est ressuscité puis condamné à travailler comme un esclave, dans un état de semi-conscience. Utilisée par les houngan, des adeptes du vaudou en Haïti, la zombification nécessite diverses drogues naturelles, telle la tétrodotoxine, issue du poisson-globe.*

Une reproduction accompagnait la note. Marie laissa échapper une exclamation de surprise.

— Ce dessin, je l'ai déjà vu !

— Où ? fit Ethan.

— Dans mon immeuble. Tu sais que la fille qui est tombée y habitait. Je l'ai pris en photo, on peut demander à Valmont de l'identifier ?

Ethan pouffa.

— Val est puissant, mais il ne fait pas de miracles !

— Dommage, fit Marie avant de reprendre sa lecture de la note.

Le service s'est ménagé un entretien avec la responsable de Volcans Habitats, une officine qui gère plusieurs HLM dans le quartier où circule la rumeur. Notre interlocutrice a affirmé n'avoir jamais entendu parler d'un quelconque culte vaudou.

La suite du document évoquait le départ précipité de la famille malawite, après le décès de l'adolescente. Marie ôta ses lunettes puis se frotta le haut du nez où perçait une petite rougeur.

— Elle s'appelait Olivia, fit-elle d'une voix lasse.

— Et personne ne connaît son patronyme, ajouta Ethan.

Elle observa la pièce autour d'elle, vide et blanche comme une salle d'autopsie.

— Des traces de sperme sur un matelas, de possibles liens et trois marques au sol. Sans doute un trépied de caméra. Que voulait-on filmer ? Une tournante ? Un snuff ?

Ethan jeta un œil sur l'écran.

— Tout ça ne sent pas bon, n'est-ce pas ?

Elle ne répondit rien.

## 25

Marie remontait le couloir en direction de son bureau quand elle tomba sur le commandant Masson. Il fit mine de ne pas la voir, mais elle était décidée à lui parler.

— Thierry, accorde-moi une seconde.

Il la toisa.

— Occupe-toi de ton putain de robot et lâche-moi. On ne travaille plus ensemble, je te rappelle.

— Combien de temps vas-tu m'en tenir responsable ? Je n'ai fait qu'obéir aux ordres du patron, tu le saurais si tu n'étais pas sorti de son bureau en claquant la porte !

Il voulut partir, mais elle s'interposa.

— Hervé Prigent, ça te parle ?

Elle lui barrait littéralement la route et cette témérité le sidéra.

— Un petit emmerdeur qui prenait tout le monde de haut.

— Il a été en stage ici, il y a quelque temps.

— Et alors ?

— Il s'est braqué avec un collègue, pas vrai ?

Masson croisa les bras.

— Le premier jour, Prigent s'est pointé avec une cravate, genre « c'est moi le nouveau commissaire ». Un mauvais point d'entrée de jeu.

— Qu'est-ce qui a merdé avec le brigadier Champonoix ?

— Il devait s'occuper du stagiaire, mais le courant est mal passé.

La voix de Marie se fit plus basse.

— Prigent a rédigé un rapport à charge contre Champonoix.

— Qui t'a raconté cette histoire ?

— Peu importe, Thierry. Qu'est-il arrivé ensuite ?

Il jeta un coup d'œil autour de lui avant de continuer :

— C'était trois mois avant son départ en retraite, tu imagines ? Un petit con qui vient t'accuser d'avoir bâclé une enquête-décès. Le taulier a soutenu Champonoix sans hésiter.

— Et après ?

— Plusieurs collègues ont décidé de donner une leçon au fouteur de merde.

— C'est-à-dire ?

— Une sorte de bizutage. Des broutilles. Chaque fois qu'il fallait décrocher un pendu ou débarquer dans un appartement pour constater une mort naturelle, c'était pour lui. Le petit jeu a duré trois semaines avant que l'autre dégage sans demander son reste.

— Il est reparti à l'école des officiers ?

— J'imagine.

— Et Champonoix, retraite ?

— Voilà.

Marie s'écarta.

— Merci, Thierry.

Avant que son collègue ne s'éloigne, elle lui posa une dernière question :

— Le patron de l'époque, c'était qui ?

Le commandant se retourna, un sourire caustique sur les lèvres.

— Ton chef adoré. Lamouche.

Ethan manœuvrait pour faire rentrer son fauteuil dans l'ascenseur quand il sentit qu'on poussait dans son dos.

— Tu permets que je t'aide ? demanda Marie.

Cette fois-ci, il ne dit pas non. Ils arrivèrent au sous-sol.

— Tu habites dans quel coin ?

— Un appartement dans le vieux Clermont, répondit Ethan.

— Avec vue sur le puy de Dôme ?

— Je suis au rez-de-chaussée.

Elle hocha la tête. Les portes s'ouvrirent sur l'accueil. Du public patientait avant de porter plainte ou de se présenter dans le cadre d'un contrôle judiciaire. Difficile de distinguer les victimes des mis en cause.

— Ne pousse plus mon fauteuil, s'il te plaît.

Elle ôta ses mains. Dehors, elle lui demanda s'il voulait prendre un verre. Il se fit violence pour ne pas répondre précipitamment, car rien ne lui faisait plus envie.

— Personne ne m'attend à la maison, osa-t-il.

Elle pensa de même, mais se garda de le dire. Place de Jaude, ils se posèrent dans un salon de thé. Une idée d'Ethan. Autour d'eux, beaucoup de cheveux gris.

*Un autre t'aurait proposé une bière dans un pub, mais pas lui.*

Elle ne pouvait s'empêcher de détailler son attitude, la façon dont il lissait la nappe avec le plat de la main pour en chasser les miettes, ou la manière dont il saisissait sa tasse. Il en émanait beaucoup de tristesse, accentuée par sa dégaine de petit fonctionnaire de bureau, déjà vieux avant l'âge.

*Je ne pense pas qu'il soit gay, c'est juste un vrai gentil qui s'est égaré au mauvais endroit.*

— Pourquoi avoir choisi de travailler sur ce projet ? demanda-t-elle.

Cette question le surprit. Il réfléchit avant de répondre.

— Ils sont venus me voir. Je les ai trouvés persuasifs.

Marie mit un morceau de sucre dans sa tasse. Elle le regarda se désagréger lentement.

— Masson affirme qu'on m'a recrutée, moi aussi.

L'ingénieur haussa les épaules en souriant.

— C'est sans doute vrai, mais si je savais quelque chose, je ne pourrais rien dire.

— Et si le programme ne fonctionne pas ?

— On le rangera dans sa boîte et l'armoire aux péchés récupérera son dossier.

Il vit qu'elle n'était guère enthousiaste.

— Val a besoin d'un peu de temps et je crois à cette idée de symbiose : l'intuition du policier et les capacités de la machine. Il faut les deux, sinon ça ne marche pas.

Elle allait lui répondre quand son téléphone sonna. En reconnaissant le numéro, Marie ne put réfréner une grimace.

*Ma mère ? Qu'est-ce qu'elle veut encore ?*

Patricia Lesaux vivait à Vichy, mais désertait souvent la cité thermale pour voyager et passer du bon temps avec sa conquête du moment. Marie décrocha.

— On ne s'est pas vues depuis des mois, ma chérie.

*Ce ton…*

— Qu'est-ce que tu veux ?

— On pourrait se retrouver. À Clermont, pourquoi pas. Si c'est le seul moyen pour te voir…

*Pitié !*

— Sans ton mec, alors. Surtout si on te prend pour sa mère.

— Je vois que malgré les années qui passent, tu sais toujours te montrer aussi cassante, ma chérie. C'est pourtant la vérité : j'ai envie d'un moment avec ma fille. Où est le mal ? Pourquoi faut-il que tu dramatises tout ?

Sa mère avait l'art de la faire sortir de ses gonds et, cette fois encore, elle y parvenait sans peine.

— Tu me trouves cassante ? Tu veux que je te rafraîchisse la mémoire, peut-être ?

Marie jeta un bref regard à Ethan qui feignait d'examiner le sucrier. Elle ne pouvait pas mentionner devant lui le fait que son beau-père avait glissé les mains sous sa robe, un an à peine après la disparition de son père. *Soi-disant parce qu'il avait trop bu.*

Afin d'écourter la conversation, elle finit par accepter que sa mère vienne la voir. Si ça se trouvait, elle n'était même pas au courant que sa fille avait divorcé. Quelle importance ? Elle n'avait dû rencontrer Michel que trois ou quatre fois.

Après qu'elle eut raccroché, Ethan osa :

— Tu sais, mon père est décédé et ma mère finit ses jours dans un EHPAD. Elle a complètement perdu la boule. Mes parents m'ont eu sur le tard et je n'ai ni frère ni sœur. La famille, ce n'est pas toujours merveilleux.

Elle soupira et le jeune homme ajouta :

— Un jour, je te parlerai de ma chère maman et tu verras qu'elle n'était pas piquée des vers.

Pour toute réponse, Marie rangea son téléphone et demanda l'addition.

# 26

Le petit était toujours là, dans la pénombre de cette chambre impersonnelle que n'éclairaient que les diodes et les écrans des machines destinées à le maintenir en vie.

Marie était revenue. Elle le regardait en silence, en se demandant si d'autres membres de sa famille venaient le voir. Elle pensait à ces enfants prématurés qui avaient besoin de la présence de leur mère pour se raccrocher à la vie.

*Sauf que tu n'es PAS sa mère... Qu'est-ce que tu fais là, d'ailleurs ?*

C'était une putain de bonne question.

*Tu t'attaches, c'est de la folie.*

Son regard s'attardait sur la silhouette assoupie et une autre image lui revint en mémoire. Olivia. La gamine « suicidée ». Elle non plus n'intéressait personne. Pas plus Lamouche que ses voisins.

*Comme Lucky.*

Marie regagna son domicile à pied. Elle voyait son immeuble de loin et cette vision la faisait frémir.

*Tu vas pouvoir dormir alors qu'il y a ce matelas répugnant tout là-haut et tu ne sais combien de rats ?*

Comment avait-elle pu échouer dans un endroit pareil ? L'explication, elle la connaissait.

*Merci, Michel, cent fois merci. Tu voulais me mettre sur la paille, tu m'as déjà renvoyée dans le quart-monde. Bientôt, je vais enfiler un gilet jaune.*

Ce soir, elle n'avait pas envie de rentrer. Mais où aller ? Elle n'avait pas d'amie célibataire pour l'accueillir et l'écouter déballer ses soucis.

En arrivant sur le parking au pied de la tour Corinthe, son regard accrocha un mouvement insolite. Une fourgonnette sombre se déplaçait lentement, phares éteints, comme en maraude. Marie se remémora le rapport des anciens RG : une « voiture noire » qui tourne près des écoles, en quête de chair fraîche.

*Sauf qu'il n'y a pas d'école, par ici. Et qu'il n'y a plus de gamins à cette heure-là. Juste toi.*

Elle se ressaisit. Les légendes urbaines devaient rester à leur place. On ne faisait pas disparaître des gosses comme ça, sans que personne en parle jamais. Clermont n'était qu'un gros village de province, où tout finissait par se savoir. Même le pire.

*Saloperie de bagnole ! Vitres fumées... on dirait un dealer.*

La fourgonnette s'en alla, toujours aussi lentement. Marie rassembla un peu de son courage et se mit à la suivre. Elle s'efforçait de rester en dehors des taches de lumière dispensées par les lampadaires. Soudain, le véhicule accéléra à la hauteur d'un panneau publicitaire avant de griller un stop et de foncer. Marie se mit à courir.

Elle devait identifier la plaque, mais ne réussit qu'à débouler à la sortie d'un parking, deux secondes après la camionnette. Il était trop tard pour distinguer le moindre numéro.

## 27

Arrivée de bonne heure au bureau, Marie composa sur son téléphone le numéro du standard de l'École nationale des officiers de police de Cannes-Écluse, en Seine-et-Marne. C'est là qu'étaient formés jadis tous les inspecteurs de France, avant qu'une réforme ne les nomme « lieutenants ».

Une secrétaire prit son appel.

— Bonjour. J'aimerais savoir si l'élève officier Hervé Prigent est toujours scolarisé chez vous ?

Un silence au bout du fil, puis :

— Qui le demande ?

— Capitaine Lesaux de la Sûreté urbaine, à Clermont-Ferrand. C'est là que M. Prigent a fait son stage, il y a cinq mois à peine.

On lui passa le directeur de l'école, un commissaire divisionnaire, lequel lui parla d'un ton affecté.

— L'élève officier Prigent n'est plus parmi nous, bien malheureusement. Il est décédé.

— Depuis quand ?

Le commissaire choisissait ses mots.

— Quelques semaines.

— C'était après son retour de stage ?

— Oui, en effet.

— Comment cela est-il arrivé ?

— Je n'ai pas l'habitude de communiquer au téléphone des informations confidentielles, capitaine.

— Je travaille sur un dossier auquel Hervé Prigent a participé et…

— … cette tragédie n'a rien à voir avec votre affaire, vous pouvez me croire.

Marie voulut en savoir plus, mais le directeur écourta la conversation. La minute suivante, elle joignait le commissariat de Montereau-Fault-Yonne, dans la circonscription duquel se trouvait l'école des officiers de police. Elle demanda la Sûreté et on lui passa le commandant Larivière. L'accueil fut plus chaleureux qu'à l'école.

— Ma belle-famille est auvergnate, confia-t-il d'un ton badin.

— Quelle ville ?

— Issoire.

— OK. Je peux te déranger une minute ?

— Je t'écoute.

— La mort d'un élève officier, sur le site de Cannes-Écluse, il y a quelques semaines, ça te parle ?

Son interlocuteur répondit du tac au tac.

— Hervé Prigent, trente-six ans, retrouvé pendu dans sa chambre, bloc R1.

— Waouh… c'est toi qui as fait les premières constatations ?

— Exact. Une enquête ordinaire, si on écarte le lieu où se trouvait le cadavre.

— C'est quand même étonnant… Mort à trente-six ans. C'est vraiment un suicide ?

— Tout porte à le croire, et c'est ce que j'ai écrit dans les conclusions transmises au parquet.

— On connaît les raisons de son geste ?

L'autre soupira.

— Avec un suicide, les connaît-on jamais ? Il n'a pas laissé de lettre, mais je penche pour une rupture sentimentale. Tu dois te souvenir de l'ambiance qui règne au sein des promotions… un vrai baisodrome, si tu me passes l'expression. Ça l'était déjà quand je faisais ma scolarité d'élève inspecteur, il y a plus de vingt-cinq ans ! Et il y avait beaucoup moins de filles, à l'époque.

— Tu m'autoriserais à jeter un coup d'œil sur la procédure ?

— Tu veux que je te la faxe ?

— Je préfère venir sur place.

— Si tu as du temps à perdre. Ce n'est pas la porte à côté, Clermont-Ferrand !

— Une nuit d'hôtel, aller-retour en deux jours.

— En ce cas, on peut se retrouver au commissariat. C'est bizarre que tu t'intéresses à ce bonhomme. Qui c'était, ce Prigent ?

— C'est bien ce que j'aimerais savoir.

# 28

Les kilomètres défilaient le long de l'A77 en direction de Paris. Le GPS indiquait une sortie à la hauteur de Darvault, par la D403. Ce n'était plus très loin.

Marie avait quitté l'école de Cannes-Écluse depuis une quinzaine d'années. Les souvenirs étaient encore vivaces. Bien que cette période ait signé son entrée dans la vie active et le début de son indépendance, elle n'en avait conservé qu'une impression de tristesse et d'ennui avec en mémoire les champs de betteraves alentour, le ciel gris et l'ancienneté des bâtiments, pour ne pas dire la vétusté.

*Tout sauf une colonie de vacances.*

Elle sourit. Les couples s'y faisaient et s'y défaisaient au fil de la scolarité. On lui avait fait quelques avances, à elle aussi.

Un panneau annonçait une station essence. Elle avait envie d'un café. Après avoir garé sa Peugeot de service, elle commanda un double expresso et se rendit aux toilettes avant de revenir s'installer en achetant au passage la presse locale. Cette pause lui fit du bien. La lumière du matin passait par les baies vitrées de la cafétéria et tout semblait normal. Un homme faisait le plein, le nez en l'air. Une femme houspillait ses deux enfants pour qu'ils remontent en voiture. Un pompiste passait le balai. Plus loin, un van noir stationnait, immobile, sans que rien perce derrière ses vitres teintées.

Le pouls de Marie s'accéléra. Elle reposa doucement sa tasse.

*Pas de panique, ma fille, tu te fais des films.* Une intuition, rien de plus ; le genre de truc que Valmont ne comprendrait jamais. Marie vérifia machinalement la présence de son arme dissimulée sous le pan de sa veste et se dirigea le plus naturellement possible vers la sortie. Elle essayait de se raisonner tout en traversant le parking.

*Cette bagnole n'a rien à voir. C'est un hasard. Tu deviens parano.*

Il n'y avait pas trente-six solutions et Marie, face au stress, n'avait jamais tourné les talons. Sa réaction à elle, c'était plutôt de foncer pour en avoir le cœur net. Elle marcha en direction du véhicule qui se trouvait à moins de vingt mètres et le dépassa l'air de rien avant de se placer dans l'angle mort des rétroviseurs et de revenir sur ses pas en position basse, l'arme au poing. Les vitres fumées, de près, laissaient voir un habitacle nickel avec quelques magazines sur la banquette arrière, un petit sapin désodorisant, une veste sur un cintre et des mouchoirs en papier sur le siège passager. La voiture était vide.

La pression retomba d'un coup.

*Quelle idiote tu fais !*

Peu lui importait. Elle nota rapidement le numéro dans son téléphone au cas où et retourna vers la Peugeot.

L'instant d'après, elle quittait l'aire de repos et accélérait sur la départementale, non sans vérifier à plusieurs reprises qu'elle n'était pas suivie. C'était plus fort qu'elle. Le malaise subsistait. Ces affaires de Hyène, de suicide de jeune fille, de plantation de cannabis et d'étage d'immeuble intégralement squatté puis abandonné du jour au lendemain lui laissaient une impression de danger qu'elle n'arrivait pas à chasser. Son sixième sens lui hurlait de se tenir sur ses gardes. Trop de choses étranges, discrètes et furtives semblaient se passer dans la ville pour qu'elle n'en tienne pas compte et sa mère, toute cinglée qu'elle était, lui avait toujours dit que chaque rumeur, chaque légende, cachait sa part de vérité.

À cela s'ajoutait, depuis qu'elle avait visité les appartements du squat, cette impression d'une présence invisible, comme une ombre. Son instinct, toujours. Et jusqu'alors, il ne l'avait jamais trompée.

# 29

Le commandant Larivière offrit à Marie de s'asseoir sur un minuscule canapé qui faisait face à son bureau. Il lui remit alors un dossier d'une trentaine de pages. Il y avait quelques planches photographiques au milieu. On y voyait le cadavre d'un jeune homme, pendu par le cou avec une ceinture en cuir accrochée au montant d'un lit retourné à la verticale.

Ainsi suspendu, et malgré les pieds qui touchaient le sol, le poids du corps était entièrement supporté par la ceinture.

Marie examinait les clichés.

*Ces chambres... toujours à vous filer le bourdon !*

Petite table, une chaise, un lit et une armoire. Dans ses souvenirs, certaines pièces bénéficiaient d'un lavabo, mais pas celle-ci.

— Il avait laissé son uniforme de cérémonie, plié dans un coin.

Marie restait concentrée sur les photos.

— Un incident survenu dans sa vie ?

*À part son stage calamiteux chez nous...*

Le commandant se cala dans son fauteuil.

— Très bon élève, des aptitudes physiques certaines et une grande conscience professionnelle, c'est ce que m'ont raconté ses formateurs. Il était bien parti pour être major de sa promotion.

— Des jalousies au sein de l'école, des ennemis déclarés ?

— Non, pas vraiment. Il avait une petite amie, Fabienne Hourdain. Elle faisait partie de son groupe, le numéro 8. Je l'ai longuement interrogée, mais elle ne m'a rien appris d'intéressant.

Un bref silence.

— Je crains que tu n'aies fait tout ce voyage pour rien. Si tu veux mon avis, on ne saura jamais pourquoi il a fait ça.

Alors, Marie décida de mettre son collègue dans la confidence :

— J'ai des éléments qui expliquent peut-être son geste. Je les ai trouvés en marge d'un dossier sur lequel je bosse. En fait, son stage à Clermont-Ferrand, comme tu le sais, s'est très mal passé. Il a pu en souffrir et douter de son choix d'entrer dans la police. De mon temps, la note de stage était celle qui avait le plus gros coefficient ; ça pesait lourd dans le classement final. Il n'a peut-être pas supporté d'être rétrogradé ?

Larivière hocha la tête.

— Tu trouveras à la fin du dossier la copie d'un rapport adressé à la direction de l'école. Un commissaire y justifie la note attribuée à Hervé Prigent : 7/20.

— Une notation aussi dure, c'est rarissime.

— Oui, c'est sûr.

Marie lui tendit le rapport signé par le commissaire Lamouche. Il était tamponné d'une Marianne avec le cachet de la Sûreté départementale du Puy-de-Dôme. En quelques lignes, son taulier étouffait dans l'œuf la carrière balbutiante du jeune officier : « Rétif à la hiérarchie et d'un naturel frondeur, l'élève lieutenant Prigent s'est comporté comme un électron libre, allant jusqu'à contrarier une enquête en cours. »

La suite était à l'avenant.

*Tout le monde lui est tombé dessus.*

— Tu permets que je fasse une copie ? Cela m'évitera de chercher à nouveau dans les dossiers.

Le commandant la regardait en souriant.

— Je te donne le numéro de Fabienne Hourdain, en prime. Comme ça, tu n'auras pas fait tous ces kilomètres pour rien.

# 30

La nuit était pleine de brouillard, comme dans ses souvenirs, lorsque après ses cours au sein de l'école de police elle s'en allait courir le long du quai de l'Yonne. Cannes-Écluse n'avait pas changé. C'était la même petite ville de province avec ses allures de cité-dortoir bien tranquille. Il n'y avait pas grand-chose à y faire dès la nuit tombée et peu de bars pour boire un verre et oublier les examens. La Pizzéria Cornelio, située derrière l'église, était le restaurant le plus proche de l'école. Pour ceux qui voulaient davantage de choix, il fallait pousser jusqu'à Fontainebleau.

Marie avait réservé une table, à l'écart. Elle tournait le dos au mur et pouvait surveiller, à travers la baie vitrée, les allées et venues dans la rue. À sa montre, il était 21 heures. Une fille brune, blouson et jean, fit son entrée. Elle embrassa la salle du regard avant de repérer la table où Marie était assise. La très jeune femme lui fit signe et s'approcha. Marie la détailla : allure garçonne avec ses cheveux coupés court, un beau visage et des lèvres qui devaient rendre les mecs gagas.

— Fabienne ?

Les deux femmes se serrèrent la main.

— C'est gentil à toi d'être là, j'espère que tu n'es pas en période d'évaluation ?

— Non, pas encore. Et je suis ravie de rencontrer une collègue de la « vraie » police, ça me change des formateurs rangés des voitures.

— J'ai eu ton numéro de téléphone grâce au commandant qui t'a auditionnée.

— Je comprends, pas de problème.

Marie avait promis à Larivière la discrétion. Elle proposa à la jeune fille de passer commande. Quand le serveur se fut éloigné, le visage de Fabienne Hourdain se fit plus sombre.

— Tu es là pour Hervé ?

— En effet, je cherche des réponses.

La jeune femme acquiesça sans commenter. Elle ne voulait pas passer pour une débutante. Marie ne tourna pas autour du pot.

— Vous avez eu une liaison, tous les deux…

Les joues de Fabienne prirent un peu de couleur.

— Elle a duré un mois, à peine.

— Vous n'étiez plus ensemble, au moment de sa disparition ?

— Plus depuis des semaines. Notre histoire n'a jamais été sérieuse, à vrai dire. Hervé était un beau mec, plutôt gentil. C'est son caractère qui ne m'a pas plu.

— Quel genre ?

— Cabochard, donneur de leçons. Il faut reconnaître qu'il était très intelligent et captait tout, très vite. Il voulait passer le concours de commissaire en interne et il l'aurait eu, haut la main.

— Cette histoire de suicide, c'est crédible ? Qu'en disent tes collègues ?

— Tout le monde a été stupéfait. C'est juste… un tel gâchis.

Ses yeux s'embuèrent. Le serveur apporta les plats. Fabienne essuya ses larmes d'un revers de manche. Elle sortit son téléphone.

— Regarde. C'était au retour de son stage à Clermont. On était restés en bons termes.

Sur l'image, Hervé était en tenue de sport, jogging réglementaire et bras croisés.

— Il m'avait demandé de faire une photo pour ses amis. Ils le charriaient en disant que les flics ne savaient pas courir.

Marie prit le smartphone et regarda attentivement.

— On peut zoomer ?

Elle lui montra comment faire. Marie avait remarqué un détail, à l'arrière-plan. Elle récupéra son cartable en cuir qui contenait le dossier interne à l'école transmis par Larivière et sortit la photo des premières constatations : on y voyait Prigent alors qu'il était encore pendu.

— Ne regarde pas, Fabienne.

Sur la photo de Fabienne, le mur couleur moutarde derrière le meuble était vierge de toute marque. Sur le cliché de la police, en revanche, la silhouette d'Hervé au premier plan laissait entrapercevoir *quelque chose* d'inscrit : comme un ensemble de traits que la penderie dissimulait en partie. Il fallait un œil de faucon pour voir la différence.

*Le diable se niche dans les détails.*

Penchée sur les deux images, l'une dans le téléphone, l'autre imprimée, Marie sentait les idées valser dans sa tête.

— Hervé est décédé depuis quelques semaines. Qu'est devenue sa chambre, depuis ? On l'a attribuée à quelqu'un ?

— Ça m'étonnerait. Tout le monde la connaît et personne n'aimerait y dormir. Il y a eu des scellés sur la porte, mais ils ont été levés maintenant.

— Donc, elle est *en l'état* ?

— Je suppose.

— Un risque qu'elle soit fermée à clef ?

— Les piaules inoccupées sont ouvertes, en général.

Marie réfléchissait.

— Fabienne, tu pourrais me rendre un service ?

# 31

Fabienne et Marie marchaient côte à côte dans le brouillard qui leur offrait une couverture idéale.

— Je suppose que l'entrée du site a toujours un poste de garde, ouvert H24, fit Marie.

— Oui, on va passer par l'arrière.

L'école était divisée en deux espaces distincts : les bâtiments de la scolarité et de la direction d'une part, les terrains de sport, le gymnase et les maisonnettes des instructeurs d'autre part. Ces dernières jouxtaient une petite rue, bordée d'arbres. Un portillon bloquait l'accès au site. Dans la brume, à quelques dizaines de mètres, Marie reconnaissait la forme trapue des habitations. Fabienne sortit une clef de sa poche et déverrouilla l'issue.

— De mon temps, les élèves n'avaient pas ce genre de passe, murmura Marie.

— C'est toujours interdit, souffla Fabienne, mais une de mes copines est à la colle avec un prof de sport. Il lui a donné ça, c'est un double du double.

— Pratique.

— Ils n'ont pas besoin de savoir qui flirte avec qui, commenta la jeune femme.

Elles prirent la direction des édifices où se trouvaient les chambres des élèves. Marie revit la piste d'athlétisme et le local où se déroulaient les séances de tir. Les souvenirs affluaient. Elle n'éprouvait aucune nostalgie, bien au contraire. Sa scolarité avait été marquée par un drame intime et la période était à jamais inscrite en elle comme l'une des plus noires de son existence. Parti en reportage en Afrique, son père devait rentrer pour assister à la cérémonie de fin d'études. Le ministre de l'Intérieur devait prononcer un discours. Marie allait entamer sa vie professionnelle. Une étape importante. Ses résultats étaient excellents : on allait la féliciter et lui ouvrir des portes.

Mais son père n'était pas venu.

Personne n'avait plus jamais eu de nouvelles. Il s'était volatilisé lors d'une échappée en solitaire, dans le désert au Kenya.

Disparu.

Marie sentit la pointe de la douleur à jamais plantée dans sa poitrine lui fouailler le cœur tandis que sa collègue lui montrait un bâtiment. Elle déglutit difficilement.

— Chambre 18 ?

— Oui, répondit Fabienne. À partir de maintenant, essayons d'être discrètes, je n'aimerais pas qu'on pense que j'emmène des filles dans ma piaule le soir !

Marie hocha la tête. Peu de choses avaient changé dans cette école. Un petit groupe d'élèves traversait la cour d'honneur. Les deux femmes se dissimulèrent dans un renfoncement le temps qu'ils s'éloignent.

— On peut y aller !

Fabienne marchait devant. La cage d'escalier sentait les produits d'entretien et la couleur des peintures datait toujours des années soixante-dix.

*Tout est resté dans son jus. La première fois que je suis entrée dans un bâtiment comme celui-là, papa était encore à la maison.*

Elles atteignirent le premier étage. Le couloir était silencieux.

— La chambre est au fond, près de la fenêtre.

— Allons-y.

Fabienne était impressionnée par le cran de son aînée, et cette escapade nocturne, au parfum d'interdit, n'était pas pour lui déplaire. Elle tendit la main vers la poignée de la « 18 ». La chambre avait tout de la cellule monacale.

— On ne touche pas à l'interrupteur, chuchota Marie en sortant une petite lampe de poche.

Puis elle braqua le faisceau de sa torche sur le sol en linoléum et s'accroupit. Elle profitait de la lumière rasante pour l'examiner en détail.

— On a déplacé quelque chose de lourd, murmura-t-elle.

Fabienne, bras croisé, se tenait à l'écart. Elle jetait fréquemment des regards vers la porte, craignant à tout moment de voir un gardien faire irruption. Marie vérifia l'intérieur vide de l'armoire. Alors, elle tendit sa lampe à sa complice et dit à voix basse :

— Éclaire-moi pendant que je la déplace.

Quand l'espace fut dégagé, Marie récupéra sa lampe et elle en projeta le rayon sur le mur.

— C'est quoi ce truc ? s'exclama Fabienne.

Marie scruta longuement l'étrange dessin avant de sortir son téléphone et d'examiner la photo qu'elle avait prise, au dernier étage de son propre immeuble.

*Le même symbole tribal.*

Tracé au feutre, il ressemblait à ceux que des mains d'enfants avaient laissés un peu partout dans le squat de la tour Corinthe. Cette version semblait plus aboutie, moins puérile. Que signifiait-elle ? Les deux femmes étaient incapables de le dire. Mais une chose était sûre : c'était quelque chose de répugnant et de primitif. Fabienne s'approcha du mur. Il s'en dégageait encore une très légère odeur de marqueur.

— C'est Hervé qui l'a tracé ?

Fabienne haussa les épaules. Elle n'en avait pas la moindre idée.

— Le symbole devait déjà être là quand les collègues ont trouvé son corps, commenta Marie, et comme l'armoire dissimulait une partie de la cloison, ils ne l'ont pas noté dans les constatations.

*Travail bâclé. À moins qu'on ait délibérément omis ce détail ?*

Fabienne n'en menait pas large.

— Ça me fait penser à un rituel de sorcellerie. C'est flippant.

Marie acquiesça.

# 32

Quand Marie gara sa voiture face à l'entrée de l'école, il était 10 heures du matin. Les drapeaux alignés devant la cour d'honneur claquaient dans la brise. Vêtue de sa tenue d'élève, Fabienne vint à sa rencontre.

— Tu as bien dormi ? lança Marie en lui faisant la bise.

— Non, pas du tout. Notre virée m'a fait cogiter toute la nuit.

— Je comprends, c'était beaucoup te demander de revenir dans cette chambre.

Fabienne était au bord des larmes.

— C'est là qu'on s'était embrassés pour la première fois. Il paraissait heureux et, moi, je l'étais pour de bon, même si notre histoire a été brève. Si j'avais pu me douter qu'il allait se pendre à cet endroit, quelques semaines plus tard…

Marie lui serra chaleureusement l'épaule.

— Ça va aller.

Fabienne hocha la tête.

— J'espère que ton enquête aboutira.

— Merci de ton aide et bonne chance pour la suite de tes études.

Marie rentra dans la voiture. Fabienne avait le cœur serré. Elle se pencha vers la portière et Marie baissa la vitre.

— Si un jour tu parviens à identifier ce truc qu'Hervé a inscrit sur le mur… Je n'arrête pas d'y penser.

— Compte sur moi, Fabienne.

Elle mit le contact et s'éloigna en direction de l'autoroute A77. Dans le rétroviseur, Marie vit la jeune fille qui lui faisait signe. Elle songea de nouveau à son père et se fit la promesse que plus jamais elle ne remettrait les pieds dans cet endroit. Il avait fait d'elle une orpheline.

Ethan était à son poste, occupé à renseigner des lignes de code. Marie referma doucement la porte. Sa virée de la veille l'avait épuisée.

— Quelles nouvelles ? lança la policière comme si elle rentrait à la maison.

Le jeune homme souriait ; il semblait content de retrouver sa nouvelle partenaire.

— Rien de spécial, ou plutôt si. Des tracts syndicaux ont fait leur apparition, ici ou là. Il y en a même un scotché dans les toilettes réservées aux handicapés, au cas où je n'aurais pas compris le message.

Il en tendit un exemplaire à Marie. Le titre en grosses lettres capitales disait : « Dégagez les fonctionnaires, place aux machines ! »

*Notre petit secret n'a pas mis longtemps à être éventé !*

Les arguments suivaient. Marie les connaissait.

— Essayons de ne pas nous laisser intimider. Le problème c'est surtout qu'ils risquent de déballer ça à l'extérieur. Ça craint.

Ethan approuva.

— Je n'ai pas travaillé comme un dingue sur Valmont pour me faire emmerder par des bas du front. On gérera. Le ministère prendra le relais. Parle-moi plutôt de ton déplacement.

Marie l'avait mis dans la confidence. Elle posa sur la table les deux photos qu'elle avait imprimées depuis son smartphone.

— La première a été prise dans ton immeuble, et celle-là dans la piaule d'Hervé Prigent, c'est bien ça ?

Marie confirma tandis qu'Ethan les détaillait.

— Qu'est-ce que tu proposes ?

— Je ne sais pas encore. Mais ce matin, je me sens inspirée.

Elle enfila rapidement le tee-shirt à manches longues, prit les lunettes électroniques dans leur boîtier et s'engagea au milieu de la salle.

— Mise sous tension du système, fit-elle.

— Prêt, répondit Ethan.

Marie regarda devant elle.

— Bonjour Val.

— *Bonjour Marie*, lança la voix artificielle.

— Val : extraction.

Les icônes apparurent. Marie énonça les mots-clefs qui devaient orienter les recherches du programme :

— Afrique/sorcellerie/talisman/gri-gri/dessin/tag/symbole/immeuble.

Valmont entama sa recherche et bientôt une réponse surgit. Elle ne contenait qu'une seule occurrence : « Afrique ».

Marie tendit la main vers le document au format texte et l'ouvrit.

*Une plainte. Elle date de près de six ans…*

Elle décida pourtant de l'examiner. Antoine Perrin, conservateur du muséum d'Histoire naturelle de Clermont-Ferrand, signalait aux policiers la disparition d'un crâne de tigre à dents de sabre. La relique s'était volatilisée en pleine nuit. Le responsable n'excluait aucune hypothèse, pas même une « blague » d'étudiants. Val, en surbrillance dans le texte, faisait ressortir un extrait de la déposition du plaignant :

« Le crâne de *Machairodus crenatidens*, cousin auvergnat du célèbre tigre à dents de sabre, était exposé sous cloche, dans notre collection de paléontologie régionale. J'ajoute que, la même nuit, on s'est attaqué à la vitre qui protégeait, près de l'entrée du musée, nos deux défenses d'éléphant d'Afrique. Par chance, ces dernières sont restées sur place. »

À la question : "Avez-vous remarqué quelque chose de particulier suite au vol", M. Perrin nous répond par la négative. »

Marie remonta ses lunettes sur son front et se tourna vers Ethan.

— J'ignorais qu'il y avait un muséum d'Histoire naturelle à Clermont. Dire que j'habite dans cette ville depuis des années !

Le jeune homme consultait son smartphone.

— Il a été fondé en 1873 par le botaniste Henry Lecoq. Tu penses que ce serait intéressant d'y faire un saut ?

Marie désigna les deux clichés posés sur la table. Elle songeait au dessin.

— Ce conservateur doit baigner toute la journée dans le folklore et les vestiges du passé. Ce signe lui dira peut-être quelque chose ? Qu'a-t-on à perdre, à part un peu de temps ?

Ethan confirma.

# 33

Un épisode neigeux s'était abattu sur tout le Massif central. Du sommet des volcans descendait un vent polaire qui charriait des rafales mêlées de grésil. Sur les toits de la vieille ville, les ardoises recouvertes d'une pellicule blanche contrastaient avec la noirceur des murs, taillés dans des blocs de pierre de Volvic.

Après s'être garée devant le muséum, Marie ouvrit le coffre et aida Ethan à sortir son fauteuil. Le jeune homme marchait d'un pas presque naturel, excepté l'engourdissement de ses jambes qui mettait toujours du temps à se dissiper. Ses chaussures laissaient des marques noires dans le fin duvet de neige qui recouvrait le trottoir. Se tenir debout lui faisait du bien. Après quelques minutes, il se retourna et regagna son fauteuil. Juste avant de s'asseoir, il prit son téléphone et balaya avec son capteur le haut de sa hanche.

— Qu'est-ce que tu fais ? lui demanda Marie.

Il ne répondit pas, mais cela n'avait rien d'insultant. Comme s'il allait le faire le moment venu. Son regard ne quittait pas l'écran. Souvent Ethan se disait que mourir fauché par le tir de la kalache aurait été préférable à cette vie-là : une grenade dégoupillée qui l'accompagnait partout et tout le temps.

Mais ce matin, la vue des arbres coiffés de neige et le sourire de son équipière lui démontraient le contraire. Se contenter des petites choses était une philosophie qui en valait bien une autre et, pour l'heure, son objectif se résumait à prouver que Valmont était efficient.

Marie présenta sa carte professionnelle au guichet du musée et demanda à parler au conservateur. Antoine Perrin était dans son bureau. Rien à voir avec un cabinet de curiosités encombré d'artefacts. Tout y était aéré et bien rangé. L'homme les dévisagea avec attention. Des petites lunettes accentuaient l'acuité de son regard. Marie exposa brièvement le but de leur visite. Elle posa sur la table la photo du symbole. Perrin attrapa une loupe et examina l'image avec soin.

— On dirait une variante, en plus baroque, du *nazar boncuk*, une amulette turque censée repousser le mauvais œil.

— Un lien quelconque avec de la sorcellerie ? demanda Marie.

— En quelque sorte : c'est le genre de signe qu'on peut apposer sur des cailloux pour bloquer l'accès à une hutte ; ça fonctionne comme une barrière de protection. La calligraphie est africaine, je dirais. Elle m'évoque le vaudou.

— C'est la première fois que vous voyez un symbole pareil ? intervint Ethan.

— Certainement. Il faut dire que le muséum n'est pas du tout spécialisé en culture africaine. Excepté notre oryx empaillé, nous avons surtout hérité des collections privées d'un botaniste. Notre richesse, ce sont nos herbiers.

Les yeux de Marie se posèrent sur la photo.

— Ce signe est peut-être impliqué dans la mort de plusieurs personnes, nous aimerions en connaître la signification.

Perrin considéra cette dernière remarque avant de répondre :

— Nous avons, dans notre réserve, quelques rares ouvrages traitant du continent africain, mais trop abîmés pour être présentés. Nous cherchons des mécènes pour financer leur restauration.

Le scientifique se gratta le sommet du crâne.

— Je pense à un titre en particulier qui pourrait vous intéresser. Outre son mauvais état, son sujet même interdit toute exposition. Nous avons trop peur de déclencher des polémiques stériles ou de nous le faire voler.

— Comme le crâne du *Machairodus*, fit Marie en souriant.

— Celui-là, Dieu merci, vos confrères l'ont retrouvé dans le bassin du jardin Lecoq !

Marie jeta un coup d'œil vers Ethan avant de s'adresser de nouveau au conservateur.

— Ce livre, nous pourrions le voir ?

## 34

La salle se trouvait derrière une porte épaisse sur laquelle une affichette précisait : « Réservé au service : entrée interdite ». Le conservateur tourna une clef dans la serrure. Ils pénétrèrent dans une large pièce éclairée au néon. Des étagères couraient le long des murs. Au centre, de grandes tables recouvertes de boîtes. L'entrée était suffisamment spacieuse pour qu'Ethan y engouffre son fauteuil. Antoine Perrin se dirigea vers une caissette transparente qui renfermait un ouvrage. Un pot rempli de sel se trouvait à côté.

— C'est pour absorber un peu plus l'humidité de l'air.

Marie s'intéressait déjà au coffret :

— On dirait du bois gravé.

— Presque. Il s'agit d'un livre dont la couverture est confectionnée à partir de l'écorce d'un arbre africain. Il daterait du début du XIX^e^ siècle, mais cela reste à confirmer.

— Il semble vraiment très vieux.

— Il est surtout très abîmé. À l'origine s'y trouvaient des illustrations à base de pigments et d'encres décolorés, mais aujourd'hui beaucoup ont disparu. Quant aux pages, c'est à peine mieux. On les a traitées à l'aide d'une cire insectifuge pour combattre les poissons d'argent, ces insectes qui se nourrissent de cellulose.

Le maître des lieux enfila une paire de gants et ôta le couvercle. Une odeur douceâtre s'exhala du coffret : mélange d'iode, de pourriture et de produit chimique.

— Nous avons entrepris de numériser tous nos herbiers, mais pour le reste on procède à l'ancienne : les consultations sont manuelles.

Les pages mouchetées étaient remplies d'une écriture soignée, en anglais.

— Selon la légende, ce livre proviendrait de la célèbre collection des livres en bois de Cordoue, en Espagne. Mais à vrai dire, j'en doute. Ce que vous avez sous les yeux ressemble plus à une copie. Comment Lecoq se l'est-il procuré, je l'ignore.

— Qui en est l'auteur ? demanda Ethan.

— Roland Harrington, un pasteur qui écuma l'Afrique australe avant de prendre sa retraite à Londres. Un contemporain de l'explorateur David Livingstone. Il était fasciné par l'occultisme et les rites magiques tribaux. Son ouvrage s'intitule *African Dark Sects*. Il daterait de 1870, si on en croit la page de garde. Je pense que nous avons là l'unique exemplaire.

Antoine Perrin tournait les pages avec d'infinies précautions.

— Quelle œuvre singulière, vraiment. Elle contient un recueil de pratiques magiques, une liste de sectes africaines et même un *liber monstrorum* où figure toute une tripotée de créatures imaginaires. Des plantes carnivores géantes aux « garous ».

Les illustrations ne pouvaient provenir que d'un esprit dérangé.

— Drôle de révérend, cet Harrington, commenta Ethan. Où cet ouvrage a-t-il été trouvé ?

Perrin jeta un coup d'œil à une notice collée sur le dessus du couvercle.

— Protectorat du Nyassaland, dit-il en plissant les paupières. Une ancienne colonie britannique devenue indépendante au début des années soixante. Aujourd'hui, c'est le Malawi.

Le conservateur ajouta en parcourant la notice du regard :

— L'écorce provient d'un « arbre aux lépreux », un type de baobab qu'on rencontre dans le parc de Liwonde. *African Dark Sects* en fait mention. Je vais vous traduire la suite : « Au pied de la colline de Chinguni, entourée d'un chemin de terre, se trouve l'arbre aux lépreux. Son tronc immense et creux sert de tombe pour les individus frappés de la lèpre ; les malheureux y étaient jetés vivants, parfois attachés les uns aux autres, pour peu qu'ils appartiennent à la même famille ; selon une croyance locale, les ladres ne devaient pas être inhumés, car leur maladie risquait de contaminer le sol. »

— Charmant, souffla Marie.

Le conservateur poursuivait sa lecture. Harrington avait griffonné différentes représentations cabalistiques, mais les poissons d'argent s'en étaient donné à cœur joie. Au bout de quelques secondes, son doigt se posa sur le bas d'une page.

— Une spirale au milieu d'une toile d'araignée, entourée d'un cercle…

— C'est notre signe ! s'exclama Marie.

Perrin lut une inscription en dessous :

— C'est l'Œil de Nyambé : un symbole de protection particulièrement puissant, destiné à contrer des forces démoniaques. C'est écrit noir sur blanc.

Ses yeux ne quittaient pas les notes du révérend.

— Voilà une chose à ne pas manier à la légère.

— Vous pouvez préciser ? demanda Ethan.

— Eh bien, si j'en crois ce qui est marqué là-dessus, l'Œil de Nyambé serait doté d'une certaine duplicité : il bloquerait les imprécations, mais affaiblirait du même coup l'énergie vitale de son utilisateur. Et cela, aussi longtemps qu'il reste dessiné.

— Comme un machin radioactif qui vous tuerait à petit feu ? commenta Marie.

— C'est cela. Le symbole était destiné à un usage provisoire : une force puissante à déclencher avec parcimonie !

— Faute de quoi ?

Antoine Perrin lut la dernière ligne.

— « La folie attend les impudents »…

*Ou le suicide.*

Le couvercle fut remis à sa place et le conservateur les invita à rejoindre l'entrée du muséum. L'homme était pensif.

— Ceux qui dessinent ce symbole aujourd'hui doivent le faire pour une bonne raison.

— Toute la question est de savoir laquelle, fit Ethan.

— Quelque chose les terrifie, je suppose.

*Quelque chose ou quelqu'un.*

## 35

La neige tombait dru. Marie aida le jeune homme à replier son fauteuil. Elle regarda le ciel.

— D'ici quinze minutes, les trottoirs seront de vraies patinoires.

— Je peux t'offrir une boisson chaude chez moi. Le temps que la ville envoie les saleuses.

Marie apprécia l'idée. Ethan avait loué un T2 au rez-de-chaussée d'une bâtisse située rue du Port ; le propriétaire l'avait partagé en plusieurs appartements, équipés chacun d'une kitchenette. Ils entrèrent chez lui.

— Ne fais pas attention au désordre, s'excusa-t-il en allumant l'interrupteur.

Dans un coin se trouvait une grande table avec plusieurs écrans et autant d'unités centrales. Sur un mur, l'affiche du film *Les Trois Jours du condor* de Sydney Pollack, avec Robert Redford.

Ethan vit qu'elle plaisait à Marie.

— Un homme seul qui se dresse face à un complot, j'aime ça.

— C'est toi, Robert Redford ? demanda-t-elle en riant. Ici, on dirait plutôt le repère d'un hacker.

Elle ôta sa veste. Ethan ne répliqua pas. Il s'occupait du thé. Pendant que l'eau frémissait dans la bouilloire, Marie inventoriait la pièce. Sur les rayonnages d'une petite bibliothèque, des photos encadrées d'une jeune femme, très belle, revenaient souvent. Marie l'observa en silence. Ils s'assirent tous les deux sur le canapé.

— J'ai toujours mon appartement à Paris, mais il n'est plus adapté vu ma situation. Je devrais le vendre.

Marie souffla pour refroidir le thé.

— Tout à l'heure, c'était quoi ce truc que tu examinais avec ton téléphone ?

— Un éclat de balle.

Devant la mine interloquée de sa collègue, Ethan décida de tout lui raconter.

— Je ne sais pas de combien de temps je dispose avant d'être définitivement cloué dans un fauteuil, ou pire. C'est pour ça que je bosse sur Valmont, jour et nuit.

Il désigna son matériel d'un mouvement de tête.

— Ce que j'ai vécu ne doit pas se reproduire. Nous devons bloquer ces cinglés avant qu'ils ne tuent encore des innocents, comme Alice.

— C'est sa photo, dans ta bibliothèque ?

Il hocha la tête. En reposant sa tasse, elle confia à son tour :

— Quand ma mère a rencontré mon père, il était envoyé permanent au Kenya. Leur idylle avait de faux airs d'*Out of Africa* et ma génitrice s'est prise pour Karen Blixen.

Elle eut un rire amer :

— Un jour, mon père est parti dans la brousse pour ne plus jamais en revenir. Ce devait être sa dernière mission en Afrique. Notre famille vivait à Vichy depuis une vingtaine d'années et il ne s'en allait plus qu'épisodiquement. Mais il avait gardé des contacts sur le continent, on faisait encore appel à lui.

— Que lui est-il arrivé ?

— On n'a jamais su. Les autorités ont évoqué une attaque de lion. On n'a retrouvé que sa montre, en vente sur l'étal d'un marché de village. C'est la seule chose que j'ai conservée de lui. Ma mère reste persuadée qu'il a refait sa vie, quelque part, sous une autre identité.

Ethan eut une moue dubitative.

— Et toi, qu'en penses-tu ?

Comme chaque fois qu'elle évoquait son père, la tristesse s'abattit brutalement sur Marie.

— Je l'ai attendu des années. Faute de nouvelles, mon imagination galopait et j'échafaudais les hypothèses les plus folles : je le voyais prisonnier d'une tribu cannibale, de trafiquants d'ivoires ou d'esclavagistes. Je repensais à mon enfance, quand je voulais être aviateur, comme Robert Redford dans le film. Qu'aurait fait la petite fille que j'étais alors, à ma place ? Elle aurait sans doute loué un aéroplane pour survoler inlassablement la savane, en quête de mon père.

Marie ajouta après un long silence :

— Il n'y avait pas Valmont à ce moment-là…

## 36

Le siège de Volcans Habitats, l'Office public de l'habitat de la métropole clermontoise, se trouvait non loin de la place de Jaude, dans un bel immeuble sombre, aux murs enguirlandés de feuillage en acier, couleur lave. Marie demanda à parler à la responsable dont le nom figurait en toutes lettres dans le rapport du renseignement territorial que Valmont avait exhumé. Il était consacré aux rumeurs de sorcellerie qui enflaient dans les cages d'escalier du quartier Saint-Jacques.

Une dame entre deux âges la reçut. Sa tenue était austère, un chignon et des lunettes accentuaient son air de vieille fille. Sur son bureau, pas de photos d'enfants, mais celles de gros chats qui se prélassaient sur une terrasse au soleil. Quand la responsable comprit ce qui motivait la venue de la police, ses traits se contractèrent. Marie ouvrit son carnet.

— La petite Olivia a fait une chute mortelle du haut de la tour Corinthe. Votre office gère bien cet immeuble ?

— Plus depuis un an.

*Elle a peur, elle aussi.*

— Vous pouvez tout de même m'en dire deux mots ?

— Ça dépend.

— Ça dépend de quoi ?

— Je ne sais pas. Des raisons de votre enquête.

*Toujours sur la défensive.*

— Nous pensons que le décès de cette enfant n'est pas accidentel.

— Je croyais que le dossier avait été classé sans suite ?

— Il l'a été… mais classement ne signifie pas prescription. Des éléments nouveaux peuvent surgir.

— C'est pour ça que vous êtes là ? Que voulez-vous savoir ?

— Tout. Tout ce qui pourra empêcher un autre drame.

La femme sursauta imperceptiblement.

— Je ne connaissais pas Olivia. Sa mère et ses sœurs logeaient, nous l'avons appris par la suite, dans un appartement prêté par une propriétaire de l'immeuble. Cette famille était venue en France à la demande du père : un ouvrier sans papiers qui travaillait sur un chantier des environs. Je crois qu'un jour il s'est fait renverser par un camion. La famille n'est arrivée qu'après, ignorant tout de la tragédie. La situation était critique : la mère était seule et sans ressources avec ses filles sur les bras.

Marie notait.

— Qui était la bonne âme ?

La gérante partit chercher un dossier. Sur la couverture, marqué au feutre rouge : « Contentieux ».

— Florence Moreau, lit-elle en ouvrant la chemise. Son mari possédait deux logements dans la tour ; celui qu'il occupait avec son épouse et le T2 tout en haut. Elle en a hérité à sa mort.

— C'est là que vivaient Olivia et sa famille ?

La femme fit un vague geste de la main.

— Nous n'avons jamais vraiment compris ce qui s'est tramé là-haut, il y a eu toutes sortes de problèmes dans cette tour et la venue de cette famille, dans des conditions obscures, n'a pas arrangé les choses. Le dernier étage était ingérable. Rajoutez à cela des dégradations en série, des locataires insolvables et ces rumeurs délétères. Tout le monde fuyait. À l'heure qu'il est, la moitié des logements doivent être vacants.

— Et Olivia, qu'a-t-il pu lui arriver ?

La responsable haussa les épaules.

— Quand cette enfant est décédée, notre office ne s'occupait déjà plus de la copropriété, la ville avait décidé d'arrêter les frais. Un autre organisme a été nommé. Aux dernières nouvelles, ils ont aussi jeté l'éponge.

La gérante regarda sa montre.

— Je dois assister à une réunion à la mairie, justement.

Marie se leva. La gérante enfila son manteau. Elles se dirigèrent ensemble vers la sortie.

— Si quelqu'un a vraiment poussé cette enfant, alors c'est absolument terrible, lâcha la responsable.

Elle appuya sur le bouton de l'ascenseur, les doubles portes s'ouvrirent. Marie allait prendre congé quand la gérante la retint par le bras. Elle lui murmura :

— Ma voiture est garée au sous-sol. Venez avec moi.

# 37

L'ascenseur desservait directement un garage souterrain réservé au personnel de l'immeuble. La responsable de l'office déverrouilla à distance une voiture de fonction flanquée du logo de sa boîte.

— Venez. Nous serons mieux à l'intérieur.

Marie tira la portière pendant que l'employée de Volcans Habitats surveillait les environs. Marie comprit par expérience qu'elle allait enfin en savoir un peu plus. Son interlocutrice avait visiblement besoin de se confier :

— Après la mort d'Olivia, j'ai demandé à l'un de mes collaborateurs de faire une synthèse de tous les problèmes que posait la tour Corinthe. Il a mené son enquête, interrogé les résidents et même pris des photos du dernier étage : un bouge répugnant. Cette pauvre famille y a vécu comme au Moyen Âge. Selon mon collègue, un homme aurait profité de la détresse de cette mère et de ses filles pour s'en faire un harem et les asservir, tel un gourou. Entre les voisins qui préféraient ne rien voir et ceux qui vivaient dans la crainte du « mauvais œil », personne ne disait rien.

— Le mot « hyène » a-t-il été prononcé ?

— Oui… Je l'ai entendu dans la bouche de mon collaborateur, une fois ou deux. Il m'a aussi parlé d'un « nettoyage ». Je n'ai jamais compris de quoi il pouvait bien s'agir.

— Un rituel de « purification », lui répondit Marie. Un homme impose un rapport sexuel à une enfant ou une femme, sous couvert de tradition.

La responsable grimaça.

— Mon collaborateur n'a jamais évoqué ce genre de choses, mais il a rédigé une longue synthèse à l'intention de notre autorité de tutelle.

— L'Hôtel de Ville ?

La femme hocha la tête.

— Et alors ?

— Alors c'était la période des élections, je ne sais pas ce qui s'est passé, mais… le rapport s'est perdu. On ne l'a jamais retrouvé.

*Tu m'étonnes ! Pas facile d'être réélu avec des problèmes d'insalubrité, de squat, de drogue, de pédophilie et de suicide en plein centre-ville…*

— Pourquoi me faire venir ici ? demanda Marie après un moment.

La femme se tordait nerveusement les mains.

— Je ne devrais pas être en train de vous parler, je risque ma place…

— Pourtant vous semblez désireuse de le faire… Qu'est-ce qu'il y a d'autre qui vous inquiète ? Je suis là. La police est indépendante, vous savez.

La femme regardait les véhicules garés et ne quittait pas les portes de l'ascenseur des yeux.

— Comme rien ne bougeait du côté de la mairie, on a voulu alerter le ministère public. Mon collègue a rassemblé toutes les pièces ; il voulait apporter lui-même les documents au secrétariat du procureur de la République.

— Je n'ai jamais entendu parler de ce rapport, répliqua Marie.

La directrice ferma les yeux.

— Mon confrère s'appelait Daniel Marchand.

— Et ?

— Il n'est jamais arrivé.

— C'est-à-dire ?

— Il s'est tué en voiture ce jour-là.

# 38

Marie activa le badge électronique de la porte. Dans la pièce, Ethan s'employait à brancher une petite cafetière.

— Excellente idée, lança-t-elle en ôtant son manteau.

D'un mouvement de la tête, Ethan lui montra une tasse qu'il avait apportée pour elle.

— Tu as appris des choses à Volcans Habitats ?

Pour toute réponse, la jeune femme attrapa sur son cintre le vêtement connecté et la paire de lunettes qu'elle enfila sans plus de cérémonie. Elle était fébrile.

— Bonjour Val, dit-elle d'un ton brusque.

— *Bonjour Marie.*

— Val : extraction.

Les icônes s'affichèrent. Une boule s'était formée dans la gorge de la policière. La suite, Marie la redoutait. Elle lista les mots-clefs qui lui semblaient les plus appropriés.

— Val : accident – collision – Daniel Marchand.

Une dizaine de fichiers textes apparurent : articles de presse, rapport de synthèse avec photographies en annexe. Les mots qu'elle avait indiqués étaient en surbrillance.

— Affine ta recherche, suggéra Ethan.

— Val : regroupement : Daniel Marchand/accident/voiture.

Cette fois-ci, ne demeuraient plus qu'un article de presse et deux procès-verbaux correspondant au constat d'accident et à l'audition du chauffeur routier impliqué dans la collision. Marie tendit l'index vers la coupure de journal qui s'ouvrit devant elle.

Drame de la route
près de Cournon-d'Auvergne (63)

Un accident s'est produit ce vendredi, peu avant 17 heures, sur la D52 entre Lempdes et Cournon-d'Auvergne. Un poids lourd et une voiture sont en cause. Le conducteur de la voiture et ses deux enfants à l'arrière sont décédés. Pour une raison inexpliquée, ce dernier s'est déporté sur la voie de gauche et a percuté de plein fouet le camion qui arrivait en face. L'impact a été d'une extrême violence, aux dires de plusieurs témoins. Le chauffeur du poids lourd, en état de choc, a été transporté au CHU de Clermont-Ferrand.

Marie ferma l'article et activa le fichier qui contenait le rapport de police. Il était très épais et Marie eut encore besoin de Valmont.

— Val : hypothèse : Daniel Marchand – accident.

Les mots se mirent à luire et une carte se dessina en associant par des traits lumineux les items qui étaient les plus proches.

Ses yeux sautaient d'un paragraphe à un autre : « Absence de traces de freinage sur la chaussée », « La voiture a changé de file à plusieurs dizaines de mètres du camion, poursuivant sa course malgré les klaxons et les appels de phare du poids lourd », « véhicule disloqué », « les deux fillettes sont probablement mortes sur le coup ».

Plus loin, dans le texte : « Durant son audition, le chauffeur du poids lourd atteste avoir vu la voiture de Daniel Marchand foncer délibérément dans sa direction, sans à aucun moment tenter de se rabattre sur la file de droite. »

Dans la seconde partie de la déposition, le conducteur du camion racontait au policier « avoir croisé, l'espace d'un instant, le regard déterminé de Marchand ». Questionné sur ce point par le fonctionnaire, il affirma : « Pour moi, c'est clair, ce type savait parfaitement ce qu'il faisait. Il voulait en finir. Ce qui continuera de me hanter longtemps, ce n'est pas son visage à lui, mais celui des deux filles à l'arrière. »

« Vous pouvez préciser ? » avait demandé le policier. Et de noter qu'après avoir répondu, le chauffeur avait éclaté en sanglots. « Les gamines hurlaient. Elles étaient terrorisées. Mais dans les yeux de leur père, c'est comme si elles n'étaient pas là. »

# 39

Durant une seconde, la salle bascula dans une brume légèrement teintée de bleu et de gris. L'instant d'après, Marie se trouvait quelque part, le long de la D52. Elle ne percevait ni l'odeur du gasoil répandu sur la chaussée ni celle de l'incendie. Mais la carcasse pulvérisée du véhicule était bien là. Après avoir percuté de plein fouet le camion, la voiture avait valdingué sur le bas-côté avant de s'embraser.

Elle s'approcha lentement du châssis. Les nuages de points dévoilaient chaque détail de la scène, jusqu'aux nuances des couleurs. La noirceur du sang sur le sol ou les reflets métallisés des pièces de moteur. Daniel Marchand avait été éjecté, tout comme les deux fillettes. De sa position, Marie devinait les corps déchiquetés, éparpillés en différents endroits. Elle resta d'abord en retrait pour conserver une vision d'ensemble.

— Val : extraction.

Après quelques gestes en direction des icônes, des données apparurent en réalité augmentée : distances, plaque d'immatriculation, numéro de série du moteur.

— Ordinateur ?

La scène pivota sur la droite avant de zoomer sur le pied d'un arbre. Le PC de Marchand était là. Tout son dossier. Un fichier texte était raccroché à l'agrandissement. Elle le désigna avec l'index et le document se présenta devant elle. Il s'agissait d'un extrait du PV de constatation ; il annonçait que la machine était endommagée et que le disque dur, fendu en deux, était inexploitable.

*Merde.*

Ne sachant trop ce qu'elle cherchait, elle s'en remit à la machine.

— Val : hypothèses.

Les données prélevées sur le lieu de l'accident apparurent, regroupées en catégories : papiers d'identité, numéros de téléphone présents dans le mobile de Marchand… Aucune de ces informations ne renvoyait à une affaire judiciaire connue.

*Il n'avait pas dû le verrouiller par un code.*

Elle les sauvegarda dans un fichier puis d'un geste fit disparaître la scène en 3D. Quand Marie demanda à Valmont de retrouver le mot « suicide », un seul document avec cet item se présenta. Elle l'ouvrit aussitôt.

C'était l'audition de Murielle Marchand, la mère des deux fillettes.

Question du policier : « Votre mari était-il dépressif, prenait-il des médicaments ? »

Réponse : « Non, pas le moins du monde. Mais notre couple n'allait pas bien. Je venais de lui annoncer mon intention de divorcer. »

Question du policier : « Combien de temps avant l'accident ? »

Réponse : « Juste avant… »

Le policier avait noté que l'intéressée, terrassée par l'émotion, réclamait une pause. L'audition avait repris peu après : « Daniel devait emmener nos filles à un spectacle, prévu de longue date. Les petites nous en parlaient depuis des semaines. Après notre discussion, qui fut étrangement calme, il est monté les chercher dans leur chambre et les a installées à l'arrière de la voiture. Il s'était engagé à faire quelques courses au retour… »

Le reste de l'entretien était insoutenable de peine et de désespoir.

Marie referma douloureusement le document. Elle était soucieuse. Les paroles de la gérante de Volcans Habitats lui revenaient à l'esprit.

« Je ne suis ni crédule ni superstitieuse, mais cet immeuble empeste la mort. Tous ceux qui s'y intéressent semblent destinés à perdre la vie. »

*Et que des suicides.*

— Ce Marchand, commenta Ethan qui s'était rapproché d'elle, il me rappelle Andreas Lubitz, le copilote du vol de la Germanwings. Il avait crashé son avion contre une montagne. Sauf que Marchand, c'étaient ses filles qui se trouvaient à bord, pas des voyageurs anonymes.

Ils se regardèrent.

— Le score s'allonge, murmura Ethan.

Marie compta sur ses doigts :

— Olivia tombe de l'immeuble. Notre collègue Prigent pousse l'enquête le plus loin qu'il peut avant d'en finir dans sa chambre, et Daniel Marchand, qui s'intéresse aussi au dossier, précipite sa voiture sur un camion alors qu'il s'apprêtait à remettre ses conclusions à un magistrat.

— Oui, et si la petite a sauté sans avoir été poussée, nous avons chaque fois une explication pour justifier ces trois morts brutales : la misère ou des cœurs brisés.

Marie secoua la tête.

— Des coïncidences pareilles, je n'y crois pas.

— Dans l'armée, ils ont cette formule, conclut Ethan : « La première fois c'est un hasard, la deuxième fois une coïncidence, et la troisième fois… un complot. »

# 40

Marie vit que la porte du bureau de Lamouche était entrouverte. Elle frappa avant d'entrer et trouva le commissaire en train de lisser une veste de smoking qui pendait sur un cintre. En l'apercevant, il s'empressa de le raccrocher dans une armoire.

— Lesaux, vous tombez bien, fermez derrière vous. *Ça va barder.*

— Je vous ai cherchée l'autre jour, où étiez-vous passée ?

— J'enquêtais.

— Valmont est important, je suis bien placé pour le savoir. Mais il reste les affaires courantes, ne l'oubliez pas !

— Je n'ai pas perdu mon temps, les choses se précisent.

— Vraiment ? tonna-t-il. Hier, j'ai reçu un coup de fil de Cannes-Écluse. Le directeur m'a demandé pourquoi un officier l'avait interrogé sur le suicide d'un élève. Il pensait, à juste titre, que l'affaire était terminée. Je n'étais même pas au courant ! De quoi ai-je eu l'air, à votre avis ?

Elle ne répondit rien.

— D'une truffe !

Marie prit une chaise sans y avoir été invitée :

— Écoutez ! La petite Olivia a été ligotée sur un matelas, au dernier étage de la tour. Elle a probablement été violée et pas qu'une fois. Nous avons un nombre incalculable de traces biologiques et, pour aller de l'avant, un prélèvement ADN s'impose.

— Hors de question, trancha Lamouche. Nous ne sommes pas dans une procédure judiciaire : impossible d'adresser une réquisition à un labo. J'ajoute qu'officiellement Valmont n'existe pas, vous semblez l'oublier.

Marie ne s'avoua pas vaincue.

— Son agresseur a un lien avec l'immeuble, c'est peut-être un résident. Il a pris toute une famille sous son aile pour mieux en abuser : l'attitude d'un prédateur. Très classique dans les comportements pédophiles.

Le commissaire lui coupa la parole.

— À propos de discrétion, vous avez lu les tracts affichés dans les couloirs ? Au rythme où vont les choses, Valmont sera enterré avant même d'avoir pu révéler son potentiel !

— Ça, ce n'est pas de ma responsabilité.

Marie se leva, en proie à une vive émotion, et recentra la discussion :

— Nous n'avons qu'à adresser une réquisition au procureur avec les indices que nous avons collectés, on trouvera un subterfuge pour ne pas impliquer le programme.

Lamouche se raidit.

— Il n'y a plus personne pour pleurer cette pauvre fille et nous perdons un temps précieux. Le deal des concepteurs de Valmont est clair : résoudre une enquête difficile, en exploitant les seules ressources de la machine. Pas rouvrir des dossiers clos dont tout le monde se fout. Je ne veux personne sur le terrain ! Il y a bien assez d'affaires en souffrance comme ça.

Marie se pencha vers son supérieur, le regard brillant d'indignation.

— C'est bien ça qui effraie nos collègues. Imaginer qu'une intelligence artificielle nous remplacera tous un jour. Plus d'enquêtes à l'ancienne, bâclées pour faire du chiffre quand les victimes sont socialement invisibles. On prononce trois mots à l'intention d'un robot et l'affaire est bouclée !

Lamouche secoua la tête.

— On n'est pas payés pour avoir des états d'âme. Concernant Valmont, le projet est plus important que nos petits ego. Trouvez autre chose pour avancer.

*On croit rêver, c'est l'hôpital qui se fout de la charité.*

Marie prit sur elle.

— J'exige d'être tenu informé de la suite des événements, ajouta Lamouche.

— En ce cas, je retourne travailler avec Ethan, fit-elle en posant la main sur la poignée de la porte du bureau.

Quelque chose embarrassait son taulier, c'était évident.

# 41

L'horloge sonna 20 heures dans le salon. La pièce, cossue, se trouvait au premier étage d'un hôtel particulier, situé au fond d'une rue privée de la banlieue chic de Clermont-Ferrand. Il appartenait à une vieille famille de Haute-Auvergne. Henri de Beauceuil reposa sa fourchette avant de saisir une serviette en tissu d'un blanc immaculé et de s'essuyer délicatement la commissure des lèvres.

Un homme à peine plus jeune que lui entra dans la salle. Son uniforme et son maintien ne laissaient aucun doute sur ses fonctions.

— Monsieur le baron aura-t-il encore besoin de mes services ?

De Beauceuil le congédia d'un mouvement de tête. Il exigeait de son domestique qu'il le nomme toujours par son titre de noblesse, une prétention à laquelle il n'avait pu s'adonner durant sa carrière au sein du ministère de la Justice. Il avait trouvé son employé par l'intermédiaire de la Reece & Partners Agency, un des plus anciens cabinets de recrutement en personnel de maison d'Angleterre. Cette honorable institution, dont on disait qu'elle servait la couronne, demeurait fidèle à ses trois vertus ancestrales : rigueur, probité et discrétion. Tout cela convenait parfaitement au vieux « juge » qui resta assis un moment, caressant le pommeau d'ivoire de sa canne, posée contre une chaise.

Au rez-de-chaussée, le majordome était parti en fermant la porte derrière lui et il ferait bientôt de même avec le portail au bout de l'allée encadrée d'arbres centenaires.

Henri de Beauceuil se leva et s'approcha de la fenêtre pour s'assurer qu'il était seul. Alors, il se dirigea vers son bureau, toujours verrouillé à double tour. C'était un sanctuaire qui lui était strictement réservé. Là, un ordinateur récent, muni d'un écran plat à haute résolution, trônait sur un vaste bureau avec des parapheurs en cuir sombre et des statuettes d'ivoire et de bronze lisse magnifiant les courbes d'éphèbes ou de jeunes vierges antiques.

Le vieil homme préférait, et de loin, se connecter au darknet plutôt que de courir médiocrement la ville pour récupérer des CD-ROM en des lieux improbables, comme il venait de le faire, encore récemment, bravant le froid au risque de se faire attraper et rabaisser au rang de simple pervers. Lui qui avait su faire sans être démasqué une carrière prestigieuse au cœur de cette République abominée. Lui qui faisait partie des élus, de ceux qui avaient dépassé la lecture ordinaire des choses pour assumer leur supériorité.

Enfin, il allait pouvoir accéder aux autres. Il avait hâte d'en savoir plus. Il récupéra une clé USB qu'il dissimulait derrière un tableau d'art brut, alluma sa machine puis lança un logiciel qui permettait de passer des appels vidéo. Son pseudonyme habituel, une fois les accès ouverts, le plongea dans l'anonymat fabuleux de l'Internet dit « noir », honni par les États et les GAFAM rêvant de monopole.

Ce soir, comme à l'ordinaire, ils étaient six à se retrouver sur leur agora virtuelle, dont l'emplacement dans le cyberespace était connu d'eux seuls. Derrière leur écran, ils dialoguaient sous des identités cachées, se présentant comme des hommes mûrs ou de jeunes prédateurs. La prudence et le secret étaient leur obsession. Tant d'ignorants s'octroyaient le droit de les juger.

# 42

Marie avait choisi une brasserie à proximité de la place de Jaude comme terrain neutre. La perspective d'un tête-à-tête avec sa mère lui coupait littéralement l'appétit. Il y avait souvent du monde, les tables se libéraient vite. Elle était venue un peu en avance, sa mère fut ponctuelle.

*Courage, ma grande, ce n'est qu'un mauvais moment à passer.*

Elle était habillée de façon sexy, comme à l'ordinaire. Marie devait reconnaître qu'elle avait fait de gros efforts pour paraître plus jeune. Quand son père était encore là, Patricia Lesaux avait toujours été en surpoids. Il avait fallu que son mari disparaisse dans la brousse africaine pour qu'elle se fasse poser un anneau gastrique et change du tout au tout. Marie n'avait jamais admis que son père fût mort, contrairement à sa mère qui s'était vite trouvé un autre homme.

Les années avaient passé, mais pas le ressentiment ; et ce soir-là, c'est la mine fermée que Marie accueillit sa génitrice. Les formules convenues furent rapidement évacuées.

— Comment se passe ton divorce ? lança joyeusement Patricia en jetant un regard sur le menu.

— J'en ai pour quelques mois, encore.

— Cet homme n'était pas pour toi, ma chérie. Tu l'auras vite remplacé.

— Tu oublies que je n'ai pas ton sex-appeal…

Sa mère sourit. Marie scrutait ses ornements, ses bagues et aussi la profondeur de son décolleté mis en avant en dépit de l'hiver. Au moment de passer au plat principal, elle se raidit en voyant un jeune homme venir dans leur direction.

*Oh non…*

Un mec qui prenait soin de lui. Cheveux courts, tee-shirt ajusté sur le torse et de nombreuses heures de musculation au compteur.

— Je te présente Lucas, fit Patricia en se levant pour l'embrasser langoureusement.

*Obscène.*

Marie fusilla l'importun du regard.

— Tu m'avais dit que nous ne serions que deux, siffla-t-elle.

Lucas fit comme s'il n'avait rien entendu :

— J'ai essayé de t'appeler, mais ton téléphone était resté chez moi, dit-il à sa compagne. Tu sais que je pars à Amsterdam tôt demain matin, je voulais juste te dire où se trouve la clef de la maison.

La suite, Marie l'entendit à peine. Elle bouillait de colère. Lucas pressentit le meurtre à venir et jugea bon de s'éclipser.

— Ne fais pas ton égoïste, lança sa mère en se rasseyant. Il avait besoin de me parler.

— Prends-moi pour une conne : tu as tout manigancé pour me le présenter. Comme si mon avis avait la moindre importance.

Sa mère la dévisagea avec une profonde stupeur qui pouvait aussi dissimuler une savante comédie.

— Pourquoi me détestes-tu autant, ma chérie ?

Marie était déjà au bout de sa patience.

— Parce que tu n'as jamais pensé qu'à toi. Dire que tu ne t'es jamais interrogée sur ce que tu m'as fait subir durant toutes ces années, alors que, de mon côté, j'ai enquillé les séances de psy. J'y vois plus clair, désormais.

— Pourquoi avoir arrêté, alors ?

— Je fais ce que je veux !

Sa mère tenta un sourire de compassion.

— Tu devrais reprendre ta thérapie et comprendre à quel point tu es injuste envers moi.

Marie se leva, fouillant dans son sac, et jeta des billets sur la table.

— Laisse, je vais…

— Je ne veux rien de toi : ni tes conseils ni ton argent et, plus que tout, je me fous de Lucas et de tous ceux qui suivront. Il ne sera jamais mon pote ou je ne sais quel frère de substitution !

Elle quitta le restaurant sans se retourner.

# 43

L'écran d'ordinateur du baron était divisé en six cases, toutes remplies par un visage masqué laissé dans l'ombre. En haut à droite, Thélem était le seul à porter une cagoule légère, noire, proche de celles du Ku Klux Klan. Il l'avait toujours dans les vidéos où il se mettait en scène, de sorte que les cinq autres ignoraient à quoi il pouvait ressembler.

Les participants dont le timbre des voix, même trafiqué, dénotait qu'ils dépassaient tous la cinquantaine, le saluèrent d'un hochement de tête. Aucun n'aurait pu dire si leur leader était un homme ou une femme. Ils indiquèrent un par un les mots de reconnaissance puis se recueillirent en silence, le temps que Thélem prenne la parole.

— Chers amis, notre organisation évolue et nous allons désormais, sous peu, pouvoir vous faire intervenir en direct dans les scènes de nos vidéos. Une fillette sera à votre disposition pour que vous puissiez à tour de rôle, depuis vos webcams, nous donner vos instructions.

Thélem fit une courte pause afin que le sens de ses paroles entre bien dans la tête de ses congénères.

— Où seront les caméras ? demanda l'ombre aux frêles épaules.

— À l'intérieur de la pièce qui est capitonnée, insonorisée et inaccessible au reste du monde. Il s'agira d'un modèle connecté que chacun pourra piloter à sa guise.

— Vous serez le seul à la toucher ? demanda celui qui répondait au pseudo de Gauvin.

— Oui. Je réaliserai vos suggestions tant qu'elles permettront de garder notre gazelle en vie.

— Vous aurez des accessoires ?

— La corde, les couteaux, le marteau et tous les objets que vous connaissez…

— Vous en avez trouvé une autre, donc.

— C'est en cours. La famille ne posera pas de problème.

— À quoi ressemble-t-elle ?

— Vous le saurez le moment venu. Mais je peux vous dire qu'elle est absolument magnifique. Je compte sur vous pour faire durer la scène.

— Vous pouvez la décrire ? insista la voix la plus androgyne.

— Elle vous rappellera la dernière… Et rassurez-vous, il n'y aura plus d'erreur. La petite n'aura aucune possibilité de s'enfuir. Tout sera sous contrôle.

Le groupe ne commenta pas. La cérémonie précédente avait été différée et tous rongeaient leur frein. La proie aurait pu se sauver : elle avait réussi à se libérer de ses liens et les portes étaient ouvertes. Au lieu de ça, elle s'était jetée du toit de l'immeuble. Ce n'était pas normal.

# 44

Dans son immeuble, Marie se méfiait de l'ascenseur et de ses pannes répétées, aussi empruntait-elle systématiquement l'escalier. En débouchant dans le hall, elle tomba sur la voisine du rez-de-chaussée. Son nouveau toutou furetait entre ses jambes et empestait le poil mouillé. La vieille avait les bras encombrés de cabas et soufflait avec peine.

— Donnez-moi vos sacs, fit Marie.

Sa voisine ne se fit pas prier. Elle guida Marie dans sa cuisine avant de s'affaler sur une chaise.

— Reposez-vous un instant, sinon vous allez faire un malaise. Je vais ranger les produits frais dans votre réfrigérateur.

— Vous êtes bien gentille…

Quand tout fut à sa place, la femme avait retrouvé des couleurs.

— Vous prendrez bien une chicorée avec moi ?

Marie avait mieux à faire que de s'imposer une pareille lavasse, mais elle n'eut pas le cœur de refuser. La voisine ne discuterait probablement avec personne d'autre de la journée.

— Je vais chercher des tasses dans la commode du salon, dit-elle en se levant lentement.

Marie resta debout. Son regard parcourait la cuisine qui n'avait pas beaucoup changé depuis les années soixante-dix. Un buffet était rempli de prospectus. Des photos de son ancien chien, écrasé par une camionnette, s'étalaient sur un mur d'un jaune pisseux. Marie fit quelques pas. Une grosse chemise kraft portait le logo d'une clinique vétérinaire du quartier. La vieille était toujours dans le salon. Traversée par une pointe de curiosité, Marie ouvrit discrètement le document. Une feuille indiquait le nom d'un spécialiste ainsi qu'un numéro de dossier. En caractère gras, elle lut : « Bilan du diagnostic sérologique de toxoplasme ».

En dessous des considérations plus ou moins empreintes de jargon, elle put lire : « Présence d'anticorps IgM […] souche atypique et inconnue, à très forte virulence »…

Elle entendit la vieille qui revenait et remit les papiers à leur place.

— Votre chien est malade ? demanda Marie en désignant l'enveloppe d'un mouvement de tête.

— Oh non, il est jeune et plein de fougue. Ça, c'est le dossier de ce pauvre Roof. Il a toujours été bien portant jusqu'à ce qu'il attrape cette manie de s'enfuir pour aller se coucher au milieu des voitures. À ce moment-là, il avait perdu du poids et je le trouvais plus agressif. Il vomissait beaucoup, aussi.

Marie jeta un bref coup d'œil dans sa tasse, que la vieille venait de remplir à ras bord d'un liquide brunâtre.

— Vous habitez l'immeuble depuis un bout de temps, n'est-ce pas ?

— Oh oui, c'est sûr. J'en ai vu défiler du monde.

Marie souffla sur sa tasse, cherchant le courage d'y poser les lèvres. S'il y avait une personne qui pourrait lui en dire un peu plus sur la propriétaire qui avait mis son logement à la disposition de la mère d'Olivia et de ses enfants, c'était bien elle.

— Vous avez connu Florence Moreau ? Elle possédait deux logements dans la tour.

L'autre acquiesça d'un signe de la tête.

— Je la croisais de temps en temps, sans plus. Après la mort de son mari, elle ne sortait presque plus.

— Elle vivait seule ?

— Depuis le départ de son fils, oui. Il travaillait dans l'humanitaire et ne lui rendait pas beaucoup visite.

— Vous savez dans quelle région ?

— En Afrique, je crois me souvenir.

Marie se raidit légèrement.

— En Afrique ? Où en particulier ?

— Je l'ignore, répondit la vieille. Un coin très pauvre, j'imagine. Après la mort de Mme Moreau, il est revenu habiter ici un temps, mais on ne le voyait pas beaucoup.

— On raconte qu'il aurait noué des contacts avec cette famille africaine.

— Ces gens qui squattaient le dernier étage ? s'exclama la voisine. Quelle misère, ils ont tout salopé là-haut.

— C'est vrai qu'il les aidait ?

— Au début il leur a permis de s'installer dans l'appartement que ses parents possédaient au dernier étage, mais très vite il y a eu des problèmes.

— Du bruit, des dégradations ?

— C'était malsain, fit la vieille en puisant dans sa mémoire hésitante. Tout le monde savait que la famille était là-haut, mais elle ne se montrait jamais.

— Elle était en situation irrégulière, précisa Marie. Elle devait craindre les services de la préfecture.

— Ce n'est pas ce qu'on racontait dans les étages, objecta la femme.

— Que disait la rumeur ?

— Que le fils Moreau la gardait sous clef.

Une fois sa chicorée expédiée, Marie se retrouva dans le hall de son immeuble. Fuir cet endroit devenait son obsession, mais pas avant d'en avoir percé tous les mystères. Les rangées de boîtes aux lettres s'alignaient devant elle. Elle trouva celle qui l'intéressait : Norbert Moreau, septième étage.

Avant de s'y rendre, elle repassa par son appartement, le temps d'appeler un collègue à la Sûreté.

— Peux-tu me dire si un Norbert Moreau est connu du fichier des délinquants sexuels ?

La réponse ne tarda pas.

— Négatif.

— Merde. Merci quand même.

Marie rangea son téléphone dans sa poche et ferma sa porte. Elle gagna le septième étage par l'escalier. Selon l'office HLM, l'appartement avait changé de mains après la mort de la propriétaire. Quant à la voisine du rez-de-chaussée, elle affirmait que son fils y avait séjourné, de retour d'Afrique.

*Quelqu'un va-t-il t'ouvrir ?*

Il n'y avait qu'une seule façon de le savoir. Marie tendit le doigt vers le bouton de la sonnette.

# 45

Pas de réaction derrière la porte. Nouvelle tentative. Rien.

*Tu t'imaginais que ce serait si simple ?*

Marie était seule dans le couloir et supposait que la plupart des logements étaient inoccupés.

*Tu n'as qu'à dire que tu bosses pour Volcans Habitats, que tu voulais t'assurer que l'appartement n'était pas squatté…*

Sa main attrapa le passe qui se trouvait dans sa poche. Elle l'introduisit dans la serrure et la porte s'ouvrit sans difficulté. Une fois entrée, elle enfila une paire de gants en latex. L'interrupteur ne fonctionnait pas, le courant était coupé.

Pas de risque qu'on la dérange, cette fois-ci.

Les pièces étaient aussi vides que les quelques rares meubles qui s'y trouvaient encore. La poussière recouvrait le sol. Les seules traces étaient celles laissées par les semelles de la jeune femme. Des rideaux occultaient les fenêtres. Marie sortit la lampe qui lui avait déjà servi au dernier étage et commença son inspection des lieux.

Visiblement, Norbert Moreau n'avait pas mis les pieds ici depuis des mois. L'endroit ressemblait à un point de chute pour espion en cavale. Un pack d'eau dans un coin, une boîte de biscuits non entamée, une réserve de préservatifs… Près de la fenêtre, elle écarta doucement un pan du rideau. Le panorama s'ouvrait largement sur les toits de Clermont, le CHU et les collines au loin. En regardant en contrebas, Marie vit le carré de jardin boueux de sa voisine, clôturé d'une palissade. Elle essaya de distinguer la tombe du pauvre Roof mais, d'où elle était, c'était impossible. Elle ne savait pas comment l'expliquer, mais la mort de cet animal et son comportement l'intriguaient, comme une anomalie qui venait toquer à la porte de son subconscient.

# 46

Marie se présenta à la clinique vétérinaire, peu avant la pause déjeuner. Elle avait fouillé dans son portable pour retrouver la photo des résultats de Roof prise dans la cuisine de sa voisine. Une secrétaire à l'accueil l'annonça par un coup de téléphone interne et lui indiqua que le vétérinaire l'attendait. Marie tomba sur un quadragénaire en blouse blanche qui s'apprêtait à fermer la porte de son cabinet. Elle opta pour son plus joli sourire, accompagné de sa carte de police. Après l'avoir brièvement écoutée, l'homme soupira et se rassit derrière son bureau. Il avait faim et la matinée avait été bien remplie.

— Que voulez-vous savoir, exactement ?

Il n'avait pas l'intention de s'éterniser. Elle allait devoir se montrer convaincante et, comme tourner autour du pot n'était pas son genre, elle attaqua bille en tête :

— Un animal peut-il se suicider ?

Le vétérinaire plissa les yeux.

— Parler de « suicide » pour un animal relève un peu de l'anthropomorphisme. Pourquoi cette question ?

— Il y a un peu plus d'un an, vous avez demandé un diagnostic sérologique de toxoplasme pour un chien dont le comportement était devenu insensé, il avait pris l'habitude de s'allonger sur la route, au milieu des voitures. Comment cela est-il possible ?

L'homme hocha la tête.

— Je me souviens de cet animal. Il connaissait des épisodes de forte fièvre, avec présence de ganglions importants ; son système immunitaire était déprimé.

— Ce sont les symptômes du toxoplasme ?

— En effet.

— Vous aviez mentionné que l'infection était « virulente ».

Le regard du véto oscilla entre méfiance et prise en considération. Cette femme n'avait pas fait le voyage à vide.

— Je vois que vous avez consulté le dossier. J'ai voulu dire que les signes de l'infection étaient éloquents et surprenants à la fois ; autant dire que cette pauvre bête était condamnée d'avance.

— Vous pouvez préciser ?

Il laissa échapper un soupir, la perspective du déjeuner s'éloignait.

— Le toxoplasme est un parasite, d'accord ? Un être vivant microscopique qui vit aux dépens d'un autre. Jusque-là, rien d'extraordinaire. Le chien dont nous parlons a très bien pu s'infecter en mangeant de la viande ou des herbes contaminées. Les animaux traînent partout. Ils fouillent ou reniflent les poubelles, ce qui tombe des fenêtres, les excréments ou la salive sur des bouts de sandwichs… Mais ce qui m'a troublé, c'est le résultat de la prise de sang que j'avais demandée. Elle a révélé une variété de toxoplasme atypique.

— Atypique ?

Le véto précisa :

— Eh bien, ce parasite est très commun et nous savons qu'il est à l'origine d'une maladie bénigne pour l'homme : la toxoplasmose. Pourtant, ce que j'ai trouvé dans le sang de ce pauvre chien est vraiment différent. Que dire de plus ? Cela dépasse mon champ de compétence. Le monde est vaste et le toxoplasme cosmopolite. Il existe peut-être des lignées ignorées, au milieu de la Sibérie, de l'Australie ou de l'Afrique, que sais-je ? Des souches bien plus dangereuses que celles que nous connaissons en Europe.

— Mais quel rapport avec le « suicide » de Roof ?

Le vétérinaire marqua une pause. On sentait que ce cas l'intriguait et plus encore.

— En présence d'un organisme suspect, nous avons le devoir de transmettre nos échantillons de sang au laboratoire de parasitologie le plus proche, en l'occurrence le service du professeur Lambert, au CHU de Clermont-Ferrand.

— C'est ce que vous avez fait ?

— Évidemment. Surtout que ce n'était pas le premier animal que j'examinais avec de tels symptômes.

— D'autres chiens ?

— Deux, pour être précis.

*Roof n'était pas le seul…*

— Des bêtes suicidaires, elles aussi ?

— C'est ce qui m'a été rapporté par leurs propriétaires, en effet. Le premier était un labrador qui a fini taillé en pièces par ses congénères, à force de les provoquer. Le deuxième était un beauceron qui s'enfuyait et attaquait les voitures. On ne l'a plus revu. Sa carcasse doit pourrir dans un fossé, quelque part.

— À quand pourrait remonter leur infection ?

Le vétérinaire prit un moment pour réfléchir.

— Dix mois, environ.

— Vous m'obligeriez en me donnant les coordonnées de leurs propriétaires.

Le véto fouilla dans un tiroir d'où il sortit deux chemises. Marie, par expérience, voyait qu'il était soulagé de partager ces informations avec quelqu'un.

— Pourquoi la police s'intéresse-t-elle au sort de ces chiens ? Ils n'avaient pas la rage, que je sache.

— Nous sommes sur une enquête et c'est vraiment le brouillard, avoua Marie. Peut-être qu'autour de nous, dans un même périmètre, certains humains sont également pris d'une frénésie suicidaire. Nous faisons probablement fausse route, tout ça semble délirant. Mais notre travail, c'est de vérifier toutes les hypothèses. Cette histoire de chiens n'est pas normale, il y a forcément une explication.

Le vétérinaire se contenta de hocher la tête. Marie enchaîna :

— Pardon d'insister, mais j'en reviens à ma première question, j'ai absolument besoin d'une réponse : ce parasite qui s'appelle toxoplasme, quel que soit l'endroit d'où il vient, peut-il vraiment pousser son hôte au suicide ? Et de quelle manière ?

Le vétérinaire la regarda longuement avant de se décider :

— Écoutez… Je n'en ai parlé à personne par manque de temps, par crainte d'être ridicule. Peu importe. Mais si j'ai de mon côté identifié trois cas en moins d'un an, on peut être certain que je n'ai vu qu'un dixième de la population concernée. Combien de chiens finissent écrasés ou disparaissent purement et simplement ? Et je ne vous parle pas des chats ou des rongeurs… Multipliez ça par le nombre de mes collègues sur Clermont-Ferrand et vous aurez une idée de l'ampleur du problème en cours. C'est une hypothèse. Moi, j'ai fait ce que j'avais à faire. Comme je vous le disais, ces infos ont été transmises au laboratoire de parasitologie dont je dépends. En l'occurrence le service du professeur Lambert. S'il y a une personne qui peut vous aider, c'est bien elle.

Le vétérinaire appuya longuement sa dernière phrase en plongeant son regard dans celui de Marie. Cet homme, c'était évident, se déchargeait d'un fardeau autrement plus lourd qu'il ne voulait le laisser transparaître. Il aurait parlé d'Ebola ou de la peste qu'il n'aurait pas semblé plus inquiet.

## 47

Quand le commandant Thierry Masson regagna son bureau, une pièce minuscule coincée entre les toilettes et l'armurerie, il vit une peluche posée près du téléphone. Marie se tenait adossée dans un angle. Dans ses mains, deux gobelets de café.

— On m'a dit que tu t'étais absenté cinq minutes, je t'ai attendu.

Masson lui décocha un regard méfiant.

— Qu'est-ce que tu veux ?

— Faire la paix.

Il allait protester quand elle le coupa en souriant :

— L'hôpital a appelé. Le gamin est sorti du coma.

Cette nouvelle le dérouta.

— Quand il ouvrira les yeux, ce serait bien qu'une peluche soit là pour lui souhaiter la bienvenue, à défaut de sa mère.

— Le juge a décidé de la maintenir en détention, précisa Masson.

Sa voix s'était adoucie. Elle brandit le jouet.

— J'aimerais la lui apporter aujourd'hui. On pourrait la déposer sur sa table de nuit. Tu m'accompagnes ?

Il hésitait.

— Ils t'ont mis dans un placard, c'est vraiment moche.

Le commandant réagit instantanément :

— Lamouche n'a aucun scrupule. Dire que c'est moi qui l'ai accueilli à la brigade ! J'ai passé des heures à lui montrer nos dossiers, notre méthode de travail. J'ai bien voulu qu'il assiste à des interrogatoires et qu'il me suive sur le terrain. Quelle ingratitude : je vais finir ma carrière dans un cagibi comme un pestiféré !

Marie lui tendit une tasse. Il la regarda brièvement avant de l'accepter.

— J'en ai marre d'être toujours en colère, je suis fatigué.

Ils burent sans un mot. C'est lui qui brisa le silence.

— Bon… On y va ?

Au CHU, Marie déposa la peluche à côté du petit Lucky. La plupart des tubes avaient été retirés. Il dormait paisiblement, comme n'importe quel bébé.

Masson resta dans l'encadrement de la porte. Parfois, ce qu'il faisait avait encore du sens. Rarement. Mais cela suffisait pour lui redonner un semblant d'énergie et l'aider à aller de l'avant, encore un peu. Quand Marie sortit, elle était soulagée. Plus sereine. Il lui prit le bras.

— Tu sais, il faudra bien que tu le laisses, ce petit. On a fait notre part.

Son sourire disparut.

— Tu as raison, oui. On passe le flambeau.

Ils quittaient le complexe quand Marie trouva sur un panneau d'orientation ce qu'elle cherchait sans se l'avouer depuis qu'ils étaient entrés dans l'enceinte de l'hôpital.

### Centre de biologie pathogène et imagerie cellulaire : (PH) Pauline Lambert

Marie demanda à Thierry de ne pas l'attendre, elle rentrerait plus tard. Il ne fit aucun commentaire et elle se dirigea vers l'accueil.

— Le bureau du professeur Lambert se trouve au Centre de biologie, deuxième étage, lui répondit une secrétaire.

# 48

Le laboratoire de Pauline Lambert possédait un secteur de confinement destiné à la recherche en mycobactéries ainsi qu'une zone dédiée aux menaces biologiques. Des caméras et des portes renforcées sécurisaient les locaux. Marie dut patienter un moment avant qu'une technicienne ne la conduise vers la responsable des lieux.

La chercheuse n'avait rien d'une scientifique à la mine revêche. Pauline Lambert était une jolie jeune femme, avec ses cheveux châtains coupés court, et on l'imaginait à peine sortie des études. Elle n'était pas vêtue d'une blouse blanche, mais d'un jean griffé couleur aubergine et d'un chandail plutôt lâche, rehaussé d'un large collier d'inspiration pop art. Elle finissait de discuter avec un homme à la silhouette frêle qui devait avoir dans les soixante ans. Ses cheveux grisonnants et sa paire de lunettes lui donnaient un air docte, mais ses yeux pétillaient de malice. Il s'exprimait d'une voix fluette, tout le contraire de Pauline Lambert dont l'énergie juvénile emplissait le laboratoire.

Quand Marie se présenta, elle les trouva affairés autour d'une plante carnivore dont elle comprit, à les entendre, qu'elle savait attirer les frelons asiatiques afin d'en faire son déjeuner.

— Tu imagines si les ruches du pays étaient toutes entourées par ces plantes ? lança la chercheuse à l'intention du sexagénaire. Quelle protection pour nos abeilles !

Les deux experts, captivés, ne prêtaient guère attention à Marie qui en profita pour examiner le laboratoire ultramoderne en pleine activité. Des machines sophistiquées côtoyaient des armoires réfrigérées et des tiroirs profonds remplis de minuscules flacons en verre où se développaient des bactéries. Des plans de travail parfois encombrés de bocaux de toutes tailles, certains transparents, d'autres opaques, occupaient le centre d'une grande pièce impeccablement ordonnée en dépit des matériaux utilisés, allant des plantes en pots aux champignons étranges, en passant par des fioles aux contenus improbables. Deux chats dormaient dans une cage à côté de serpents vert et jaune lovés dans un aquarium. Des consignes de sécurité scotchées partout rappelaient les règles à respecter. Sur un mur, près d'une machine à café, des affiches annonçaient les ventes d'une AMAP et faisaient la promotion d'associations caritatives tournées vers l'Afrique et l'Asie.

— C'est la préfecture qui vous envoie pour inspecter nos installations ?

Pauline Lambert s'était finalement tournée vers la policière. Marie lui tendit sa carte.

— Non. Je travaille à la brigade de protection des familles.

Pauline lui adressa un sourire de bienvenue.

— En quoi puis-je vous être utile ?

— En fait, je m'intéresse aux examens de sang canins qu'un vétérinaire vous a fait parvenir il y a plusieurs mois. Trois bêtes infectées par un parasite.

— Ah ! Je vois. Dans ce cas, laissez-moi une seconde et je suis à vous.

La professeure retourna vers le petit homme aux lunettes pour s'excuser de devoir le laisser.

— On reparle de ta plante très bientôt, d'accord ?

Ils se firent la bise et l'homme s'éclipsa rapidement.

Quelques minutes plus tard, les deux femmes conversaient dans une salle de réunion, équipée d'un vidéoprojecteur. La chercheuse disposa sur la table une bouilloire pour le thé et deux tasses aux motifs fleuris.

— Alors, dites-moi, cela concerne ces animaux infestés, c'est bien ça ? Une affaire sérieuse.

Marie reprit les notes qui figuraient dans son carnet :

— En effet. Un vétérinaire que je viens de rencontrer vous a adressé plusieurs échantillons de sang qu'il affirme contaminés par une variété « agressive » de toxoplasme. Ma question va peut-être vous paraître saugrenue, mais pensez-vous que ce parasite puisse pousser un homme au suicide, en contrôlant son cerveau ?

Pauline Lambert se gratta le bout du nez avant que son sourire espiègle ne s'estompe quelque peu.

— Cette question soulève de tels enjeux… Vous comprendrez que je reste prudente dans ma réponse.

— Soit, mais ces trois chiens ? Étaient-ils porteurs du même parasite ?

— Je vous le confirme.

— Une infection récente, anomale et brutale. C'est ainsi que le vétérinaire l'a décrite.

— Il avait raison.

— En ce cas, quelle est votre opinion ?

Elle tendit une tasse à Marie.

— Du sucre ?

Après avoir versé l'eau chaude, elle se rassit, songeuse.

— Pendant longtemps, tout ce qu'on savait du toxoplasme se résumait au fait qu'il occasionnait une maladie propagée par les excréments du chat, bénigne pour l'homme, mais très dangereuse pour le fœtus lorsqu'elle était contractée au cours de la grossesse. Pour s'en prémunir, il fallait éviter de manger de la viande ou des œufs crus et prendre ses distances avec la litière du chat : un foyer de toxoplasmose en puissance !

Marie opina du chef, elle savait déjà tout ça. La scientifique poursuivait :

— La suite est beaucoup plus intéressante, vous allez voir. Imaginez un pêcheur qui parviendrait à convaincre un ver de terre de s'accrocher volontairement à son hameçon.

— C'est ce qu'a fait le toxoplasme avec les chiens ? dit Marie en soufflant sur sa tasse.

Pauline Lambert leva un doigt pour signifier qu'elle n'avait pas terminé.

— Le toxoplasme est apparu avec la vie sur terre, bien avant nous. Il a eu tout le temps pour évoluer et apprendre à nous connaître.

— Est-il dangereux ?

— Comme un poison, vous voulez dire ?

Elle but une gorgée de thé brûlant.

— Pour les souris, absolument. Chez celles qui sont infectées, le parasite les pousse à rechercher la compagnie des chats, plutôt qu'à les fuir.

— Mais pourquoi ?

— Le toxoplasme mène sa vie sexuelle dans l'intestin du chat, son hôte « définitif ». Pour y parvenir, il utilise l'hôte intermédiaire qu'est le rongeur en l'incitant à se faire dévorer par son prédateur naturel. Si on en croit certaines découvertes récentes, ce serait la même chose pour les chimpanzés. Là, on se rapproche imprudemment de l'homme, n'est-ce pas ?

Elle souriait, fière de son petit effet.

— Une fois infectés par ce parasite, les primates sont attirés par l'urine du léopard. Ils devraient fuir, mais au lieu de ça, étonnamment, ils s'attardent… pour finir mangés à pleines dents. C'est pire pour les souris : des études montrent que non seulement le toxoplasme inhibe l'anxiété des rongeurs envers les matous, mais que, en plus, il active le circuit de l'attraction sexuelle !

— Vous voulez dire que le parasite les pousse dans les griffes du chat ?

— Parfaitement. C'est un sacré petit manipulateur, n'est-ce pas ? Le toxoplasme a un besoin vital de se retrouver dans l'intestin du félin pour y accomplir son cycle biologique ; les souris ne sont pour lui qu'un moyen de locomotion, d'où l'exemple de mon ver de terre que l'hameçon utilise pour attraper le poisson.

Marie se gratta la tête.

— Et l'homme, dans tout ça ?

Le visage de Pauline Lambert se fit plus grave.

— Dans l'Hexagone, dix millions de chats sont infectés par le toxoplasme et à peu près un Français sur deux. Il est difficile de ne pas s'interroger.

Marie digérait l'information en silence.

— À mon tour de vous poser une question, fit Pauline. En quoi ce diable de toxoplasme peut-il bien intéresser une brigade de protection de l'enfance ?

Marie secoua la tête.

*Ce parasite a peut-être tué plusieurs personnes, dont une petite fille.*

— Je ne sais pas encore… Une intuition. Pour tout vous dire, je suis inquiète mais je n'arrive pas tout à fait à comprendre pourquoi. Il y a en ce moment beaucoup trop de morts violentes chez des gens qui n'auraient pas dû partir si vite. Trop de choses étranges. Des rumeurs. Ces animaux qui deviennent fous. Je cherche…

Contre toute attente, la jeune professeure ne ricana pas. Elle regarda Marie et sembla subitement beaucoup plus âgée qu'il n'y paraissait de prime abord. Elle se leva et rapprocha une table à roulettes portant un vidéo-projecteur.

— Vous avez un peu de temps ?

— Oui, bien sûr.

— Alors, je vais vous montrer quelque chose…

# 49

Pauline Lambert mit le vidéoprojecteur sous tension. La pièce était plongée dans la pénombre. Un carré de lumière se découpait au mur.

— L'imagerie cellulaire à haut débit a bouleversé notre compréhension de la vie parasitaire, commenta la scientifique en cliquant sur un fichier présent sur le bureau de son ordinateur.

— De quoi s'agit-il ?

— D'une séquence reproduite à l'aide d'un microscope automatisé : des milliers d'images qui témoignent comme dans un film de l'activité du toxoplasme.

— Vous avez analysé un échantillon de sang canin…

— J'ai fait mieux que ça : j'ai demandé l'autopsie d'un des chiens. La scène que nous allons voir s'est déroulée dans son cerveau.

Les images défilaient à vive allure et Pauline Lambert s'efforçait de les commenter avec le plus de clarté possible.

— Vous voyez cette zone, ici ? Le toxoplasme est en train de se multiplier tout en essayant d'échapper aux lymphocytes, les globules blancs si vous préférez.

Ils jouent le rôle de défenseurs. Pour y parvenir, il va se cacher là où ces derniers n'ont pas accès : le cerveau.

Pauline Lambert parlait d'une voix dénuée d'affect.

— Regardez comment ces milliers de parasites ont infecté la masse cérébrale du canidé ; ils se sont réunis sous forme de grappes circulaires. On appelle ça des kystes.

Marie se leva et se planta près de l'écran.

— Que cherchent-ils à faire, exactement ?

La spécialiste la rejoignit.

— En général, le toxoplasme se fixe dans la zone du cerveau dite « limbique », là où sont régulées diverses émotions, comme la peur. Chez la souris, quand tout fonctionne normalement, des neurotransmetteurs déclenchent une attirance face à l'odeur d'une femelle et une répulsion lorsque surgit l'odeur du chat. C'est ainsi que le rongeur est conditionné pour survivre. Mais ce que nous voyons en ce moment, c'est comment le parasite s'y prend pour tout court-circuiter.

— Il affecte le cerveau du chien, comme celui des rongeurs ou des chimpanzés ? lança Marie.

— Exactement.

— Voilà qui expliquerait pourquoi un chien s'attaque à des voitures ou à des animaux plus costauds que lui. Dans sa cervelle, c'est le toxoplasme qui est à la manœuvre !

Marie se recula pour avoir une vision d'ensemble.

— Pardon d'insister mais, dans une cervelle humaine, les conséquences seraient-elles identiques ?

Pauline Lambert hocha la tête :

— Je le pense. Chez les individus immunodéprimés, le toxoplasme modifie la synthèse des neurotransmetteurs avec des effets variables : plus de stress, des conduites « à risque » plus nombreuses, comme la probabilité d'avoir un accident de la route, mais aussi un état mélancolique. J'ai également lu plusieurs études qui établissent un lien entre la présence du parasite dans le cerveau des humains et diverses maladies mentales, comme la schizophrénie.

Elle appuya sur l'interrupteur pour faire revenir la lumière et but une gorgée de thé avant d'ajouter :

— Je comprends pourquoi le vétérinaire suggérait l'existence d'une espèce de toxoplasme inconnue. Celui que vous venez de voir à l'écran présentait quelque chose de tout à fait singulier.

Marie fronça les sourcils.

— La vitesse à laquelle il colonise le cerveau de ses proies ?

— Pas uniquement…

La chercheuse réfléchissait en parlant.

— En pénétrant les cellules du chien, le parasite s'est montré en curieuse compagnie : une bactérie le suivait de près.

— C'est-à-dire ?

— La bactérie en question est un genre de phytoplasme, un parasite qui oblige certaines plantes à attirer des insectes herbivores afin qu'ils les dévorent et s'infectent à leur tour, par la même occasion.

— La bactérie et le toxoplasme sont donc des parasites tous les deux ?

— Vous avez compris.

Marie ajouta :

— Je parie que cette bactérie vit dans le système digestif d'un insecte, comme le toxoplasme dans celui du chat !

— C'est également ma conclusion : ces deux parasites ont joué de concert dans le cerveau du chien.

— Comme des alliés ? lança Marie.

— Je ne l'exclus pas.

— Donc, pour résumer : le toxoplasme qui a provoqué la mort de tous ces chiens proviendrait d'une plante ?

Pauline confirma d'un signe de la tête.

— Identifier le végétal porteur du toxoplasme nous aiderait, ajouta Marie.

Au lieu de répondre, Pauline Lambert se dirigea vers son bureau. D'où elle était, Marie l'entendait qui disait :

— Je viens de me souvenir de quelque chose, j'avais imprimé une série d'articles… Où les ai-je rangés, bon sang !

Elle se mit à fouiller dans ses tiroirs. Au bout d'un moment, elle revint en brandissant triomphalement une chemise. Marie jeta un coup d'œil sur le premier sujet. Le titre était glaçant.

**Nuits de terreur dans un village du Malawi attaqué par des léopards**

Une étrange malédiction s'est abattue sur un petit village situé dans le sud du Malawi. Cinq de ses habitants ont déjà été tués par des attaques de léopards, survenues après le coucher du soleil. Les cadavres horriblement dépecés ont tous été retrouvés en pleine forêt, à plusieurs centaines de mètres des premières huttes. Chaque fois, les malheureux avaient décidé de se rendre seuls au milieu des bois. Un comportement insensé qui plonge toute la localité dans l'effroi.

— Comme pour les chimpanzés, murmura Marie. Vous croyez que notre parasite se cache là-dessous ?

— Je n'ai aucun moyen de l'affirmer, répondit la chercheuse, mais ce fait divers ressemble étrangement à votre affaire.

— Il y a quand même un truc qui m'inquiète, ajouta Marie. Si la souris est un hôte intermédiaire tout désigné pour le parasite, qu'en est-il du chien et de l'homme ?

Pauline Lambert arborait un air songeur.

— Dans l'hypothèse où nous nous trouvons face à une nouvelle forme de toxoplasme, alors l'Afrique est peut-être son berceau. Là-bas, certains félins y sont toujours un danger pour l'homme.

— Nos congénères y servent encore d'hôtes intermédiaire ! s'exclama Marie. Je n'arrive pas à le croire. Heureusement, ce n'est plus le cas dans nos contrées !

Pauline Lambert approuva.

— Notre parasite doit éprouver des difficultés pour s'adapter à l'Europe. Depuis que le tigre à dents de sabre a disparu de notre continent, les grands félins carnivores ne nous menacent plus. Alors, peut-être que ce toxoplasme a commencé par cibler les chiens, ou certains hommes. Il cherche leur *nouveau* prédateur et il lui faudra une éternité avant de découvrir son cycle de reproduction idéal. D'ici là, il agit comme un parasitoïde : il condamne son hôte.

— Et quand ce toxoplasme aura trouvé quoi faire de nous, demanda Marie, qu'adviendra-t-il ?

La scientifique haussa les épaules.

— J'imagine qu'il pourra influencer notre comportement en profondeur, à l'échelle d'un individu ou d'une nation tout entière, vu le nombre de personnes qui seront infectées. Si cet être microscopique est à ce point capable de modifier notre humeur ou notre caractère, alors à terme le libre arbitre ne sera plus guère qu'une illusion ; nous pourrions tous ressembler à des zombies.

Un silence tomba dans le laboratoire. Pauline Lambert regarda sa montre.

— Je vais devoir vous laisser, j'ai un rendez-vous.

Marie se leva.

— Je repars avec plus de questions que de réponses, mais merci pour cet éclairage. Ce n'est pas rassurant.

La chercheuse fixa Marie droit dans les yeux.

— J'aimerais vous aider autant que je le peux. Le moins que je puisse vous conseiller est d'être prudente.

— Que voulez-vous dire ?

— Quels que soient les desseins de cette nouvelle espèce, elle semble bien agitée. Il y a quelques semaines, j'ai injecté un échantillon du toxoplasme trouvé dans le corps des chiens dans celui d'une de nos souris de laboratoire. Ensuite, j'ai attendu que le parasite remonte dans son cerveau. Il y est parvenu en moins de trois jours.

— Et qu'a fait la souris ?

Pauline croisa les bras, soucieuse.

— Elle est morte.

# 50

Quand Marie entra dans la salle, Ethan faillit sursauter.

— Tiens, la touriste ! Je me demandais si tu étais encore affectée à notre programme !

Elle lui décocha un sourire.

— Désolée, j'aurais dû te passer un coup de fil, je n'ai jamais été douée pour le travail en équipe. Voilà ce que c'est d'avoir passé une partie de sa carrière avec des espions… En plus, j'ai dû laisser la voiture à la révision ce matin. J'ai perdu trois heures.

Ethan se retourna vers son écran.

— Moi, j'ai cherché ce que j'ai pu sur Norbert Moreau. Pour l'instant, que dalle.

Marie l'avait appelé la veille pour lui rendre compte de ses recherches et aussi lui demander de se renseigner sur le propriétaire fantôme de l'appartement mis à disposition de la famille d'Olivia.

— Je pense qu'Olivia a été violée. Les choses ont dû se passer au dernier étage. Il y a là-haut une sorte de lupanar. Lui a gardé le deuxième logement de sa mère, mais il est quasi vide. Je n'arrive pas à croire qu'il n'y ait pas un lien quelconque.

Elle soupira avant d'ajouter :

— Dans le cadre d'une enquête ordinaire, on aurait pu récupérer le corps de la petite et tenter de trouver les traces ADN de son assaillant, sous ses ongles, par exemple. Une comparaison avec les taches de sperme découvertes sur le matelas aurait été intéressante. Mais rien n'a été fait. On s'est contenté d'investigations sommaires, presque à la va-vite. Comme pour un accident de la route avec un phare cassé.

— Alors on devra s'en passer, grommela Ethan. De mon côté, les archives du commissariat de Clermont-Ferrand n'ont rien donné. Valmont est muet.

— Comment est-ce possible ?

— Norbert Moreau n'a jamais été interrogé, tout simplement. Il n'a pas d'antécédents. Pas une seule contravention. Le citoyen parfait. Transparent. Le genre dont on a oublié le nom sur la photo de classe et dont l'absence passe inaperçue.

— Alors, je propose qu'on revienne sur du concret : les trois chiens.

— Tu m'expliques ? demanda Ethan. C'est quoi, cette histoire de dingues ?

Marie sortit les lunettes électroniques et s'adressa joyeusement à la machine dont les diodes clignotaient patiemment.

— Jusqu'à maintenant, c'était de l'échauffement, mon petit Val ! Il est temps de voir ce que tu as dans le ventre. On va pousser tes capacités au maximum.

Le visage d'Ethan s'éclaira.

— Allons-y, alors. Mets la combinaison. Qu'est-ce que tu attends ?

Une fois prête, Marie se dirigea à nouveau vers le centre de la pièce. Sur le petit terminal accroché à son poignet, elle entra les trois adresses des propriétaires des chiens recensées après sa visite chez le véto. Il y avait celle de sa voisine, dans la tour Corinthe, et deux autres, rue des Liondards et rue de la Rotonde.

*Un mouchoir de poche de quelques centaines de mètres carrés !*

— Val, extraction.

Marie récita les trois noms de rue. En moins de deux secondes, Valmont trouva de nombreuses affaires où ressortaient les items proposés : des lieux d'accidents, de vols ou de crimes, les coordonnées de victimes ou de mis en cause, des citations tirées d'interrogatoires ou des mentions de « mains courantes » recueillies à l'accueil du commissariat.

Elle poursuivit, d'une voix forte.

— Val, extraction : Afrique – suicide – chien – comportement – poison – attaque – venin – sexuel – agresseur – voiture noire…

Elle tentait tous les croisements possibles, invoquant tout ce qui lui passait par la tête. À chaque nouvel item, un nuage de données s'ouvrait en corolles. D'improbables similitudes et de surprenantes congruences, reliées par des myriades de lignes fluorescentes. Après plusieurs minutes, un schéma baroque et fouillé à l'extrême étendait ses ramifications dans toutes les directions.

Marie recula de quelques pas, fascinée par cette cathédrale d'informations, spectaculaire et inutile à la fois. Puisque tout était là, il ne lui restait plus qu'à tenter la formule magique.

— Val : hypothèse.

Alors, l'impensable se produisit. Un seul fichier apparut.

— Une main courante, déposée il y a un an au poste de police de la rue des Liondards, commenta Ethan, les yeux rivés sur son écran.

Marie tendit le doigt vers le document qui clignota avant de s'ouvrir en grand.

**MAIN COURANTE N° 346**

Commissariat subdivisionnaire des Liondards

Origine : déplacement d'un témoin

Nature des faits : enfant suivi par un véhicule

Lieu : quartier Saint-Jacques

Heure des faits : 16 h 20

Une bénévole de l'association caritative Écoute et bienfaisance nous rapporte les faits ci-dessous : une fillette de 10 ans, qui devait se rendre dans les locaux de l'association pour bénéficier d'un soutien scolaire, a déclaré en arrivant avoir été suivie par une voiture noire, depuis sa sortie de classe (école primaire Lavoisier). L'enfant n'a pas été en mesure d'identifier la marque du véhicule ni sa plaque d'immatriculation. Pas de témoins.

*Encore un véhicule noir…*

Marie était perdue dans ses pensées.

— Hey, tu es où ? On continue ?

— Cette gamine, elle est d'origine africaine ?

— La main courante ne le précise pas.

— Tu pourrais les appeler et tâcher d'en savoir plus ?

— D'accord, ça me changera de la programmation informatique.

Elle allait faire un commentaire quand son téléphone sonna.

— Capitaine Lesaux, ici le garage. C'est à propos de votre voiture.

— Déjà prête ? Vous êtes des champions.

— Vous pouvez venir la récupérer, mais il faut qu'on vous dise : on a trouvé un truc bizarre.

— Qu'est-ce que c'est ?

— Vous verrez par vous-même.

# 51

Resté seul, Ethan fit quelques recherches Internet sur l'association caritative Écoute et bienfaisance où la gamine se rendait le jour où elle avait été suivie dans la rue. Elle était très active au sein de la communauté africaine de la ville et avait bizarrement son siège au Bénin. Sa mission croisait prosélytisme et assistance sociale, avec une attention particulière pour les mères isolées. Aucun problème n'était associé à son nom ni à ses actions. Elle envoyait régulièrement des livres et des cahiers par conteneurs à Cotonou. Elle organisait des repas traditionnels et distribuait des habits.

Ethan se décida à appeler.

Une bénévole lui répondit, confirmant le contenu de la main courante.

— J'ai très bien connu la petite Kayla, fit-elle. Une enfant étonnamment enjouée et gentille avec tout le monde, malgré les épreuves qu'elle avait traversées. Une maturité pareille, chez une gosse de cet âge, c'est peu commun.

— Que savez-vous de sa famille ? demanda Ethan.

— Enfant unique. Sa mère fait des ménages dans l'agglomération.

— Le signalement de la petite vous semble crédible ?

— Absolument, Kayla est très intelligente, équilibrée. Elle n'aurait pas inventé une histoire pareille.

— La voiture s'est manifestée de nouveau ?

— Un frère de notre Église affirme l'avoir vue, il y a une dizaine de jours.

— S'il n'était pas avec la petite, comment peut-il prétendre qu'il s'agit de la même voiture ?

Un silence.

— Je ne sais pas, monsieur.

Ethan était déçu.

— Cette histoire nous a tous traumatisés, poursuivit la bénévole. Souvent, quand je marche seule dans la rue, je me surprends à regarder autour de moi. Je cherche la voiture des yeux.

— Et Kayla, vous savez où elle habite ?

— Elle a quitté un appartement insalubre pour une de ces tours qui poussent comme des champignons, en périphérie de la ville. Le promoteur a son visage partout dans les journaux, vous voyez ?

— Non, pas vraiment.

— C'est le patron d'ESTTIA Participations. Il veut la place du maire, paraît-il. Ses immeubles font très modernes, mais la réalité est tout autre : l'hiver on y gèle et, l'été, c'est une fournaise. On reçoit beaucoup de témoignages là-dessus.

— Aucune nouvelle de la petite ? demanda Ethan.

— Non, malheureusement. On y était tous très attachés, vous savez.

— Vous pourriez m'envoyer une photo d'elle, par MMS ? Je vous donne mon numéro de mobile.

Le cliché arriva peu après. Kayla semblait conforme à la description de la bénévole : adorable et vive.

*Une proie de choix.*

Ethan regarda la pièce aux murs blancs.

Il songeait à Marie, encore. Ses pensées se tournaient vers elle de plus en plus souvent. Elle devait le voir comme un pauvre handicapé avec cette fichue balle dans la hanche. Inutile de se voiler la face.

*Oublie. Tu ferais mieux de te sortir cette fille de la tête.*

Il serra les poings et appuya sur ses cuisses, le plus fort qu'il pouvait. Il fallait qu'il ait mal. Ressentir quelque chose, même si c'était de la douleur.

## 52

À Cournon-d'Auvergne, dans le garage central qui administrait le parc automobile de la police, le responsable farfouilla dans son bureau, encombré de formulaires. Il en sortit un objet rectangulaire entouré d'un chiffon graisseux. Il le tendit à Marie.

— On a découvert ça sous votre voiture, capitaine. On a pensé à une blague.

Incrédule, elle soupesait l'engin.

*Une balise de tracking GPS…*

Marie évita le regard scrutateur du collègue et préféra prendre congé. Elle claqua la portière et démarra aussitôt. La balise se trouvait sur le siège avant. Elle y jetait un coup d'œil à chaque feu rouge.

*Les enfoirés !*

Troublée, elle partit retrouver Ethan. Il finissait un sandwich à son bureau. Elle sourit en le voyant. Il avait l'air tranquille et serein. Attentif comme toujours.

— Qu'y a-t-il, Marie ?

Elle posa la balise devant lui.

— Qu'est-ce que c'est ?

— Un GPS pour suivre les voitures à distance. D'ordinaire, les flics les utilisent pour pister des truands ou des criminels, pas les collègues !

— C'était sous ta voiture ?

Les yeux de la jeune femme bouillaient de colère. Ethan examina l'appareil avant de commencer à l'enrouler dans la feuille d'aluminium qui avait servi à protéger son déjeuner.

— Tu fais quoi ?

— Je crée un écran pour que la borne ne puisse plus communiquer. Ça n'affecte par le récepteur GPS, mais le module téléphonique : c'est lui qui envoie le positionnement. Il y a un petit compartiment pour la carte SIM, tu vois ?

Il lui désigna l'espace de rangement avant d'empaqueter soigneusement l'engin. Ethan parlait à voix basse.

— Il est silencieux désormais.

Il le lui tendit et elle le glissa dans une poche.

— Tu me sembles bien au courant du fonctionnement de ce gadget.

Un éclat de méfiance inhabituel s'était allumé dans ses yeux. Il saisit une feuille et griffonna quelques mots avant de lui tendre le papier. Marie put lire : « Les murs ont des oreilles. Il faut qu'on parle, mais pas ici. »

Elle approuva d'un signe de tête.

# 53

Boulevard Lafayette, une plaque sur la façade d'un immeuble annonçait : UNIVEGE, Herbiers universitaires. Les collections du bâtiment étaient reliées à celles du muséum d'Histoire naturelle par deux édifices mitoyens. Malgré sa charge de travail, Pauline Lambert n'avait pas hésité à quitter son laboratoire pour se rendre sur place en profitant d'une ligne directe de bus. Une question la hantait depuis que Marie Lesaux était venue la voir. Sur quelle mystérieuse affaire la police pouvait-elle bien travailler ?

Car, d'évidence, il n'était plus question de chiens suicidaires, mais d'êtres humains. Tout cela confirmait le bien-fondé de ses recherches, car si une nouvelle souche du parasite était capable de s'associer avec une plante et que cette dernière se mettait à proliférer comme du chiendent ou de l'ambroisie, quelles en seraient les conséquences ? Une épidémie de suicides, plus contagieuse que le virus de la grippe espagnole ?

Elle ne parvenait plus à se concentrer sur autre chose. En arrivant à l'entrée de l'UNIVEGE, une pluie froide faisait luire les pavés. Augustin Patural, le spécialiste des plantes carnivores gobeuses de frelons, l'attendait à l'abri d'un grand parapluie. Il ne payait pas de mine, avec son allure chétive et ses gestes empruntés, mais quand il s'agissait de parler de végétaux et de fleurs, son regard s'illuminait.

Ils s'étaient rencontrés par le biais d'un article du quotidien *La Montagne* qui relatait les découvertes de cet amateur très éclairé. Pauline l'avait lu avant de proposer à son auteur de faire connaissance. C'était un personnage atypique, vieux garçon et amoureux des plantes. La jeune scientifique avait bien surpris son regard, une fois ou deux, s'attardant sur sa poitrine, mais elle avait l'habitude. Les jolies filles n'étaient pas légion dans les labos et ces messieurs se rinçaient l'œil quand l'occasion se présentait. Augustin Patural n'avait pas fait de grandes études et il en avait gardé un sentiment d'infériorité, lui par ailleurs si fier et si avide de reconnaissance. De son côté, Pauline était d'un naturel franc et ne se privait pas de lui faire remarquer ses approximations ou ses erreurs scientifiques. Pourtant, autant qu'elle pouvait en juger, Patural ne lui en tenait pas rigueur ; il profitait au contraire de tout ce qu'elle pouvait lui apporter.

Aussi, quand il avait appris qu'elle souhaitait visiter la bibliothèque des Herbiers universitaires de la ville, il avait spontanément proposé de l'accompagner. Dans le hall, il replia son parapluie en le secouant avec vigueur.

— Tes allégations au téléphone ont piqué ma curiosité, fit Augustin avec ce langage désuet qu'il aimait utiliser.

Elle sourit :

— J'ai une affaire de chiens écrasés à te soumettre, sans jeu de mots.

— De chiens ? Quel rapport avec les plantes ?

Elle se tourna vers un homme qui arrivait vers eux. Il portait un costume de velours marron, rehaussé d'un nœud papillon couleur grenat.

— C'est ce que j'aimerais bien découvrir, murmura-t-elle.

Le nouveau venu les accueillit d'un ton affable. Il se présenta comme phytosociologue.

— En quoi consiste votre travail ? demanda-t-elle.

— J'établis les catalogues des espèces végétales. Je suis un archiviste du vivant, si vous voulez.

Il avait prononcé ces mots avec une pointe de contentement dans la voix. Pauline Lambert expliqua la raison de leur visite et leur interlocuteur resta pensif avant de prendre la parole :

— Notre herbier compte cinq cent cinquante mille planches, en provenance des laboratoires botaniques de la faculté des sciences, de l'Institut des Herbiers et de la Société d'histoire naturelle d'Auvergne.

Tout en parlant, ils étaient entrés dans des salles réservées au personnel et ils cheminaient au milieu de colonnes de casiers en bois qui masquaient les murs et délimitaient un étroit couloir.

— Vous avez un département de virologie végétale ? demanda la scientifique.

— Il est bien sommaire, je le crains.

— Mes recherches portent sur les phytoplasmes.

Son confrère se gratta la tête.

— Nous collectionnons les plantes, pas leurs parasites…

Ils atteignirent une salle de consultation : fauteuils, grande table et écrans d'ordinateur.

— Possédez-vous des exemplaires de la *Revue internationale d'écologie végétale* ? demanda humblement Patural de sa petite voix.

— Oui, en effet. Vous êtes un connaisseur…

— Augustin est un amateur particulièrement compétent, répondit Pauline en souriant.

— Travailler dans un lieu comme celui-ci doit être formidable, ajouta le botaniste du dimanche en levant les yeux.

Les casiers s'alignaient par centaines.

— La *Revue internationale* regorge d'illustrations qui couvrent les espèces les plus rares, approuva leur hôte avant de les conduire devant une armoire où la précieuse publication était rangée par ordre de parution.

— Vous avez un index général ? demanda Patural.

— Oui, et j'imagine que vous souhaitez une recherche sur les parasites ?

— S'il vous plaît.

Après quelques minutes, un numéro consacré à la flore d'Amazonie fut exhumé des rayonnages. Il y était fait mention d'innombrables plantes carnivores et d'une espèce en particulier que certaines tribus indiennes nommaient « la mangeuse d'hommes ». Il n'y avait pas de photos, juste une illustration. Patural disposa la revue sur la table. Il tournait les pages, tendu par une excitation qu'il masquait à peine. Aucune expédition scientifique n'avait confirmé l'existence de ce végétal, mais des témoignages recueillis auprès des autochtones décrivaient son mode d'action. Il se nourrissait du sang et des fluides corporels de petites proies, souvent des mammifères, qu'il étouffait préalablement avec ses tiges épaisses comme des lianes.

— La plante hébergerait un champignon parasite, commenta Patural en parcourant l'article.

Pauline Lambert se pencha vers l'illustration.

— Une sorte d'entente ? Une symbiose ? Comme les requins avec les poissons-pilotes ?

— En effet, répondit son collègue. Une fois inhalées par les animaux, les spores du champignon les plongent dans un état catatonique et la plante en profite pour les asphyxier en resserrant ses tiges.

Augustin Patural referma la revue que le chercheur archiva de nouveau comme un bien précieux.

— Une chose est sûre, nous n'avons pas de plantes carnivores de ce type en Auvergne.

Pauline Lambert ne semblait pas vouloir en rester là. Elle insista :

— Oui. Mais les frelons venus d'Asie se sont bien installés en Europe. Comme les perruches d'Afrique autour des aéroports d'Île-de-France, les tortues de Floride et les écrevisses américaines qui bouffent tout dans nos cours d'eau, les écureuils gris du Canada qui chassent les espèces locales de nos forêts ou le moustique tigre porteur du virus du chikungunya, en Rhône-Alpes. Pourquoi pas une nouvelle plante arrivée par avion et jetée dans un jardin ou sur un tarmac pour échapper à la douane ?

L'homme esquissa une moue songeuse avant de désigner l'un des ordinateurs qui trônaient sur le bureau.

— J'ai peut-être quelque chose pour vous.

## 54

La discrétion étant de mise, Ethan, à peine sorti de l'ancienne caserne, avait suggéré à Marie qu'ils se retrouvent dans son appartement. La balise était posée sur la table, emmaillotée dans sa feuille d'aluminium.

— Tu as remarqué quelque chose de louche, ces derniers temps ? demanda le jeune homme.

Marie réfléchissait.

— Il y a bien une voiture noire qui m'a semblé bizarre quand je suis allée à Cannes-Écluse. Elle stationnait sur le parking d'une station essence où je m'étais arrêtée prendre un café. Elle était vide. Juste un type qui s'était garé là... Pourtant, depuis quelques jours, je sens un œil posé sur moi en permanence. Un picotement sur l'épaule. Je pensais que je me faisais un film...

— Tu as une idée de qui cela peut être ?

— Pas le moins du monde. J'ai noté la plaque d'immatriculation par réflexe et puis j'ai oublié. Il faudra vérifier au fichier des cartes grises. J'ai aussi interrogé le groupe des stups, ce matin. Toutes leurs balises sont au bercail. Tu as une idée, toi ?

Ethan soupira, hésitant entre la gêne et l'amusement.

— Je ne serais pas surpris que tu fasses l'objet d'une routine.

— Une routine ?

— Une surveillance ordinaire des services pour s'assurer que tout est réglo et se couvrir aussi, au cas où. Valmont est un programme ultrasensible. S'il est adopté, pas mal de monde va s'y intéresser. Il pourrait donner des idées à des régimes autoritaires, tentés de l'utiliser pour en faire une arme ou épier une partie de leur population. Là, on parle d'espionnage industriel et de politique au plus haut niveau. Pour moi, c'est ça. Rien d'autre.

Marie hocha la tête.

— Une filature... Masson me l'avait suggéré lui-même. J'imagine que Lamouche est au parfum.

— À moins qu'il ne soit surveillé, lui aussi, objecta Ethan. Je verrais bien un petit proxy posé dans la mémoire de son téléphone !

En disant cela, Ethan désigna celui de Marie, posé sur la table.

— Je peux ?

Elle acquiesça. Ethan fit pivoter son fauteuil et gagna un plan de travail soutenant plusieurs écrans. Il plugga le téléphone à l'un des PC.

— Tu fais quoi ?

— Je me sers d'un antivirus pour m'assurer qu'aucun mouchard n'a été mis dans ton engin.

— De ta fabrication ?

— Tu me surestimes. C'est le genre de logiciel qu'on utilise pour purger les systèmes informatiques équipant les tours de contrôle des aéroports ou les centrales nucléaires.

Marie émit un sifflement admiratif.

— Vous êtes bien équipés, chez les Géo Trouvetou !

Ethan était concentré et ne releva pas. Après quelques instants, le programme afficha : « Aucune menace détectée ».

— Bon, fit-il, voilà déjà un bon point. La suite, maintenant.

Il lui présenta l'écran de son téléphone et, de l'index, désigna une icône.

— C'est quoi ? demanda Marie.

— Une messagerie cryptée. Tu vas l'installer sur ton smartphone.

— C'est nécessaire ?

— Si tu veux être tranquille, oui. Mais surtout, reste discrète : ceux qui te surveillent ne doivent pas se douter que tu as découvert leur manigance. Ça nous laissera un coup d'avance.

Ethan alla préparer du café. Marie ne lui proposa pas son aide, elle savait qu'il la refuserait. Puis il revint ranger son fauteuil à côté d'elle.

— À propos de voiture noire… Ça m'a fait penser au véhicule dont parle la rumeur et à celui qui suivait la petite Kayla. Même couleur. Une coïncidence, tu crois ?

L'inquiétude d'Ethan était communicative.

— Si cette bagnole existe bien, pourquoi s'intéresserait-elle à moi ? Tu trouves que je ressemble à une gamine du Bénin ?

Ethan haussa les épaules.

— Tu imagines la vitesse à laquelle *on* t'aurait identifiée ?

— Mais de qui parle-t-on, merde ?

— D'une personne ou d'un groupe, proche et bien organisé.

— C'est flippant… Cette petite, fit Marie, il faut que je lui parle. Tu as trouvé son adresse ?

— Elle occupe avec sa mère un logement fourni par ESTTIA Participations dans la banlieue de Clermont.

— Pas d'homme à leur côté ?

— Même profil qu'Olivia, souffla Ethan.

Il montra sur son téléphone la photo de la petite que lui avait envoyée l'association. En la voyant, le cœur de Marie se serra.

— Elle est adorable.

— Mère isolée, pauvre et sans papiers, ajouta Ethan.

— Des proies idéales.

— C'est ce que je pense aussi. Mais reste le plus troublant : ces morts en série et ces chiens qui disjonctent…

Ethan partit chercher la cafetière. Marie lui demanda :

— Comment s'appelait l'association qui aidait Kayla ?

— Écoute et bienfaisance.

Marie tiqua.

— J'ai déjà vu ça quelque part.

— C'est très évangéliste : un savant mélange de prosélytisme et de caritatif destiné à garder dans le giron de la foi des communautés en manque de repères.

— Ça me revient ! Il y avait une affiche de cette association dans le labo de Pauline Lambert, la spécialiste en parasitologie. J'aimerais bien savoir comment elle a pu arriver là.

— Dieu est partout.

Ethan trempa ses lèvres dans sa tasse. La mort d'Alice le rendait parfois caustique et amer. Il changea de sujet :

— Tu t'occupes des chiens ?

— Oui, répondit Marie. Pour en revenir à notre messagerie, ce sera donc le canal crypté pour les discussions sensibles ? Je suppose que pour te demander ce que tu veux manger ce soir, c'est inutile.

Marie s'étonna elle-même de son audace et de cette pointe de familiarité. Il faudrait qu'elle fasse attention.

Ethan souriait. Il attrapa sa veste et elle sortit de l'appartement alors qu'il activait un petit capteur situé au niveau de l'interrupteur.

— C'est quoi ? demanda Marie.

— Un détecteur de mouvement infrarouge. Avec tout le matos que j'ai là-dedans, je préfère prendre mes précautions. En cas d'intrusion, je suis informé sur mon téléphone et je peux appeler Gutterman à la rescousse.

Comme pour illustrer son propos, le téléphone de Marie vibra dans sa poche. Ils se regardèrent. Ce n'était pas James Bond, ni Lamouche, ni un quelconque agent gardien. Marie laissa le répondeur s'enclencher. Il s'agissait de Pauline Lambert. À en juger par le son de sa voix, il s'était passé quelque chose.

# 55

Le phytosociologue s'assit devant l'ordinateur qui se trouvait au milieu de la salle des consultations. Une lampe à abat-jour vert diffusait un halo intimiste qui contrebalançait l'occultation des fenêtres par les colonnes de caisses en bois où s'accumulaient les plants d'herbiers soigneusement rangés.

— Les plus grands musées d'histoire naturelle du monde ont entrepris de numériser leurs collections et, désormais, fit le chercheur, il est possible d'y accéder par Internet.

— J'en avais entendu parler à propos du Muséum national de Paris, mais j'ignorais qu'il y en avait d'autres, commenta Augustin Patural.

— Nous disposons d'un logiciel pour les explorer en simultané. C'est pratique, à condition de savoir ce que nous voulons.

Le regard de Patural brillait.

— Essayez les plantes parasites, pour commencer.

L'homme prit place devant la machine et lança une requête.

— Je propose qu'on restreigne la recherche aux quatre plus grands herbiers de la planète : le Muséum national d'histoire naturelle de Paris – il couvre à lui seul près de la moitié de la flore mondiale –, le Jardin botanique de New York, l'Institut de botanique Komarov en Russie et les Jardins royaux de Kew, en Grande-Bretagne.

Les premières conclusions tombèrent.

— Rien pour Paris.

Pauline Lambert s'était prise au jeu.

— New York : rien non plus. J'essaye avec Komarov.

— C'est où ? demanda Patural.

— À Saint-Pétersbourg… Mais malheureusement pour vous, zéro résultat là aussi.

La jeune femme croisa les bras, perplexe.

— Je crains qu'on fasse fausse route. Si une plante telle que la nôtre existait, des confrères en auraient déjà parlé ! Restent les Kew Gardens, et après on s'en va.

À peine quelques secondes plus tard, une petite icône s'afficha à l'écran. Un dossier avec une référence illisible.

Le scientifique l'ouvrit aussitôt.

— Ça concerne le *black weru*.

— Le weru noir, commenta Augustin Patural. Jamais entendu parler.

Une illustration d'époque y dévoilait sa singulière apparence : au milieu d'un amas dense de lianes épineuses, ressemblant à des serpents, s'élevait une grande plante dont les feuilles charbonneuses supportaient des baies d'un rouge cramoisi. D'autres fruits apparaissaient au centre du buisson.

Les tiges intriguaient particulièrement la chercheuse.

— On dirait une sorte de lierre.

— De genre *Hedera*, précisa Augustin. Un seul exemplaire pour toute l'Angleterre ?

Leur hôte jubilait :

— Pour le monde entier ! Et c'est un *plant original* qui figurait dans la collection de Charles Darwin. Je lis que le naturaliste l'a rapporté de son périple autour du monde, à bord du *Beagle*. Ensuite, le savant en a fait don aux Kew Gardens.

— Quelles sont ses caractéristiques ? demanda Pauline Lambert.

Le responsable des Herbiers parcourait la fiche signalétique.

— Le weru a été découvert en Afrique du Sud, lors d'une escale. Il possède des baies et un réseau d'épines fourni.

— Toxiques, les baies ? interrogea Pauline.

L'herboriste ne quittait pas la fiche des yeux.

— Laissez-moi une minute, tout est en anglais… D'ordinaire, le lierre commun sécrète une substance vénéneuse : la carotatoxine. Pour le weru noir, on ne parle que de ses fruits, d'un rouge foncé, prisés des mammifères.

La chercheuse se pencha au-dessus de l'écran, fébrile.

— Il est question de mulots, de souris ou de rats ?

— Le seul animal cité est la musaraigne à trompe ; la note précise que le weru dégage une odeur qui imite celle des asticots, dont la musaraigne se délecte. En venant croquer les baies, elle se pique aux épines, disposées d'une façon telle qu'elle ne peut les éviter.

— Et ensuite ?

— Rien d'autre.

Pauline regarda Augustin avant de se tourner vers l'herboriste.

— Vous pourriez m'imprimer la fiche, s'il vous plaît ?

— Aucun problème.

Pauline Lambert récupéra le document.

— J'ai un coup de fil à passer, vous permettez ?

Elle s'éloigna dans une autre salle et composa le numéro qui figurait sur la carte de visite que lui avait donnée la policière de la brigade de protection de la famille. Elle tomba sur un répondeur. Après avoir laissé un message, elle raccrocha, en proie à une vive émotion. Les idées se bousculaient dans sa tête.

Elle n'eut pas le temps de s'y attarder que ses deux homologues venaient à sa rencontre en se dirigeant vers le hall d'entrée. Augustin avait déjà enfilé sa gabardine de vieux garçon et pétillait d'excitation. *Un peu de piment dans sa vie*, se dit Pauline, qui appréciait la gentillesse et la compétence de cet homme qui n'avait pas dû beaucoup voyager autrement que par les livres. Lui était en train d'expliquer au phytosociologue la signification étymologique de son nom ancré dans l'histoire auvergnate, passion commune qu'ils venaient tous deux de se découvrir en parlant des origines souvent latines du nom des plantes.

Pauline écourta de fait la conversation et libéra leur hôte. Sa journée n'était pas finie, loin s'en fallait. Un rideau de pluie les accueillit sur le perron. Pauline jura. Elle allait arriver trempée au CHU où elle devait repasser avant une soirée de gala avec des investisseurs locaux. Patural avait déjà ouvert son vieux parapluie.

— Je te dépose ? Je suis garé juste à côté. Tu vas au labo ? C'est sur mon chemin.

Ce n'était pas de refus. Pauline accepta chaleureusement. Augustin rayonnait.

# 56

Marie n'avait que deux adresses à visiter, rue des Liondards et rue de la Rotonde où vivaient les propriétaires des chiens kamikazes examinés par le vétérinaire. Le premier animal était mort en s'attaquant à des chiens beaucoup plus gros et beaucoup plus forts que lui. Comme pour Roof, les tentatives pour maintenir la bête à domicile avaient échoué. Le chien tirait sur sa laisse à chaque promenade et, sitôt enfui, se jetait sur le premier molosse venu en ignorant les roquets et autres chihuahuas. Au final, son maître l'avait retrouvé à demi dévoré derrière une haie.

L'autre propriétaire expliqua que son animal assaillait des voitures comme s'il s'agissait de proies minuscules. Ces attaques survenaient à l'occasion de fugues de plus en plus fréquentes. Sur les murs du salon où le jeune retraité avait invité Marie à entrer, des photos sous verre témoignaient de la fascination de l'homme pour les canidés. Les portraits de Falko étaient à l'honneur.

— C'était un magnifique beauceron, très gentil avec tout le monde.

— Quand les fugues ont-elles commencé ? demanda Marie qui se tenait devant un cliché où l'animal courait dans la neige.

— Il y a un peu plus d'un an.

— Et les attaques contre les voitures ?

— À la même période, je dirais. Vous pensez qu'il y a un lien ?

Elle se garda bien de répondre et pencha la tête sur son carnet.

— Au téléphone, vous m'avez dit n'avoir jamais retrouvé son corps ?

— C'est vrai.

— En ce cas, comment pouvez-vous être sûr qu'il est mort ?

Le visage de l'homme était las. Il se leva pour aller récupérer un objet dans un tiroir. Il le tendit à Marie. Elle fit la grimace.

*Un collier ?*

Il était couvert de traces sombres. Du sang séché.

— C'est tout ce qu'il reste de Falko. Je n'ai même pas eu le courage de le nettoyer.

— Où l'avez-vous trouvé ?

— Au bord d'un champ, près du quartier des Ormeaux.

— Ce n'est pas tout près, commenta Marie. Comment êtes-vous tombé dessus ?

— Par la géolocalisation.

Devant le regard interrogateur de Marie, il précisa :

— Quand Falko a commencé à s'enfuir, je lui ai acheté ce collier connecté, avec puce GPS intégrée et micro. La totale.

— Un micro ? Pour quoi faire ?

— Surveiller ses aboiements, savoir s'il y avait un problème…

Elle soupira en pensant qu'elle n'était pas loin d'être pistée de la même façon.

— Cet objet est relié à votre smartphone ?

— Exact : la puce communique grâce au réseau mobile. Je recevais une alerte chaque fois qu'il s'écartait d'une zone définie à l'avance.

— Comme le périmètre de votre pavillon ?

— Voilà.

— Et donc, vous avez retrouvé ce collier en vous servant de la puce GPS ? Vous pensez que ce sang est celui de votre animal ?

— C'est évident.

— Et si c'était celui d'un homme ? rétorqua Marie

Le retraité secoua la tête.

— Après l'avoir récupéré, j'ai écouté tout ce que le micro avait enregistré.

— Les heures qui ont suivi sa dernière fugue ?

En guise de réponse, le retraité l'invita à le rejoindre dans la cuisine. Un ordinateur portable était allumé sur la table. L'homme cliqua sur un fichier audio. Le son était particulièrement net : une cavalcade, la respiration longue et puissante du beauceron et des chants d'oiseaux. Cela évoquait les champs et de petites maisons entourées de jardins, presque la campagne. Le propriétaire accéléra le défilement de la bande.

— C'est là, écoutez bien !

Falko s'était mis à gronder. Juste après, une voix aigrelette et agressive éclata comme si elle était dans la pièce :

— Encore toi ? Saleté. Dégage d'ici !

Un bruit mat accompagna la menace. Puis un second. Falko glapit de douleur.

— Quelque chose l'a touché, commenta son maître avec des trémolos dans la voix.

De nouveau des cris plaintifs, suivis d'une galopade de moins en moins soutenue. À l'évidence, l'animal se traînait. On entendit son corps s'affaisser sur du gravier. Un dernier souffle, une patte qui gratte puis le grand calme avec les oiseaux. Le retraité se tenait debout, près de Marie. Il serrait les poings de colère.

— Falko était malade et faible depuis qu'il avait commencé à fuir, sinon jamais un homme n'aurait pu le blesser si facilement.

Marie fixait le fichier audio.

— Vous pouvez m'indiquer l'endroit exact où vous avez récupéré le collier ?

— C'était dans une poubelle, rue de la Cassière. Un coin à l'écart. Ce type qu'on entend dans l'enregistrement, ajouta le propriétaire, je l'ai cherché durant des semaines. Je me suis même fait passer pour un agent immobilier : je frappais aux portes et j'engageais la conversation, dans l'espoir de reconnaître sa voix. En vain.

— J'aurais besoin de ce fichier, dit Marie, ainsi que du parcours de Falko, le jour de sa disparition. C'est possible ?

— Je peux tout vous envoyer.

— Très bien.

Elle désigna le collier barbouillé de sang.

— La puce GPS, elle vous permet un tracé de ses déplacements comme pour les applis de course à pied ?

— Non. Juste la localisation.

— On pourrait minuter le temps entre l'agression de l'homme et la mort de votre chien. Ça donnerait une idée du périmètre.

— Vous feriez ça pour un chien ?

L'homme devenait perplexe, habitué à ce que la police ne se déplace même plus pour un cambriolage. Marie éluda.

— Parfois, on peut faire ça, oui. Conservez le collier dans un sachet de congélation pour préserver les traces. Je reviendrai.

En traversant le jardin du pavillon, Marie sentait le regard du retraité dans son dos.

Elle claqua la portière et, une fois assise au volant, réécouta le message qu'elle avait reçu du professeur Lambert.

— Capitaine Lesaux ? Je crois que j'ai trouvé l'origine de notre épidémie de suicides ! Il faut que nous en parlions, de vive voix et très vite. Pourquoi pas ce soir, à la Chambre de commerce de Clermont-Ferrand ? Il y a un gala d'investisseurs où je dois me rendre pour lever des fonds. La soirée commence à 20 h 30. Il faut absolument que vous veniez, car demain et les jours prochains, je serai à Paris.

# 57

À Beaumont, au sud de Clermont-Ferrand, les camions des sapeurs-pompiers étaient déployés près du supermarché, au pied d'une tour HLM sortie de terre six mois plus tôt. C'était la dernière réalisation du programme d'ESTTIA Participations pour l'agglomération clermontoise. Le commandant Masson se gara à la diable, remonta la fermeture à glissière de sa parka et suivit les tuyaux qui partaient des bouches d'incendie pour converger vers l'échelle pivotante. La nacelle était appuyée contre la façade de la tour et les flammes venaient à peine d'être maîtrisées. Des camions balayeurs nettoyaient déjà la neige carbonique et les débris tombés sur la chaussée. Masson se présenta à l'officier chargé des opérations.

— Alors, qu'est-ce qu'on a ?

— L'alerte a été déclenchée vers 8 heures, expliqua le pompier. Le brasier a pris dans la cuisine d'un appartement locatif, au troisième étage. On attend vos collègues de la PJ.

Il désigna de sa main gantée une fenêtre, nimbée d'une épaisse couche de suie.

— Au départ, on a cru que les flammes avaient envahi la cage d'escalier, mais tout s'est joué dans la cuisine. Le départ de feu est volontaire.

Masson fixait la tour.

— En quoi ma brigade est-elle concernée ? L'auteur de l'incendie est un mineur ?

— Une femme s'est immolée et les voisins disent qu'elle vivait avec une petite fille. On n'a trouvé que le cadavre d'une adulte.

Masson regarda de nouveau vers la fenêtre.

— Vous me montrez le boxon ?

L'odeur de brûlé imprégnait toute la cage d'escalier. Le policier soufflait en gravissant les marches. Une fois franchi le palier, les deux hommes pataugèrent dans des flaques d'eau noirâtres. Le corps de la mère, racorni et à peine identifiable, gisait près de la fenêtre de la cuisine. Masson se pencha au-dessus de la dépouille.

— Vous avez dit qu'elle s'était *immolée*, capitaine. Sur quelle base ?

Le sapeur-pompier désigna la pièce d'un geste las.

— La cuisine empeste le solvant et le sol en est maculé, comme le bas des rideaux qui n'ont pas cramé. Je ne veux pas préjuger des analyses qui seront faites mais, selon moi, ça ne fait pas un pli.

— On aurait très bien pu l'assommer et la faire brûler ensuite, objecta Masson.

— Possible, mais peu probable. Dans ma carrière, j'ai vu un paquet de malheureux se foutre le feu et le résultat ressemble beaucoup à ça : un cadavre carbonisé qui présente un aspect effrité avec les membres repliés vers le corps en raison de leur combustion soudaine.

Masson hocha la tête.

— Les légistes appellent ça la « position du boxeur ».

Il se redressa en gémissant. Son genou lui faisait de plus en plus mal.

— Je vais interroger les voisins. Ils ont été évacués, j'imagine.

— Vous les trouverez sur le parking. Ils attendent confirmation des autorités pour rentrer chez eux, mais ils feraient mieux de se faire héberger. L'odeur va être épouvantable durant des jours.

Il s'était approché de la fenêtre.

— D'ailleurs je les vois qui entourent Menster.

— Charles Menster ? Le candidat à la mairie ?

— En personne. Cet immeuble est à lui. Il doit gérer la crise en expliquant que son bâtiment est aux normes et que ESTTIA Participations n'est pour rien dans cette tragédie.

Il ricana :

— Si on me demande mon avis, j'aurai deux ou trois choses à raconter.

Masson ne releva pas. En sortant de l'appartement, il vit un soldat du feu qui finissait d'abattre la porte d'entrée à coups de hache, probablement pour faciliter l'évacuation du corps par la médecine légale.

— Vous direz à votre gars d'attendre l'avis du parquet, lança Masson en se retournant. Cette cuisine est une scène de crime : on ne touche pas au cadavre !

Le capitaine relaya la consigne. En dirigeant son regard vers la porte, le flic remarqua quelque chose de gravé dans le bois. Il s'approcha pour mieux voir.

— Vous pouvez me prêter votre torche, capitaine ?

Masson éclaira la surface.

*Un dessin au couteau…*

— C'est quoi, ce machin ? fit le sapeur-pompier.

— Un truc rond avec une toile d'araignée au centre…

Masson se retourna et lança un dernier coup d'œil à l'appartement, ravagé par les flammes. Il prit son téléphone et laissa un message à Marie :

— Je ne sais pas où tu traînes encore, mais, moi, je bosse. Et là, j'ai une maman qui a cramé dans sa cuisine avec sa gamine dans la nature. Alors si ça ne te fait rien de rappliquer, tu pourras te rappeler pour quoi on te paie.

Il raccrocha furieux. Furieux d'être en colère. Furieux d'être injuste.

Il y avait une enfant à retrouver. Et vite.

# 58

Le parking de la Chambre de commerce était bondé. Tout ce que la ville comptait de banquiers, de chefs d'entreprise et de créateurs de start-up était là. Des hôtesses canalisaient les invités et, déjà, on dressait les tables pour le cocktail dînatoire.

Marie avait hésité à mettre un tailleur, souvenir de ses années à la DST, quand elle luttait contre l'espionnage économique en fréquentant les salons parisiens de l'industrie d'armement ou du nucléaire. C'était une autre vie, avant qu'elle ne rejoigne son mari à Clermont-Ferrand et qu'elle n'intègre la brigade criminelle. À cette époque, Michel venait d'investir des fonds dans une officine pharmaceutique avec l'aide de son père et il avait besoin d'elle.

Marie s'était finalement décidée pour une robe cintrée sans manches, bleu marine. Elle lui donnait une allure sage et féminine. On lui proposa un badge à l'accueil. Il y avait dans la foule beaucoup de visages inconnus, mais aussi quelques têtes aperçues dans les médias locaux : des professeurs d'université, un grand capitaine d'industrie…

Elle arriva au pied de l'amphithéâtre. Le programme affiché sur écran géant annonçait du « *speed-meeting* » entre scientifiques et investisseurs : les chercheurs avaient sept minutes chacun pour monter sur scène et présenter leur découverte. Le but était de séduire le jury avec à la clef un gros chèque, premier pas vers la création d'une start-up et, qui sait, la fortune ou le rêve américain si Google proposait de racheter leur brevet à bon prix.

En plissant les yeux, elle vit le nom de Pauline Lambert sur la liste : la scientifique devait intervenir en troisième position. Son thème était : « La preuve par le miel : des plantes carnivores au secours de l'industrie agro-alimentaire mondiale. »

*Tout un programme. Cette fille est brillante…*

Des haut-parleurs diffusaient de la musique classique et de temps en temps elle sentait le regard des hommes sur elle.

Marie n'avait pas envie de s'éterniser. Ce monde n'était pas le sien. Son pharmacien pharmacien d'ex, en revanche, y aurait été tout à son aise.

*Pourvu qu'il ne soit pas là !*

Après le gigolo de sa mère cette semaine, elle n'avait aucune envie de se coltiner en plus la nouvelle greluche de Michel. Assis dans le public, elle reconnut le préfet de région et, tout près, une quinquagénaire flamboyante en grande conversation avec le commissaire Lamouche. Ce devait être la sous-préfète.

*La fameuse…*

Marie comprenait mieux la présence du smoking, entraperçu dans le bureau de son chef. Elle n'était qu'à moitié surprise de le voir là. Il adorait travailler ses réseaux et cette soirée comptait tout ce que la région produisait comme gratin local. Une voix rocailleuse l'interpella dans son dos.

— Toujours aussi people, ton patron !

Elle se retourna et tomba sur un collègue barbu, la bedaine généreuse.

— Jacques, que fais-tu là ?

Ils se firent la bise comme des gens qui se connaissent de longue date.

— Le préfet de région est là et, dehors, on a quelques syndicalistes qui entendent gâcher la fête. J'observe et je rends compte, la routine.

— C'est quoi le souci ?

— Des salariés lui reprochent sa mollesse après le licenciement économique des ouvriers de Métalcybor.

— L'usine de Gerzat, j'ai lu ça dans la presse.

— Cent cinquante ouvriers sur le carreau : du lourd.

Elle sourit en voyant la tenue de Jacques. Il arborait sous une veste en velours un pull à col roulé lie-de-vin. À l'époque où Marie travaillait à la brigade criminelle, il lui avait filé des tuyaux précieux. Jacques avait fait la majeure partie de sa carrière aux RG ; il s'occupait désormais du suivi des conflits sociaux dans les grandes entreprises.

— Et elle, tu la connais ?

— La sous-préfète ?

— Oui.

— Elle est directrice de cabinet du préfet de la zone de défense sud-est. La cinquantaine rayonnante et les dents qui rayent le parquet.

*On dirait ma mère*, songea Marie.

— Précédemment, elle était adjointe au délégué interministériel à l'intelligence économique : une passionnée des nouvelles technologies.

— Des algorithmes et du big data aussi, j'imagine.

— Probablement, sourit Jacques. On dit que si elle continue son bonhomme de chemin, elle pourrait finir chef de cabinet d'un ministre ou patronne d'un grand service, qui sait ? Et juste derrière nos tourtereaux, tu le reconnais ?

D'un geste du menton, il désignait un petit homme racé et élégamment vêtu.

— Costume Armani, fit-elle. Pas ton style, Jacques.

— C'est Charles Menster, le gérant du nouvel office HLM à la mode.

— Le futur maire de Clermont, à ce qu'on dit.

Le collègue approuva.

— Lui et Mme la sous-préfète se connaissent, figure-toi. Ils se sont croisés il y a quelques années, quand elle était chargée de mission sur l'habitat insalubre auprès du préfet du Var.

— Il vaut quoi, ce Menster ?

Elle songea à la tour Corinthe et à cette pancarte qu'elle avait trouvée au dernier étage, là où Olivia et d'autres, peut-être, avaient été violées et sans doute filmées par Norbert Moreau ou l'un de ses proches.

— Ce type se soucie des mal-logés comme d'une guigne. À Toulon, il gérait déjà un office HLM controversé : une de ses tours avait cramé avec plusieurs familles de clandestins à l'intérieur.

— Ça n'a pas gêné sa carrière politique, on dirait.

— Il a du pognon et ses largesses profitent au parti en place à l'Élysée. Pour l'instant il est couvert. Mais pour combien de temps ? Quand le vent tournera ou qu'il dérangera trop, quelqu'un sortira un dossier tout prêt et notre ami quittera la scène.

Le premier pitch débutait.

Quand ce fut au tour de Pauline Lambert, l'animateur de la soirée monta sur scène, visiblement dépité. Il prit la parole pour dire que la professeure n'étant pas encore arrivée, on passait directement à la présentation suivante. Au même instant, un message apparut sur l'écran du téléphone de Marie. C'était Masson : « Tu peux me rappeler de suite ? Urgent. »

Elle remercia Jacques et quitta l'amphithéâtre pour parler au calme.

Après deux sonneries, le commanda décrocha.

— Écoute, Thierry, j'ai bien eu ton message, je suis désolée pour l'incendie, je…

— On s'en fout, Marie, j'étais énervé, oublie. J'ai pu discuter avec le gars dans le fauteuil roulant. Ce mec est une machine, il ne dort jamais. On a parlé et ça n'a pas été inutile. T'es où là, je te dérange ?

— Je suis à une soirée à la Chambre de commerce. Lamouche est là, figure-toi.

— Quel lèche-cul ! Grand bien lui fasse. Écoute, pour l'incendie, il n'y avait que deux occupants dans l'appartement, une mère et sa fille, et on n'a retrouvé que le corps de la maman. La gosse a disparu.

Marie serra son téléphone un peu plus fort.

— La mère, c'est un suicide ?

— Les pompiers en sont persuadés.

— Il y avait des signes bizarres inscrits sur les murs ?

— Près de la porte d'entrée. Comme des dessins vaudous ou des symboles aborigènes.

— Et la gamine ?

— Introuvable, répondit Masson. J'ai fait le tour du voisinage et un locataire de l'immeuble affirme l'avoir vue partir avec un homme. Son visage était caché par une capuche. Pas de signalement précis : taille normale, corpulence normale. Un fantôme.

Marie était fébrile.

— La gamine, c'est une Black et sa mère était isolée. Toujours le même schéma. Elle était en règle ?

— Originaire du Bénin, en cours de régularisation.

— Et le bailleur social de l'immeuble ? ESTTIA Participations ?

— Exact. Tu confirmes ce que m'a raconté Ethan, on dirait.

— C'est-à-dire ?

— Je l'ai croisé devant la caserne. Il tombait des cordes et je l'ai aidé à monter dans sa bagnole. Du coup, il m'a poussé chez moi et on a causé un peu. Je venais à peine de mentionner l'incendie qu'il me donnait déjà le nom de la gamine disparue !

— Kayla Mzuzu ? fit Marie.

— C'est ça. Elle aurait été filochée quelques mois plus tôt par une voiture et… comment sais-tu son nom, toi ?

— C'est Valmont qui l'a découvert ! Cette gamine volatilisée, je suis persuadée que c'est encore un coup de la Hyène ! La fille ressemble beaucoup à Olivia, la petite qui est tombée du haut de la tour, là où j'habite. Il faut déclencher une procédure d'Alerte enlèvement, tout de suite ! D'ailleurs c'est plus qu'un kidnapping, c'est un truc absolument énorme. Et ça ne date pas d'hier.

Marie n'avait pas conscience de crier, et près du buffet les serveurs remplissaient les coupes de champagne en lui lançant des regards étonnés.

— Calme-toi, Marie, tempéra Masson. Le rapt n'est pas avéré et, en l'espèce, nous n'avons aucune description du ravisseur. Le procureur va nous envoyer sur les roses.

— On fait quoi alors, on reste les bras ballants ? Quand va-t-il se décider à ouvrir une vraie enquête avec les moyens qui vont avec ?

Elle déglutit avant d'ajouter :

— On va choper ce salopard ! Avec ou sans procédure.

La voix de Masson s'était adoucie.

— Oh, on respire. C'est une ancienne pointure de la brigade criminelle qui parle, là ? Tu rappliques demain matin à la première heure. Et on reprend tout depuis le début, *à l'ancienne*, et avec tes infos.

— C'est une commission rogatoire dont nous avons besoin, pas d'une enquête préliminaire à deux balles ! Il y a urgence !

— J'ai compris, Marie. On se retrouve demain matin.

Il avait raccroché. Marie était abasourdie. Son esprit était anesthésié par la violence de ses émotions.

*Que des filles seules, sans droits. Des invisibles.*

Les mots de Lamouche restaient imprimés dans sa mémoire : « Personne pour les pleurer. » Elle s'approcha du buffet et se servit un grand verre d'eau minérale. Quelqu'un cria son prénom. Une voix d'homme. Lamouche, justement, le visage dur, qui venait vers elle après avoir poussé les portes de l'amphithéâtre d'où provenaient les sons étouffés d'une présentation en cours.

# 59

— Que faites-vous là ?

— J'ai été invitée. Des amis… Mes salutations à votre épouse.

Il jeta un coup d'œil alentour.

— Suivez-moi, j'ai deux mots à vous dire.

Il l'entraîna vers un coin du salon situé en retrait et lui demanda de s'asseoir.

— On arrête, c'est fini.

— Pardon ? On arrête quoi ?

— Valmont, dit-il en baissant la voix.

Pour Marie, ces mots eurent l'effet d'une douche froide.

— Je voulais vous voir demain matin, mais puisque vous êtes là, c'est encore mieux. On va la faire courte. Il y a des fuites et la presse est déjà sur le coup. Et pas du petit-lait. Des vrais casse-couilles. *Le Canard*, pour ne pas le nommer. Mediapart aussi. Et comme si tout cela ne suffisait pas, un syndicat de gardiens s'est adressé au ministère pour s'inquiéter « du recours à l'intelligence artificielle visant à remplacer le personnel actif de la police nationale ». Si ça continue, la Commission nationale de l'informatique et des libertés va aussi nous demander des comptes. Pas la peine de tourner autour du pot : on a merdé, et sévère. Donc maintenant, on enterre tout et on attend.

— Il fonctionne, monsieur ! Le programme est vraiment extraordinaire !

— Peu importe, j'ai été clair : on arrête les frais.

— Ce n'est pas si simple.

— Comment ça ?

— Valmont est un outil fabuleux. Grâce à lui, on a découvert en quelques jours l'existence d'un prédateur qui avait jusque-là fait tout ce qu'il voulait et jouissait d'une totale impunité. Sous notre nez ! Son truc, c'est d'embarquer des fillettes en situation irrégulière, que personne ne réclame. À l'instant où je vous parle, une gamine vient d'être enlevée. Combien d'affaires comme celle-là sur le territoire ? Combien de trafics, de meurtres et de disparitions impunies ? Et s'il n'y avait que ça ! Il y a en ce moment dans la ville un truc biologique qui pousse des gens au suicide. Je vous passe les détails, mais c'est dramatiquement vrai. Ethan et moi pensons qu'il est déjà à l'origine d'au moins trois suicides.

— Qu'est-ce que c'est que ce délire ?

Le commissaire recula d'un pas.

— Capitaine Lesaux, je pense que vous avez besoin de souffler un moment. Mais avant cela, demain à la première heure, je vous veux dans mon bureau avec votre badge d'accès à la zone protégée. De toutes les façons, la caserne va être évacuée et Ethan Milo va dégager du périmètre. Fin de l'expérience.

Marie se rapprocha de lui et lui parla sous le nez comme elle l'aurait fait avec n'importe quel dealer, pour bien lui signifier qu'elle allait lui bouffer la tête :

— Une gamine a été kidnappée. Il s'agit d'une petite Africaine et, pendant que nous bavassons, un détraqué la séquestre quelque part. Je…

Lamouche se dégagea brutalement.

— Votre badge, demain. Vous avez l'habitude de faire peur à des caniches qui se prennent pour des loups, mais vos combines, je les connais.

## 60

— Marie ?

Ethan comprit au son de sa voix qu'elle venait de pleurer.

— Tout est fini, on débranche Valmont.

— Quoi ? Impossible !

Il avait crié. Elle lui relata sa discussion avec Lamouche.

— Pourquoi Gutterman ne m'a-t-il rien dit ? C'est inquiétant.

Ethan réfléchissait à toute vitesse.

— T'es où, là ?

— Dans ma bagnole, j'essaye d'appeler Pauline Lambert, mais je n'arrête pas de tomber sur son répondeur. On avait rendez-vous, mais elle n'est pas venue. C'est la merde… On y était presque.

Silence au bout du fil.

— Tu es toujours là ? fit-elle.

— Oui.

— Pour Olivia, c'est trop tard, mais l'autre gamine, on n'a pas le droit de l'abandonner. Tu comprends ?

— Marie, le plus simple, c'est qu'on se retrouve. Il faut tout mettre au clair. Tu sais où je suis ?

— À la c…

— Pas au téléphone !

— Tu m'as dit que c'était chiffré et que ça ne risquait rien.

— Trop long à t'expliquer, rejoins-moi et c'est tout.

— Mais Lamouche…

— Il veut les badges demain ? Il les aura.

Il était plus de 23 heures quand Marie arriva à la caserne. Ethan était là. Des effluves de café planaient dans l'air.

— Oh, Marie. Tu es livide à faire peur !

Elle prit un mouchoir et examina son reflet dans une fenêtre.

— C'est mon rimmel. Tu me verrais le matin…

Puis elle se tourna vers Ethan.

— Au téléphone, tu as implicitement dit pouvoir régler l'affaire cette nuit. J'ai bien compris ?

— Tout à l'heure, avant de partir, tu déposeras ton badge dans une enveloppe à l'intention de Lamouche. Tu y ajouteras une demande de récup pour une semaine. Tu dois bien avoir quelques dizaines d'heures sup non payées, comme tous les flics, j'imagine ?

— Mais… Je me suis engagée avec Masson, on doit se voir demain.

Ethan soupira.

— Sans Valmont, l'enquête durera des mois et il n'y a plus de temps à perdre. Pour ma part, j'ai trop investi dans ce projet pour lâcher l'affaire.

Ses mains étaient crispées sur les accoudoirs de son fauteuil.

— Mais s'ils récupèrent Valmont ? Tu ne vas pas l'embarquer. Je ne comprends pas.

Ethan désigna l'ordinateur.

— Tu te souviens de ce que je t'ai raconté à propos du cerveau de Valmont : il loge dans les entrailles d'un serveur à Paris, mais il peut fonctionner sur n'importe quelle plateforme. Il a juste besoin d'un ou deux logiciels et d'une connexion Internet.

Joignant le geste à la parole, Ethan appuya simultanément sur quelques touches de son clavier et une fenêtre apparut. Il rentra un mot de passe de plusieurs caractères. Une ligne s'afficha :

**VALMONT :** migration du bureau en cours.
Veuillez connecter la prise réseau
sur un nouveau support.

Ethan prit un adaptateur et le plugga sur un smartphone qu'il déballa pour l'occasion. Il en avait toujours un ou deux de secours, avec une mémoire vierge et des cartes SIM prépayées qui garantissaient son anonymat. Il demanda à Marie de lui donner les lunettes en 3D. Sur l'écran, un sablier apparut, puis :

**Migration réussie**

L'instant qui suivit, Ethan songea à Claude Gutterman, à leur complicité, au temps qu'ils avaient passés ensemble, à élaborer Valmont. C'est lui qui était venu le chercher pendant sa convalescence, qui lui avait donné un but et de quoi canaliser sa colère. Grâce à lui, il avait trouvé la force de repartir, de vivre. La formule pouvait sembler facile, mais c'était la vérité : il avait été comme un père pour lui. Ethan l'admirait.

Et il allait le trahir.

Voyant que Marie le fixait, il chassa ses doutes et tendit le mobile à son équipière.

— Voilà, il est dedans.

— Dedans ?

— C'est la version mobile. Pas tout à fait stabilisée. Mais déjà pas mal.

Elle soupesa l'engin.

— Je peux utiliser Val avec un simple téléphone ?

— Et les lunettes qui vont avec, oui. Il n'aura pas toute la réactivité à laquelle il nous avait habitués, mais cela devrait suffire.

Elle lui jeta un regard inquiet.

— C'est légal, ce que tu viens de faire ?

— À ton avis ?

Il la regarda avec intensité.

— J'ai travaillé sur la sécurité du système et je sais qu'en modifiant quelques paramètres, il peut devenir un parfait cheval de Troie. Aussi, j'ai installé un « œuf de Pâques » dans le programme. Dans le jargon des informaticiens, c'est une porte dérobée : un moyen pour accéder aux fonctionnalités du logiciel, de façon discrète et à distance. Bien malin celui qui parviendra à la dénicher.

— Pas même Gutterman ?

Ethan ne dit rien.

— Tu n'as pas répondu, là ?

Il se rapprocha d'elle, mal à l'aise.

— Depuis que Valmont est ici, nous sommes les seuls à l'avoir utilisé. Demain, ils débrancheront tout ce qu'il y a de connecté dans cette pièce, mais pour ce qui est du serveur à Paris, ça prendra plus de temps.

— *Ils* ? C'est qui, *ils* ?

— Ceux qui te filent le train depuis que tu as accepté de travailler avec moi.

— Je croyais que c'était le service des technologies de la sécurité intérieure.

— Le STSI2 ? Je connais ces gars-là, c'est pas du tout le genre de la boutique. Non, là c'est du sérieux.

— Qui alors ?

— Je n'en sais rien. Une unité des services spéciaux ou peut-être des barbouzes qui n'apparaissent pas dans l'organigramme officiel. Une chose est sûre, ils dézingueront Valmont si on le leur demande.

À l'écouter, pensa Marie, la machine était presque humaine.

— Comment leur échapper ? Tout ce que nous faisons va laisser des traces.

— C'est un risque.

Ethan avait retrouvé son assurance.

— De toute façon, je continue. Alors, ce sera avec ou sans toi…

Marie le regardait.

— Mais avec toi, ce serait mieux.

Ils se sourirent.

# 61

Pauline Lambert devait rêver. Elle ne sentait plus la pluie et une douceur de ouate l'enveloppait. Les souvenirs flottaient autour d'elle : elle devait intervenir à la Chambre de commerce et parler des abeilles, des frelons asiatiques et de ces plantes carnivores capables de protéger les ruches. Les enjeux pour l'environnement étaient énormes, tout comme les financements escomptés pour son labo. Il y avait aussi Augustin Patural, tellement enthousiaste. Il avait proposé de la déposer après leur visite aux Herbiers de la ville. L'image du weru noir lui vint à l'esprit. Il était comme elle l'avait découvert dans le *plant original*. Son imagination faisait le reste, distordant ses souvenirs. Des ajouts manuscrits dessinaient des pentacles tout autour, les encres avaient déteint, comme souillées par du sang, et l'ensemble inspirait autant l'horreur que la nausée.

Sa mémoire était engourdie au chloroforme. Elle sentait la tiédeur du soleil sur sa peau et la caresse du vent sur sa cheville, à moins que ce fût la main de son amoureux.

*Tu n'as pas d'amoureux…*

C'était bon. Ses yeux papillonnèrent. La chaleur était toujours là, mais plus épaisse que dans ses songes. L'odeur ne vint qu'après, lourde et humide. Elle imprégnait ses narines. De la végétation pourrie et éclose à la fois. Ce parfum capiteux, entêtant jusqu'à la migraine, lui rappelait une expédition scientifique dans la jungle guyanaise, des années plus tôt.

*Pareil.*

Pauline Lambert émergea lentement. Il n'y avait pas de matelas sous elle, rien que la dureté du sol et ce bourdonnement dans son crâne. Pas de soleil non plus, juste l'obscurité, différente de celle de la nuit. La peur s'installait en elle, inexorablement. Ses narines étaient saturées par des relents de putréfaction végétale.

*Des fleurs pourries ? Où suis-je ?*

La scientifique tenta vainement de se raccrocher à un souvenir. Elle était assise à côté du botaniste dans la voiture. Ils parlaient. Elle se sentait nauséeuse et il lui fallut un moment pour comprendre qu'elle se trouvait au fond d'un puits.

Tout en haut, bien au-delà de la margelle, elle aperçut une coupole en forme de verrière. À la verticale, un pâle soleil d'hiver s'y découpait. Il faisait jour. Depuis combien de temps était-elle là ? Son corps ne la renseignait pas. Elle n'avait pas faim. Ni soif. Aucune sensation.

Elle prit appui sur la paroi derrière elle pour se redresser et toucha quelque chose de gluant qui lui arracha une exclamation de dégoût. La maçonnerie du puits était enduite d'un fluide suintant. Ou plus exactement d'une épaisse toile, mélange de tiges, de racines et d'une sève épaisse, poisseuse comme un sirop. À son contact étaient venus mourir une quantité effroyable d'insectes de toutes sortes et même des oiseaux, en partie digérés par les sucs de la plante.

*Un cauchemar. Je me suis endormie. Un accident. Je suis dans le coma…*

La margelle supérieure se trouvait à au moins cinq mètres au-dessus d'elle. Comment l'atteindre ? Cette plante tropicale cernait toute la maçonnerie, depuis le bas jusqu'à mi-hauteur. D'innombrables filaments, pareils à des racines crampon, s'accrochaient afin d'entamer une lente migration vers les hauteurs. En dessous, tapissant le sol boueux, une forêt de tiges poilues confluait vers une masse sombre, tapie dans un recoin.

Cette *forme* semblait battre comme un cœur, respirer et diriger ses tiges comme la bouche d'une anémone végétale.

Les yeux de Pauline s'acclimataient à la pénombre. Elle comprit que la main qui lui avait caressé la cheville était l'une de ces lianes qui recouvraient le sol. Un buisson plus grand qu'elle, couvert de fruits d'un rouge cramoisi tirant sur le violet, dégageait une fascinante impression de malveillance. La chercheuse fit un pas en arrière. Son pied foula une sorte de tuyau qu'elle sentit tressauter sous sa semelle comme un serpent.

Le fourré et tous les filaments piliformes qui s'agrippaient au puits parurent frissonner de concert. Pauline se sentit comme une intruse tombée dans le nid d'une mygale. C'est alors qu'elle comprit ce qui lui faisait face, et son cri resta bloqué dans sa gorge.

## 62

Marie profita d'un feu rouge pour se retourner et inspecter la rue derrière eux. Ses paupières se plissèrent. Ethan conduisait.

— Une berline grise, à cent mètres. Deux types à l'avant. Ça sent le flic à plein nez.

— Tu es certaine ?

— Non, mais toi, fonce. On sera vite fixés.

Ethan démarra puis accéléra progressivement jusqu'à rouler bien au-delà des limites autorisées en ville. Derrière, l'autre véhicule suivait. Ils longeaient le cimetière des Carmes.

— Tu peux conduire aussi vite, avec tes jambes ?

— C'est ma hanche le problème, répliqua Ethan, les yeux rivés sur la route. Pas mon pied ni ma tête. Tant que je suis assis, c'est OK. Tout le reste fonctionne. Et j'adore.

Marie le regarda du coin de l'œil. Elle crut rêver. Ethan se marrait. Ce type avait dû traverser des enfers pour rester aussi imperturbable. Elle se retourna et enclencha Valmont. Au bout d'une dizaine de secondes, sa vue plongea dans une teinte gris ardoise.

Les poursuivants étaient à une vingtaine de mètres. Des ondes électromagnétiques commencèrent à apparaître. Elles s'amplifiaient chaque fois qu'ils dépassaient un transformateur ou une ligne électrique. Marie essayait de lire l'immatriculation, mais Valmont fut plus rapide. Une forme rectangulaire, semblable à une mise au point, entoura la plaque et le résultat s'afficha en réalité augmentée.

**Néant**

— La bagnole est inconnue du fichier des cartes grises : c'est des barbouzes !

— Ou pas.

— T'es sérieux ?

— Ouais. Si tu as le Mossad au cul ou les Russes, tu crois que tu auras leur nom comme ça ? Je te parle même pas de la CIA. Eux, ils te pistent depuis les étoiles.

Ethan restait très calme.

— Et qui que ce soit, à mon avis, on a une balise sous le châssis. On vérifiera plus tard, ce n'est pas moi qui irai m'allonger sous les roues. Je croise les doigts pour qu'il n'y ait pas un pain de plastic près du réservoir, au cas où, fatigués de nous courir après, ils décident de nous faire sauter à distance.

— Oh merde !

Les poursuivants se rapprochaient. Marie prenait conscience du pétrin dans lequel elle venait de se mettre. Ethan serra le volant.

— Marie, je pense que ce sont des pingouins bien de chez nous mais qu'importe, on va les semer !

— C'est des pros, ces mecs-là, tu n'y arriveras jamais !

Ethan souriait toujours. Imperceptiblement. Il accéléra, indifférent aux feux rouges qu'il grillait les uns après les autres.

— Marie, prends le portefeuille dans la poche de mon manteau, à droite.

Elle s'exécuta.

— Il y a un badge « Riverain » à l'intérieur, tu le trouves ?

— Je l'ai.

— Alors on y va, tu vas faire exactement ce que je te dis !

Ethan allait refaire une deuxième fois le tour de la place Delille quand, brutalement, il décida d'obliquer dans la rue du Port qui s'enfonçait dans la vieille ville. Pris de court, les poursuivants freinèrent en catastrophe avant que leur voiture ne s'engage à son tour dans la rue pavée.

— OK ! Tiens bien le badge. Et reste calme. Il va y avoir du bruit…

Ethan engagea la voiture dans une rue étroite, piétonne et pavée qui montait vers la cathédrale. Les rares noctambules s'écartaient vivement pour ne pas être écrasés.

— On y est, hurla Ethan en pilant au coin de la rue du Port et de la rue Pascal.

— Quoi, on y est ? Qu'est-ce que tu fais ? Pourquoi tu t'arrêtes ?

— Utilise le badge !

Marie le brandit au jugé et une diode lumineuse clignota sur le trottoir. Alors, un plot de métal placé devant le radiateur de la voiture s'enfonça dans le sol.

Ethan éteignit les phares. Il attendait. Dès que le plot eut disparu dans le sol, il s'avança pour le dépasser et s'arrêta de nouveau vingt mètres plus loin. Marie entendait dans leur dos le crissement des pneus de leurs poursuivants.

— Ils arrivent, Ethan ! Il faut y aller !

Le jeune homme, pour toute réponse, lui fit signe de se calmer ; il ne quittait pas son rétro des yeux. Soudainement, les phares de la berline les saisirent comme des lapins sur une route de campagne.

— Ethan !

Un formidable bruit de ferraille effaça le cri de Marie. Derrière, la voiture venait d'emboutir un mur invisible avant de faire le poirier puis de retomber sur le toit. Ethan n'avait pas bougé.

— Je ne sais pas si c'est des Russes ou des Chinois, mais c'est confirmé : ils ne sont pas d'ici.

— Qu'est-ce qui s'est passé ? demanda Marie.

— La borne. Elle est remontée, forcément. Tu ne l'avais pas vue. Eux non plus…

Un sourire sur le visage d'Ethan venait de trahir une nature profonde longtemps réprimée.

— Je parierais pour des Parisiens. Ils se sont crus rue de Rivoli… J'espère pour eux qu'ils ont mis la ceinture.

Quelques instants plus tard, le duo rejoignait le square Blaise Pascal. Ethan stationna sa voiture près de l'entrée du parking de la cathédrale. Dans la nuit, le moteur tournait au ralenti. Marie avait repris ses esprits.

— Tu sais où aller maintenant ? On est grillés !

Ethan se frotta le visage avec ses mains.

— Je n'ai pas de plan B, que peut-on faire ? Trouver un appartement vide ? C'est pas donné à tout le monde d'ouvrir une porte verrouillée.

— Je crois que j'ai ce qu'il nous faut, fit Marie d'un mouvement de la tête.

— Où allons-nous ?

— Dans un endroit où ils ne sont pas près de nous trouver.

# 63

Coincée au fond du puits, Pauline Lambert se tenait le plus loin possible des lianes. Le centre du massif était hérissé d'aiguillons.

*Ils sont sûrement venimeux, c'est leur piqûre qui permet au toxoplasme d'infecter les rongeurs.*

Fascinée par le spectacle du weru noir qui bougeait imperceptiblement, la scientifique n'avait pas encore compris qu'elle mourait de soif.

*Comment est-ce possible ?*

Pauline Lambert transpirait maintenant comme dans un sauna. Le buisson frissonnait de plus en plus avidement. Elle qui ne ressentait rien quelques minutes auparavant se sentait littéralement desséchée.

*On dirait qu'il respire…*

Son attention se focalisa sur les baies. Elles paraissaient incroyablement juteuses et rafraîchissantes : la tentation à portée de main.

*Qu'est-ce que je fais devant un weru noir de cette taille ? Ici ? À Clermont-Ferrand ? Je ne savais même pas que ça existait il y a…*

Combien de temps ? La scientifique détourna le regard. Cette plante avait quelque chose de magnétique et son but semblait horriblement simple : l'attirer à elle.

*La sorcière dans* Blanche-Neige. *Une pomme empoisonnée.*

Pauline avait beau savoir que la plante faisait tout pour qu'elle mange ses fruits et qu'elle se pique au passage, elle avait un mal fou à résister. Comme une assoiffée en plein désert devant une cascade d'eau claire. Elle sentait le fruit fondre dans sa bouche.

*Ce truc doit utiliser des phéromones qui n'appâtent pas que les petits mammifères. Ça fonctionne aussi avec les humains ! Bouche-toi le nez et reste concentrée.*

Alors qu'elle fermait les yeux, un claquement sec se fit entendre et la température monta aussitôt. Au-dessus du puits, de grosses lampes venaient de s'allumer. Elles diffusaient une lumière rouge qui descendait dans la fosse et éclairait tout ce qui s'y trouvait. Pauline regarda vers la margelle, la main en visière pour essayer de mieux voir l'ombre qui se découpait tout en haut. Un homme se tenait au bord, petit et légèrement voûté.

— Aidez-moi, lança-t-elle, j'ai dû tomber. Je ne sais pas ce que je fais là…

Pas de réponse.

— Vous m'entendez ?

La scientifique ne parvenait pas à distinguer ses traits.

— Pauline… tu vas bien ?

Ses yeux s'écarquillèrent de surprise.

— Toi ?

Et subitement tout lui revint en mémoire.

— Oui. Moi.

— Sors-moi de ce trou !

Les questions se bousculaient dans sa tête et elle n'avait pu s'empêcher de crier. Soudainement éclairé par les lampes horticoles, le weru lui apparaissait dans toute sa laideur. Au milieu d'un entrelacs de tiges grouillantes jaillissait un orifice pareil à une gueule, hérissé de crocs pointus. Des grappes de baies se détachaient au fond de cette mâchoire, écumante de venin. Une carcasse de chiot, empêtrée dans un cocon visqueux, se devinait à la forme de son crâne.

Penché sur la margelle, l'homme la fixait sans rien dire.

— Qu'est-ce que tu attends pour me tirer de là ? Tu ne vois pas qu'il va me bouffer ?

Elle hurlait à voix basse comme si la plante pouvait la comprendre et s'exciter en retour. L'homme bredouilla quelques mots inintelligibles.

— Aide-moi ! cria-t-elle plus fort.

— Pourquoi a-t-il fallu que tu fouines ? Tu ne pouvais pas t'occuper de tes petites affaires ? Rester à faire tes études sans importance ?

Pauline blêmit.

— Mais de quoi tu parles ? C'est toi qui m'as mise là ?

L'angoisse lui bouffait le cœur. La présence du weru l'empêchait de raisonner.

— Je suis désolé…

Pauline écarquilla les yeux. Cet homme était fou et elle était entièrement à sa merci.

## 64

Cloîtré dans ce qui lui servait désormais de bureau, le commandant Masson leva la tête sur la pendule accrochée au-dessus de la porte. Il était pratiquement 9 heures et aucune trace de Marie. L'officier avait déjà laissé deux messages sur son téléphone.

*Bizarre. Hier, elle trépignait.*

Le commandant repensait à toute cette affaire. Peut-être avait-elle raison ? Un prédateur était là, sous leur nez, et ils n'auraient rien vu ?

*Pourquoi n'a-t-il jamais fait parler de lui ? Aucune mention au fichier des délinquants sexuels. Un fantôme.*

Une seule explication lui venait à l'esprit : il n'en était pas à son coup d'essai. Masson ne se sentait pas très fier.

*Tu racontes à tout le monde que tu es la mémoire du service, que tu connais tous les pédophiles de l'agglomération par leur prénom…*

Fatigué d'attendre, il se leva et gagna la machine à café. Une base de données avait réussi, en quelques jours, à démasquer un criminel qui s'agitait sous son nez et dont il ne soupçonnait même pas l'existence. Le coup était rude pour l'estime qu'il avait de lui-même. En remontant le couloir où se trouvait son ancien bureau, il croisa Lamouche en grande discussion avec Claude Gutterman.

— Ah, Masson ! On cherche la capitaine Lesaux. Vous ne l'avez pas vue ?

— Justement, j'espérais la voir ce matin pour faire le point sur une enquête. Je croyais qu'elle était chez vous.

Lamouche s'emporta :

— Elle n'est nulle part, figurez-vous. Disparue ! Et ce n'est vraiment pas le moment.

Le commissaire semblait au bord de la panique. Il ne s'attendait pas à ce que Masson soit lui aussi sans nouvelles de sa collègue. Gutterman suggéra qu'il serait préférable pour discuter qu'ils rentrent dans le bureau du commissaire. Une fois assis et la porte refermée, Lamouche attaqua bille en tête :

— Nous avons deux personnes dans la nature avec une version piratée de Valmont.

Masson haussa les épaules, incrédule. Ce n'était pas son problème. Lamouche poursuivit :

— La capitaine Lesaux devait me remettre son badge d'accès à Valmont ce matin, ce qu'elle a fait dans une enveloppe laissée à l'accueil. À l'accueil, bordel de merde ! Comme pour un vulgaire passe de parking !

Le commissaire jeta devant lui des impressions en noir et blanc tirées du système de surveillance. On y voyait Marie saluer l'officier de garde et lui confier un pli avant de ressortir sur le parking.

— Je ne comprends pas, fit Masson. Pourquoi lui avoir retiré cette accréditation et ensuite la rechercher comme une délinquante si elle vous a rendu l'accès ?

C'est Gutterman qui répondit, gêné. Ethan était son protégé et son meilleur ingénieur. Tout le monde voyait qu'il se sentait responsable de ce qui arrivait.

— On a dû mettre un terme à l'expérience. De manière imprévue et très vite. Marie a été prévenue hier soir, la première. Je devais informer Ethan ce matin. Pour le moment, nous savons que, cette nuit, Ethan et votre officier ont échappé à notre vigilance et que désormais ils sont introuvables. Nous savons aussi qu'ils ont piraté Valmont et qu'ils continuent à l'utiliser sur une version mobile.

— Hein ?

— Valmont est équipé d'un logiciel de surveillance, un *keylogger*.

— Un quoi ?

— Un enregistreur de frappes clavier. Un mouchard. Chaque fois que l'utilisateur active l'ordinateur, nous savons quelles fonctions sont utilisées.

— Tiens donc, fit Masson. Et votre petit génie ne s'en est pas douté ? Je croyais que c'était lui qui avait conçu le programme ?

Gutterman, en garçon bien élevé, n'aimait pas les sarcasmes. Il l'exprima d'un regard noir avant de répondre.

— Le mouchard a été installé *après* qu'Ethan a fini de travailler sur Valmont. On procède toujours ainsi avec les logiciels de sécurité, au moment où ils sortent des labos. Grâce au mouchard, nous avons compris a posteriori qu'Ethan Milo avait entré un code qui lui a permis de dupliquer Valmont pour une version mobile. Ce qu'il a fait est génial. Rien que pour ça, il nous faut le retrouver.

— C'est la réponse du berger à la bergère, lança Masson en souriant. Pour en faire quoi ?

Gutterman peinait toujours à masquer son trouble.

— J'avais toute confiance en Ethan. C'est un garçon brillant, d'ordinaire fiable et intègre. Je ne comprends pas ce qui est en train de se passer. Maintenant, si j'essaye de me mettre dans sa tête, je dirais que Valmont est devenu sa créature. Il en est presque le géniteur. L'idée de le céder définitivement devait lui faire horreur. Il a pu réaliser une sorte de *transfert*.

— Un transfert ? Avec quoi ?

— Avec Valmont. Ethan n'a presque plus l'usage de ses jambes et il doit s'imaginer que perdre le programme, c'était s'amputer d'une partie de lui-même.

— C'est complètement dingue.

— Et ce n'est pas le plus grave, ajouta Gutterman.

# 65

Tout lui était revenu d'un bloc. Pauline Lambert était montée dans la voiture d'Augustin Patural, tout heureux de parler du weru noir comme s'il en connaissait l'existence depuis des années. Elle était aussi médusée que lui de cette découverte. Désormais, tout faisait sens avec ce que lui avait raconté Marie Lesaux dans son laboratoire. En quête d'un avis, Pauline avait narré à son chauffeur la raison de cette visite et le contenu des échanges qui s'étaient ensuivis. Qu'en pensait-il, une plante pouvait-elle se trouver à l'origine d'une épidémie de suicides chez des chiens ?

Ces mots avaient eu sur Augustin Patural un effet inattendu. Plus elle lui avait parlé, plus son visage d'homme insignifiant s'était durci et, quand elle avait tourné les yeux vers lui, ça avait été pour le voir sous son vrai jour : un homme froid et déterminé à l'énergie insoupçonnée. Il avait garé son véhicule sur le bas-côté puis sorti un aérosol de sa veste dont il l'avait aspergée, indifférent à ses cris. Elle s'était évanouie pour se réveiller dans ce trou.

— Pourquoi ?

Augustin Patural était assis sur le rebord du puits et contemplait sa plante, fasciné. Il n'avait pas entendu la question, perdu dans son délire.

— Elle grandit de jour en jour, dit-il avec affection. Bientôt elle colonisera la serre, et après le parc tout entier. Notre climat tempéré semble merveilleusement lui convenir. Ce n'est pas comme en Afrique où l'eau lui faisait un peu défaut.

Il se pencha vers Pauline :

— Je l'ai rencontrée là-bas, il y a des années. C'était dans le sud du Malawi. À l'époque je travaillais dans un refuge pour enfants albinos, victimes de superstitions. Certains étaient mutilés, mais tous avaient échappé à une mort horrible. Tu le sais peut-être, chère Pauline, dans cette région de l'Afrique des « guérisseurs » incitent au pillage des tombes d'albinos pour utiliser leurs os dans la confection de potions magiques. Un tel talisman vaut plusieurs milliers de dollars. On m'a raconté qu'une main d'enfant jetée dans une mine assurait de trouver de l'or et que les cheveux d'une fillette, accrochés à des filets de pêche, les rempliraient à coup sûr de poissons.

Pauline hurla de nouveau. Augustin secoua la tête.

— Tu t'époumones en vain : tu es là et tu y restes. Cette demeure est isolée et nul ne te trouvera jamais.

Au fond du trou, le silence retomba, sépulcral. Le sexagénaire prit une seconde pour essuyer les verres de ses petites lunettes. Son indifférence terrifia un peu plus la jeune femme.

— Un soir, au bar d'un hôtel fréquenté par des expatriés, j'ai rencontré un journaliste écossais. Il enquêtait sur une société secrète nommée Zalhu. J'appris de lui qu'elle tirait ses revenus d'un trafic d'os et d'organes d'albinos, terrorisant des régions entières, à l'aide d'une herbe aussi mystérieuse que maléfique. Selon la rumeur, cette organisation était dirigée par une confrérie de sorciers et ses réseaux s'étendaient dans les rangs de l'armée et de la police. Soutenant l'accès à l'indépendance de certaines parties du territoire, Zalhu défiait l'État malawite depuis des années. On la soupçonnait aussi d'éliminer ses opposants en les poussant au suicide.

Patural semblait revivre les événements. Ses yeux brillaient.

— Tu connais ma passion pour les plantes exotiques ; je me suis tout de suite lié d'amitié avec ce monsieur et je n'ai eu de cesse de l'aider à confirmer l'existence de Zalhu et de son herbe empoisonnée. Nous avons touché au but plusieurs mois plus tard, devancés de quelques jours par l'armée gouvernementale. Un raid venait d'avoir lieu au sein du village qui servait de QG à Zalhu ; la plupart de ses membres avaient été exécutés.

Il hocha la tête.

— Le village se trouvait dans une vallée. Au milieu des huttes, les mouches et les moustiques emplissaient l'air. La plupart des cadavres avaient été dévorés par les bêtes sauvages et de nombreuses douilles de fusils automatiques jonchaient le sol. Le combat avait été bref, les militaires n'avaient pas fait de détail.

La voix de Pauline, suppliante, monta à nouveau du fond du puits.

— Pourquoi ? Pourquoi moi ? geignait-elle.

Patural répondit d'une voix tranquille.

— Je te l'ai dit, tu ne m'as pas laissé le choix. Tu t'es montrée bien indiscrète et quand tu m'as parlé de ton désir d'aller visiter les Herbiers universitaires, afin d'enquêter sur un parasite associé à une plante, j'ai décidé d'en savoir plus. Voilà pourquoi j'ai proposé de t'accompagner : il fallait que je sache si nous étions menacés.

— Nous ? lança Pauline. De quoi tu parles ?

— Le weru et moi, fit Augustin en haussant les épaules.

Cette réponse complètement folle glaça Marie.

— Grâce à toi, j'ai compris que ma plante tirait son pouvoir non pas d'un venin ou d'une quelconque magie, mais d'un simple parasite microscopique.

Il rit.

— Le weru était cultivé dans une fosse, située sous la case du grand sorcier, maître présumé de la secte Zalhu. Elle ressemblait à celle où tu te trouves. La réputation de cet homme était telle que les militaires n'osèrent pas pénétrer dans sa demeure, préférant tout nettoyer au lance-flammes. Le sorcier a brûlé comme une torche mais, fort heureusement, le plant de weru a réchappé du feu, terré au fond du puits.

Pauline ne l'écoutait plus. Elle était tétanisée par les tiges du weru qui effleuraient ses chevilles et se rapprochaient irrésistiblement.

Augustin Patural se redressa comme s'il allait partir.

— Que veux-tu de moi ? cria-t-elle.

— Je ne sais pas.

Il toussota.

— Te laisser dans ce trou m'a semblé la solution la plus simple. Et puisque le weru te fascine, tu vas pouvoir l'observer à loisir. Pour le moment, il attire principalement des rats. Ils sont gras comme des chats et arrivent tous par le conduit derrière toi. Le weru les rend dingues. Ils viennent de partout.

Il éclata de rire.

— De quoi te plains-tu ? Tu m'as toujours pris de haut. Tu te considérais comme une professeure émérite, et moi comme un pauvre tâcheron. Si mes découvertes sur les plantes carnivores t'ont intéressée, c'est parce que tu rêvais d'en tirer un profit personnel.

Son regard était dur comme de la glace.

— Tu fais moins ta mijaurée, maintenant. Durant ce fameux gala, où j'ai presque dû insister pour me faire inviter, aurais-tu mentionné mon nom devant les investisseurs ? As-tu songé, l'espace d'un instant, à m'associer aux honneurs et dividendes ?

Elle pleurait. Augustin Patural la considérait d'un air détaché. Alors il tendit la main vers l'interrupteur. Les lampes s'éteignirent. La pénombre retomba au fond du trou.

Pauline rugit de nouveau, mais Patural n'en fit pas cas.

— Pour l'instant il t'observe. Il a tout son temps, c'est une plante. Quand la faim ou la soif deviendront insupportables, tu te précipiteras pour cueillir ses fruits. La suite, tu la connais : tu t'infecteras au contact des épines et, d'ici quelques jours, le parasite atteindra ton cerveau. J'ai déjà testé sa vitesse sur plusieurs chiens. Permets-moi de te dire qu'il ne chôme pas. Comme tu es épuisée, ton système immunitaire ne fera pas le poids. Le toxoplasme te rongera la tête jusqu'à ce que tu ne penses plus qu'à une chose : en finir au plus vite.

## 66

Le commissaire Lamouche s'était levé, pressé de passer à l'action.

— À l'heure qu'il est, lança-t-il, un logiciel révolutionnaire a été piraté. Je ne vais pas vous faire un cours sur la mise en péril du secret de la défense nationale, mais si les faits sont établis, nous sommes quelques-uns à risquer un placement en garde à vue par les services du contre-espionnage.

Cette dernière remarque plomba l'ambiance un peu plus.

Lamouche ajouta :

— Il y a plus ennuyeux encore. Aujourd'hui, des puissances étrangères doivent rêver de mettre la main sur Valmont.

— Des espions ? s'étonna Masson.

— Chine, Russie, Iran… Ils sont tous à l'affût de ce genre d'invention.

— Marie n'a rien à voir avec tous ces trucs.

— Bien au contraire, tonna Lamouche en abattant un poing sur la table.

Le stress lui faisait perdre toute contenance.

— La capitaine Lesaux a longtemps travaillé pour la DST, pointa Gutterman.

— Oui, mais…

— Elle a donc été en contact avec des espions. Peut-être l'ont-ils manipulée, qui sait ?

— Vous n'avez aucune preuve.

— Des preuves ? Les badges volés, les photos du parking et la duplication de Valmont, ça ne vous suffit pas ?

Masson se contentait de secouer la tête.

— Les choses sont ainsi, ajouta Gutterman. Nous avons confié un programme révolutionnaire à la Sûreté et, maintenant, il se balade dans la nature !

Lamouche blêmit, puis se reprit en tournant la tête vers Masson.

— Commandant, où Lesaux se cache-t-elle ?

— Si elle n'est pas à son domicile, je n'en ai aucune idée. Chez sa mère, peut-être ?

— Cette dernière voyage dans les îles Canaries et son pavillon est désert, coupa Gutterman.

— Qu'en savez-vous ? objecta Masson.

Le chercheur se contenta de hausser les épaules. Masson sentait que cette histoire lui échappait complètement. Gutterman sortit un mouchoir avant de s'essuyer le front.

— Désormais, ce n'est plus nous qui gérons. Je ne sais pas si vous mesurez la gravité de la situation, messieurs, mais votre officier va être traquée par des types dont la finesse n'est pas le point fort. Par miracle elle leur a échappé cette nuit dans le centre-ville, mais ce n'est qu'un répit de courte durée.

Lamouche n'en menait pas large. Une patrouille de gardiens de la paix avait bien rapporté l'incident survenu précédemment, mais il n'était pas fait mention d'une course-poursuite. Quand les policiers s'étaient approchés de la bagnole, encastrée dans un plot et retournée sur le toit, le véhicule était vide. Qui avait conduit ces hommes à l'hôpital et pourquoi Gutterman était-il si bien renseigné ?

— Que va-t-il se passer ? demanda-t-il.

— Je suppose qu'une équipe du GSR va descendre de Paris.

— GSR ? s'inquiéta Masson. C'est vos porte-flingues ?

— « Groupe spécialisé de recherche », précisa Lamouche qui avait entendu parler de cette unité très particulière. Il est chargé de récupérer des composants ultrasensibles avant que des terroristes ou des mafias ne s'en emparent.

Gutterman confirma.

— La plupart du temps, il s'agit de déchets nucléaires ou d'armes biologiques, comme des toxines. Mais récemment, leur compétence s'est élargie à l'intelligence artificielle et aux codes informatiques malveillants.

Masson répliqua :

— Il va y avoir de la casse ?

Un silence.

Gutterman murmura, les dents serrées :

— Ils ont carte blanche et de gros moyens. Ils veulent Valmont et ils l'auront.

— Combien de temps avant qu'ils ne débarquent ? demanda Lamouche.

— Ils sont déjà là, soyez-en sûr.

Masson prit la direction de la porte.

— Où allez-vous ? s'inquiéta Lamouche.

Le commandant se retourna, la mine fatiguée.

— Retrouver Marie, avant qu'elle ne se fasse descendre.

## 67

Marie et Ethan se garèrent au fond d'une impasse, dans les hauteurs de Chamalières, aux abords de Clermont-Ferrand. Une ligne vermillon à l'horizon annonçait déjà l'aurore. Lucas, le nouveau compagnon de la mère de Marie, vivait dans une maisonnette entourée d'un jardin à l'ambiance tibétaine : fontaine glougloutante, drapeaux de prières un peu miteux pendus entre deux arbres et reconstitution d'une pagode miniature.

*Le genre de conneries holistiques dont ma génitrice doit raffoler.*

Marie s'approcha du petit temple qui paraissait destiné à des poupées, s'accroupit et introduisit une main à l'intérieur. La clef s'y trouvait. La jeune femme s'était remémoré ce bref échange entre Lucas et sa mère, au restaurant, quand il lui avait rappelé où il cachait le trousseau en son absence. Une information qui n'était pas tombée dans l'oreille d'une sourde. Au moins ces retrouvailles pathétiques avaient-elles servi à quelque chose.

Ethan était sorti à pied de la voiture. Ses pas étaient hésitants. La porte de la demeure s'ouvrit sans difficulté.

L'intérieur était à l'avenant du jardin, avec un bric-à-brac oscillant entre le kitsch et le branché. Ils investirent la cuisine. La faim primait sur la fatigue et Marie, jetant un œil dans le frigo, proposa de faire une grande omelette.

Pendant qu'elle s'affairait, Ethan saisit une chaise et s'assit près d'elle à la regarder. Ces quelques jours passés en tête à tête les avaient beaucoup rapprochés, sans qu'elle sache grand-chose de lui.

— Et si tu me parlais de ta mère ? dit-elle en prenant une bouteille d'huile d'olive.

— C'est une hypocondriaque qui m'a fait faire le tour des psys pendant toute mon enfance, sourit-il comme s'il était normal qu'elle entre dans son intimité. Il faut dire que je préférais les jeux vidéo et les maths à mes camarades dont j'étais le souffre-douleur. Pour ma mère, ce côté « premier de la classe » auquel s'ajoutaient mes problèmes relationnels, c'était forcément le signe que quelque chose ne tournait pas rond. Le verdict est tombé un beau jour, après une visite chez un charlatan : autisme avec syndrome d'Asperger.

Il émit un petit rire sarcastique.

— Et ensuite, que s'est-il passé ?

— L'enfer a commencé. Je n'étais pas plus autiste que toi, mais à bien y repenser je crois que de toute la famille, la personne qui était la plus névrosée, c'était ma mère. Elle était comme ces femmes qui courent les urgences en imaginant des maladies à leur enfant, juste pour qu'on s'intéresse à elles. Une attitude que rencontrent souvent les flics.

— Syndrome de Münchhausen par procuration, précisa Marie.

Le repas fut vite expédié et, quelques minutes plus tard, Ethan s'allongeait sur un canapé-lit pour dormir une paire d'heures. Marie trouva sa place sur une banquette basse, encombrée de coussins typiques des intérieurs bohèmes.

Une odeur de café la réveilla. Ethan était dans la cuisine, assis sur une chaise, son fauteuil replié dans un coin. Il pianotait sur un ordinateur. Marie s'aspergea le visage dans le lavabo de la salle de bains. Elle rêvait d'une douche, mais l'idée que leur hôte puisse avoir baisé sa mère derrière les portes coulissantes pleines de buée lui filait des haut-le-cœur.

— Tu fais quoi ? demanda-t-elle en se servant une tasse.

— J'exploite les données contenues dans la puce GPS qui se trouvait dans le collier du troisième chien, celui dont la carcasse a disparu ; j'ai pu reconstituer plusieurs de ses fugues, des cercles croissants qui se dirigent tous vers l'ouest de la ville.

Elle se pencha vers l'écran.

— Le quartier des Ormeaux, fit-elle. C'est là que le collier a été retrouvé. L'endroit est isolé, avec des jardins ouvriers, de petites résidences et des champs partout.

Ethan hocha la tête.

— Une aiguille dans une botte de foin.

Marie but une gorgée de café.

— Pourtant, il est là, tout près de nous. Pourquoi ne l'avons-nous pas encore attrapé, à ton avis ?

— Parce que Valmont ne le connaît pas, répliqua Ethan.

— On aurait déjà sa voix, si on en croit l'enregistrement du collier.

Ils se regardèrent un moment, silencieux. La priorité était peut-être ailleurs.

— Tu penses qu'ils nous cherchent ? murmura Marie en changeant de sujet. Lamouche doit se demander ce qu'on fabrique. Je n'ose pas allumer mon téléphone.

— Et tu as bien raison, comme d'avoir retiré la batterie. Autrement, tu restais traçable à partir des antennes-relais.

Elle désigna son portable.

— Tout de même, il faut impérativement que je joigne Pauline Lambert.

— Trouve un fixe. Il y en a peut-être un ici.

Marie dénicha un combiné dans le salon, près d'un écran high-tech qui jurait avec le boulgour trouvé dans la cuisine. Elle tenta sans résultat de joindre la chercheuse. Son labo lui indiqua qu'elle était en déplacement pour la journée et qu'elle ne serait de retour que dans quelques jours. À la Chambre de commerce, où Marie se fit passer pour une investisseuse déçue de ne pas l'avoir vue la veille, une chargée de mission lui confirma que Pauline Lambert n'avait pas donné signe de vie ni même prévenu des raisons de son absence.

— Les chercheurs, vous savez… conclut son interlocutrice, ils vivent parfois sur une autre planète, loin des contingences du monde des affaires. Il faut savoir être patient ! D'ailleurs, ce soir-là, elle n'a pas été la seule à nous avoir fait faux bond. Il y avait aussi un botaniste amateur, ajouté à la dernière minute. Il devait aussi prendre la parole et on l'attend toujours. Pourtant, c'est lui qui avait insisté.

— Ah oui, qui est-ce ?

Marie avait posé la question par réflexe professionnel.

— Augustin Patural. Un doux dingue. Il ne dirige aucun laboratoire, ni au CNRS ni à l'université, mais il souhaitait absolument présenter son réseau associatif et ses actions caritatives, en Afrique, je crois me souvenir. Ses recherches en agronomie ont aussi fait parler de lui dans la presse.

*En Afrique ?*

D'autres questions surgissaient dans son esprit : pourquoi ces deux personnes avaient-elles posé un lapin aux organisateurs ? C'était *la* soirée à ne pas manquer. Y avait-il un lien ? Elle songea au message que Pauline Lambert lui avait laissé sur son téléphone. Elle disait se trouver aux Herbiers universitaires et affirmait avoir déniché « quelque chose » à propos du toxoplasme.

Marie s'empressa d'appeler le secrétariat des Herbiers où un employé lui confirma que Pauline était bien passée faire des recherches.

— Elle s'intéressait au weru noir, fit l'homme au bout du fil, et l'herboriste qui l'accompagnait aussi.

— Le weru noir. Qu'est-ce que c'est ?

L'homme lui décrivit la plante dont son responsable lui avait parlé récemment, encore tout surpris de l'avoir dénichée dans les archives de Darwin. Marie prit quelques notes par réflexe. Ce qui l'intéressait avant tout, c'était de savoir qui était aux côtés de Pauline, ce jour-là.

— Vous avez le nom du botaniste qui est venu avec Mme Lambert ? demanda-t-elle.

— Les scientifiques doivent renseigner un registre de visite avant d'étudier nos collections, donnez-moi une seconde.

La réponse ne tarda pas : Augustin Patural.

*Lambert et Patural, ensemble…*

Marie retourna dans la cuisine et se planta devant Ethan.

— J'ai besoin de Valmont, tout de suite.

# 68

L'ancien juge rentra son dernier mot de passe. La session était ouverte, tous les membres étaient en ligne.

— J'ai de bonnes nouvelles, fit Thélem.

Son visage était recouvert de son éternelle cagoule.

— La gamine est là ? demanda le retraité.

— Voyez par vous-même.

Les différentes fenêtres de l'écran n'en firent plus qu'une. À travers l'objectif d'une caméra, on devinait une pièce étroite avec, au centre, une petite silhouette allongée sur un matelas, un seau et quelques peluches. La lumière était froide. On ne voyait plus les hommes, mais on entendait leurs commentaires.

— Qu'est-ce qu'elle fait, elle dort ?

— Oui, fit Thélem, elle a beaucoup pleuré. Elles font toutes ça, au début.

— Pas de cris, surtout, exigea quelqu'un.

— Peu m'importe, coupa un autre.

— Comment les choses vont-elles se passer, techniquement ? s'inquiéta l'ancien magistrat.

— Plus de CD-ROM, trancha Thélem. Trop de risques.

— Et notre intermédiaire ? fit l'un des observateurs. Des dispositions ont été prises ?

— Problème réglé, affirma Thélem.

Le soulagement était général.

— J'aimerais la voir, fit une voix.

— Il faut qu'elle se déshabille, faites-la danser ! ordonna une autre.

Le masque de Thélem revint à l'écran.

— Le moment est venu d'agir : elle est à vous.

# 69

— Val, extraction : Augustin Patural.

Un seul fichier apparut : une note de la direction régionale du renseignement territorial consacrée à l'influence des réseaux évangéliques dans les quartiers sensibles de Clermont-Ferrand. Elle faisait quatre pages, Marie les parcourut rapidement. En annexe, un document listait toutes les associations et Églises déclarées en préfecture. L'une d'elles lui était familière.

Écoute et bienfaisance.

Il y avait aussi des articles de presse dont Valmont avait mis en évidence les noms et les adresses.

*Ça ne va pas assez vite.*

— Val : hypothèse.

L'item « Augustin Patural » fut tiré d'un paragraphe où figurait la photo des bénévoles.

— Comment zoomer sur les clichés ? demanda Marie.

Ethan lui répondit depuis la table de la cuisine.

— Dis « agrandissement image », tout simplement.

Ce qu'elle fit. La tête d'Augustin Patural était là. Un petit homme presque chauve, la soixantaine bonhomme, plutôt frêle, qui souriait derrière sa barbe blanche. Malgré la qualité moyenne du scan, quelque chose tressaillit en elle.

*Je l'ai déjà vu ! C'est bien lui qui se trouvait dans le laboratoire quand j'ai rencontré Pauline Lambert.*

Rétrospectivement, certaines choses prenaient tout leur sens.

*Ce regard qu'il portait sur elle…*

— Marie ?

Elle s'assit, le visage blême.

— L'affiche dans le laboratoire de Pauline Lambert, fit-elle d'une voix calme. Elle fait de la publicité pour une association évangélique qui aide des familles en difficulté, surtout les mères. Je crois que c'est ce Patural qui l'a mise là. Et tu sais pourquoi ? Il y travaille comme bénévole !

— On fait quoi ? demanda Ethan.

Le regard de Marie se durcit.

— On continue de chercher ce type. Il faut qu'on le localise. Si on trouve la petite qui a disparu chez lui, la procédure basculera dans le régime du flagrant délit et on aura toute latitude pour le choper.

— Et si on se fait coffrer les premiers ?

Elle lui jeta un regard noir.

— Alors Kayla est morte.

# 70

Dans le quartier des Ormeaux, les chemins de traverse ne manquaient pas, les routes discrètes non plus. Ethan proposa qu'ils se garent sur une voie carrossable, à une centaine de mètres de la rue de la Cassière, là où le collier du chien avait été retrouvé. C'était leur seul point de départ. L'adresse associée au domicile d'Augustin Patural était celle d'Écoute et bienfaisance, un local prêté par une maison des associations de la ville. Autant dire une impasse. Il était bientôt 14 heures et de lourds nuages de pluie obscurcissaient le ciel.

En fin de matinée, alors qu'ils étaient toujours à Chamalières et qu'ils avaient fait le tour de toutes les pistes et des moyens qui restaient à leur disposition, Marie et Ethan conclurent qu'ils n'avaient jamais été aussi près du tueur que lorsqu'ils l'avaient entendu agresser le beauceron.

— Pauline Lambert est en danger, j'en suis certaine. Je ne l'imagine pas une seconde complice de Patural.

— Tu penses qu'il l'a enlevée comme les gamines, c'est bien ça ?

— Oui. Et qu'il la garde du côté des Ormeaux.

— C'est logique…

Mais même Valmont n'avait rien donné. C'était un angle mort. Aucune plainte dans le quartier qui soit en lien, a priori, avec leur affaire. Aucune agression. Pas de conflits de voisinage ou de main courante pertinente. Ethan avait pensé à regarder le cadastre pour repérer les propriétés isolées ou bénéficiant de vastes surfaces comme des entrepôts, mais la zone à couvrir comportait tant de hangars, de résidences et de pavillons que c'était peine perdue. Ils tournaient en rond et le temps leur manquait.

— Pourtant, il est là ! trépigna Ethan. Si seulement on pouvait mettre le commissariat sur le coup.

Marie s'esclaffa.

— Tu imagines une opération de police dans le secteur ? Avec des gyrophares dans tous les sens ? Impossible ! Vu comme il semble organisé, ce Patural aurait disparu dans la seconde qui suit. De toute façon, la seule chose que veut Lamouche, c'est nous mettre la main au collet.

— Il faudrait pouvoir survoler la zone…

La phrase était sortie toute seule. Marie avait regardé Ethan comme s'il était un foutu génie.

— Tu as dit quoi, là ?

— Passer au-dessus des maisons comme les oiseaux. Faire le tour du quartier, rue par rue, jusqu'à trouver le truc qui cloche. Une habitation singulière. Une serre. J'en sais rien.

— Ethan !

Il l'avait regardée, éberlué.

— Qu'est-ce qui te prend ?

Marie était déjà debout et avait attrapé sa veste.

— On bouge. J'ai l'oiseau dont tu parles. Et il a des yeux de lynx.

## 71

Plus tôt dans la matinée, alors que les *men in black* du GSR retournaient l'appartement de Marie, une opération similaire se déroulait au domicile de sa mère. Des silhouettes en tenue commando avaient investi le jardin et fouillaient chaque pièce. L'absence d'ordinateur fixe n'était pas une bonne nouvelle pour l'équipe mais, comme un technicien avait déjà récupéré l'IP de Patricia Lesaux auprès de son fournisseur d'accès, rien ne pourrait leur échapper. Par ailleurs, un IMSI-Catcher avait été activé avec les numéros de portable connus de Marie et Ethan et scannait les environs. Si l'un des téléphones se trouvait dans la zone, éteint ou pas, il le capterait instantanément à condition que la batterie ne soit pas retirée.

La porte latérale de fourgon d'intervention coulissa et le visage de Joseph Taylor apparut. Son collègue ne se souvenait pas de l'avoir vu sourire un jour.

— Rien ? grogna-t-il.

— Non, chef.

Taylor partit rejoindre ses hommes dans la maison. Le chantier était indescriptible. On entendait le fracas de la vaisselle brisée et le contenu des étagères jeté au sol. Dans la cuisine, deux silhouettes renversaient des tiroirs. Une autre prenait absolument tout en photo. Une quatrième se présenta avec un post-it sur lequel était noté un numéro de ligne fixe avec la mention : Lucas-travaux-Chamalières.

Taylor consulta sa montre. 12 h 30. Il composa le numéro et tomba sur la réceptionniste d'une petite entreprise de plomberie.

— Bonjour, madame, je suis le compagnon de Mme Lesaux.

— Oui, que puis-je pour vous ?

— Me confirmer l'adresse que vous avez pour les travaux à Chamalières. Je ne suis pas sûr que ce soit la bonne.

— Un instant, je regarde.

La réponse ne tarda pas. Il nota les coordonnées, confirma que tout était en ordre, et n'excusa en raccrochant.

— Le 12 avenue de Villars à Chamalières ! Trouvez qui crèche là-bas.

Ce fut réglé en quelques minutes.

— Lucas Brémaire. Célibataire.

Taylor marqua une pause.

— On décroche ! Si la mère y fait des travaux, la fille s'y planque peut-être. Prenez la fourgonnette et balayez toute l'avenue Villars avec l'IMSI-catcher : focalisez-vous sur l'adresse, surtout.

Taylor appelait déjà le responsable de l'équipe qui était dans l'appartement de la tour Corinthe.

— Rien de pertinent pour le moment, souffla son subalterne dépité.

— Laissez ! On a une planque possible. Venez de suite.

Il lui donna l'adresse. Vingt minutes plus tard les deux groupes avaient fusionné, prêts à donner l'assaut. Taylor positionna six gars à l'arrière du pavillon et prit la tête du groupe d'intervention. Rien ne bougeait dans la maison, mais il avait mené suffisamment d'opérations pour savoir que cela ne voulait absolument rien dire.

— L'IMSI-catcher ?

— Négatif.

— Le détecteur de chaleur ?

— Rien.

Son téléphone sonna.

— La voiture du deuxième suspect est garée à cent mètres, dans une rue perpendiculaire.

— Balisez-la tout de suite et que deux hommes la surveillent en permanence. Si vos objectifs se présentent, vous intervenez sans sommation. Ne prenez aucun risque.

Puis, il coupa la communication et approcha les lèvres du micro intégré dans sa veste de combat :

— À tous les effectifs. Présence probable des suspects à l'intérieur. Deux personnes. Je répète. Deux personnes. Une femme. Capitaine de police. La trentaine. Entraînée et en possession de son arme de dotation. La fille est déterminée. Un homme aussi, même âge environ. Non armé, mais sans certitude. En fauteuil roulant. On ne prend aucun risque. Je répète : on ne prend aucun risque. Préparez-vous à l'assaut.

# 72

La tour HLM se détachait sur le ciel gris. Masson, en dernier recours, et parce qu'il ne voyait pas d'autre moyen de trouver Marie que de se rapprocher de sa cible, avait appelé à l'aide un de ses collègues qui travaillait comme investigateur en cybercriminologie. Il lui demanda la liste des adresses IP de l'agglomération les plus impliquées dans le téléchargement de fichiers pédopornographiques.

— Sans surprise, Thierry, lui répondit l'autre. Tu as une IP toujours à bloc au siège d'une société qui fait dans l'escape room. Ça s'appelle *L'antre de Jack*. Tu le gardes pour toi, mais les services fiscaux ont prévu d'y faire une descente bientôt. Pour ce qui est du volet porno, apparemment, le gérant est dedans jusqu'au cou. Son tour viendra dès qu'on aura reçu la commission rogatoire.

*Escape room ?*

Masson fit une recherche rapide et composa le numéro qui figurait sous l'adresse de l'entreprise. Un répondeur lui indiqua des horaires, des tarifs et lui suggéra de réserver en ligne. Les escape rooms, selon ce qu'il comprenait, étaient des jeux d'évasion grandeur nature où les participants, réunis en groupes, disposaient d'un temps donné pour s'échapper d'un endroit clos. Pour ce faire, ils devaient découvrir des objets et résoudre des énigmes, en se prenant pour des chevaliers, des détectives ou les passagers d'une navette spatiale, selon les thèmes du moment.

*Un truc pour se faire peur.*

*L'antre de Jack*, sans surprise, proposait une immersion dans un décor londonien, contemporain de Jack l'Éventreur. Masson voulut téléphoner au commissariat avant de se raviser : monter une opération mobilisant du personnel en si peu de temps relevait de la mission impossible. Il se contenta d'un coup de fil à la brigade, prétextant un motif personnel. Le collègue qu'il cherchait décrocha.

— Salut Pierre, dis-moi, j'ai logé un drôle de pistolet qui bosse dans une salle de jeu dénommée *L'antre de Jack*. Tu connais ?

— Et comment !

— Pour quel motif ?

— C'est la Mecque de l'escape room. Tous les ados y sont. Ils ont au moins trois parcours. Il y a des espaces un peu sales, genre backroom. On sait que ça deale pas mal et il doit y avoir du racolage. Si mes gamins vont là-bas, je les tue.

— Merde !

— Comme tu dis. Ça se développe en ce moment en périphérie, ils poussent comme des champignons. Mais celui-là, y a pas photo : c'est le plus glauque.

## 73

Les silhouettes cagoulées progressaient en file indienne, profitant des arbres et des murets pour se cacher. Joseph Taylor se présenta en première ligne devant le portail et examina discrètement le bout de jardin qui menait à la résidence. Puis il leva un bras et fit un mouvement en forme de lasso qui signifiait : « Regroupement ».

Cinq hommes escaladèrent le portail en tâchant de faire le moins de bruit possible et se positionnèrent autour de la porte d'entrée, un modèle standard. L'un des commandos saisit un bélier rangé dans son sac à dos et le projeta au-dessus de la serrure qui s'ouvrit dans un craquement sonore. Une grenade assourdissante fut jetée à l'intérieur et ils s'engouffrèrent dès qu'elle eut explosé.

Malgré les apparences, Taylor savait que lui et son équipe n'étaient pas en position de force. Ils n'avaient pas eu le temps d'étudier la configuration des lieux et la capitaine Lesaux disposait d'une copie de Valmont. Ses chefs avaient été clairs : il s'agissait d'une arme redoutable, à mettre sous clef au plus vite. Si cette femme était partie avec, c'est que beaucoup de monde s'était trompé sur ses intentions véritables. Quel pouvait être son but et, surtout, qui était son commanditaire ? Probablement un ennemi de la France. Dès lors, tout était possible. Malheureusement, ils n'avaient pas le temps de se préparer comme pour un assaut du GIGN.

Taylor était un ancien soldat, les états d'âme ne l'étouffaient pas.

— RAS ! Il n'y a personne.

— Ils étaient là, il n'y a pas longtemps. Regardez le café.

Le gibier s'était sauvé. Pour aller où ? Taylor laissa son équipe ratisser les lieux et s'isola pour appeler le directeur de cabinet du ministre de l'Intérieur.

— Mes respects, M. le préfet.

— Vous l'avez ?

Léger silence.

— Pas encore. Mais l'étau se resserre. Nous venons de la rater de peu. Les tasses étaient encore sur la table.

— C'est de Valmont que je vous parle. Vous l'avez ?

— Non, monsieur le préfet.

Le haut fonctionnaire resta factuel. Logique et sans pitié. Il était de notoriété publique qu'il méprisait la force physique pure et considérait que les évolutions contemporaines bien gérées permettaient de s'en passer pour des résultats bien meilleurs. Une unité « spéciale » coûtait beaucoup trop cher à ses yeux, tout en bénéficiant de prérogatives exagérément étendues, voire dangereuses.

— Tous leurs points de chute habituels sont sous surveillance, plaida Taylor. Ce n'est qu'une question de temps.

— Votre priorité, c'est Valmont.
— Entendu, M. le préfet.
Avant de raccrocher, le directeur de cabinet lâcha :
— Il y a parfois des drames. Considérez ceci comme une guerre. S'il y a des morts, ils seront traités en héros. Même s'ils étaient en face. On fera le nécessaire. Vous m'avez bien compris ?

## 74

L'adolescent sortait de chez lui quand Marie lui tomba dessus. Ethan, prêt à démarrer, était resté au volant de l'Audi « empruntée » à Lucas. Ils étaient arrivés à temps pour cueillir le gamin qui avait d'abord cru à une agression. Marie portait un bonnet et ses cheveux étaient noués sur sa nuque. Des lunettes de soleil ajoutaient au mystère. Le garçon n'en menait pas large.

— Ah, c'est vous. Qu'est-ce qu'il y a ? Je n'ai rien fait. Vous allez encore m'arrêter ?

— En fait, non. On a besoin de toi.

Il lui lança un regard interloqué.

— C'est-à-dire ?

— Je t'expliquerai plus tard.

Elle regarda autour d'elle.

— Tu es dispo, là ?

— J'allais chez des potes.

— Oublie. Tes parents sont là ?

— Ils rentrent ce soir.

— Parfait. Écoute-moi bien, Kevin. Cette fois c'est moi qui te le demande. Va chercher ton drone.

Elle le regarda droit dans les yeux.

— Maintenant !

Ils avaient sorti l'engin du coffre de l'Audi. Il était, comme la dernière fois, repeint en noir et maquillé en appareil espion : diodes retirées et bruit limité au maximum, grâce à un ingénieux système de coffrage des hélices.

— T'es doué en modélisme, commenta Ethan.

— J'aimerais devenir pilote d'avion, répondit le garçon en rougissant.

— On va déjà faire voler le drone, répliqua Marie.

— Où voulez-vous que je l'envoie ?

Elle sortit une carte IGN de la boîte à gants, la déplia et dessina un cercle approximatif avec son index. La zone correspondait aux parcours du chien fugueur.

— Il n'y a plus beaucoup de lumière, mais on pourra utiliser la caméra thermique, proposa l'adolescent.

— Tu as un truc pareil ? s'étonna Marie.

— Oui, elle appartenait à une société qui réalisait des diagnostics immobiliers. Elle a fait faillite et tout le matos a été bradé sur Internet.

L'instant d'après, le drone s'élevait lentement. Son bourdonnement était discret. Ethan et Marie suivaient sa progression sur un écran, installé au-dessus du tableau de commande.

— Décris des cercles de plus en plus larges, à partir de chaque habitation.

Kevin s'exécuta. Dans les champs, les jardins et le long des chemins carrossables, il n'y avait pas âme qui vive. On discernait à peine les carrés de cultures et la masse noire des fermes mêlés parfois à des casses ou des terrains vagues typiques des zones intermédiaires entre ville et campagne. Après un vol de quelques minutes, le drone fut envoyé au-dessus de la rue Cassière qui serpentait au milieu des collines et des prés.

— Passe au-dessus des pavillons, fit Marie.

Sur l'écran les toits défilaient. Un manoir de forme rectangulaire situé au centre d'un parc et entouré d'un mur succéda à un gros pavillon prétentieux avec terrain de tennis aux grillages détruits. L'aéronef descendit de quelques mètres. Un chemin envahi par la végétation reliait un portail en fer forgé à l'entrée de la bâtisse. Une dépendance dont le toit avait disparu se trouvait à l'arrière et se prolongeait par un autre édifice, de forme circulaire.

— On dirait une coupole en verre, murmura Ethan.

— Une serre, précisa Marie.

Dans l'objectif de l'engin, une forme apparut alors, quelque part sous le dôme. Elle émettait des ondes infrarouges.

— Il y a un animal ou quelque chose de vivant, là-dessous, dit le garçon.

L'image n'était pas très nette.

— Le bâtiment relié à la serre n'a pas de toit, ajouta Ethan.

Marie opina du chef.

— On dirait un solarium.

Elle se tourna vers Kevin.

— Tu peux repasser au plus près du sol, à côté de la coupole ?

L'adolescent le fit sans problème. Les ondes infrarouges confirmèrent une forme immobile, mais bien vivante.

— C'est vraiment gros.

Kevin hésita. Il aurait bien dit que cela correspondait aux magmas de points laissés par les gens dans les maisons quand il les inspectait avant de les visiter, pour le seul plaisir de l'effraction. Mais il n'osa pas, de peur de se dévoiler.

— Reviens devant la façade, s'il te plaît.

L'appareil révéla une bâtisse à trois étages dont toutes les fenêtres étaient fermées.

— Tout semble abandonné et délabré, murmura Marie.

L'aéronef reprit sa progression. Une cabane puis une serre parfaitement entretenue et cachée apparurent dans une cuvette naturelle du terrain.

Marie était hypnotisée par l'écran.

— Kevin… Tu peux rappeler ton engin, s'il te plaît ? Je crois qu'on en a assez vu…

## 75

La cloison amovible coulissa en silence sur ses rails soigneusement huilés et, bientôt, un flot de lumière inonda la geôle insonorisée. Surprise, la petite frémit avant de replier les jambes contre son torse, le visage dissimulé derrière ses coudes. L'homme qui se tenait dans l'encadrement de l'entrée n'était pas un inconnu. Kayla avait longtemps cru qu'il s'agissait d'un ami de sa mère. Ne lui avait-elle pas dit qu'il était gentil, que les cadeaux qu'il lui faisait, son propre père n'en aurait jamais eu l'idée ?

Pourtant, la suite lui avait donné bien tort : le gentil monsieur n'était qu'un démon. Récemment, une dispute entre lui et sa mère dans la cuisine avait été d'une rare violence. Depuis sa chambre, Kayla l'avait entendue qui accusait l'homme de l'avoir ensorcelée. Elle avait crié, ne voulait plus qu'il prenne sa fille pour lui acheter des habits pour les fêtes ou qu'il la conduise encore dans cette association qui l'aidait pour l'école. Pour l'enfant, les mots qui suivirent furent plus effrayants encore : la mère avait traité l'homme de « sorcier maléfique ». Dans le son de sa voix et dans ses cris, Kayla avait senti à quel point elle était terrifiée.

Il y eut tout à coup un bruit mat, suivi d'une chute. Elle s'était alors blottie derrière son lit. Après un court silence, elle avait entendu des bruits de placards qu'on ouvrait et qu'on refermait à la volée. Puis l'homme avait fait irruption dans sa chambre. Sa physionomie reflétait quelque chose de sinistre et de mauvais. Il l'avait soulevée par un bras, sans ménagement. Il disait qu'ils devaient partir tout de suite, avant que l'incendie ne détruise tout. Sa mère était partie chercher du secours. À travers ses larmes, Kayla avait remarqué que la porte de la cuisine était fermée et que de la fumée s'échappait par en dessous. L'homme l'avait poussée vers la cage d'escalier. La suite était floue. La terreur. Courir. La voiture qui attendait dans le parking souterrain, comme un mauvais présage. Il l'avait jetée à l'intérieur avant de lui coller un chiffon sur le visage. Le néant l'avait engloutie avant que le froid ne vienne la mordre. Elle avait repris connaissance dans cette pièce, toute seule. Et depuis, elle n'avait fait que pleurer, supplier ou s'écrouler de fatigue, dans de courtes plages de sommeil sans rêves.

— Tu n'as rien mangé ?

La voix était dénuée d'affect.

L'homme s'approcha de l'assiette posée devant le matelas. Kayla n'avait pas répondu.

— Je ne veux pas d'une maigrichonne, tu m'entends !

Disant cela, le fou leva la tête pour inspecter les caméras disposées aux quatre coins de la pièce. Tout fonctionnait normalement.

— Si tu n'obéis pas, la plante te mangera. Tu le sais, elle adore les petites filles noires, comme toi.

Kayla se recroquevilla un peu plus encore. Où était sa maman ?

L'homme jeta au sol les habits qu'il lui avait préparés et la traîna hors de la cellule. Kayla sentit la lumière du soleil sur son visage, la rugosité du revêtement en briques sous ses pieds et la touffeur moite qui régnait partout. Des dizaines de pots et d'urnes contenaient des fleurs, des plantes et des arbres. Le tout envahissait l'espace dominé par un plafond de verre, en forme de dôme. Des gouttelettes chaudes de condensation tombaient continuellement de la coupole. La petite en recevait parfois sur le haut du crâne, elles s'écrasaient comme du sirop.

Le vieil homme la fit asseoir au centre de la pièce près d'une dalle circulaire. Il saisit une chaîne accrochée à un anneau de fer qu'il fit coulisser à l'aide d'une poulie. La plaque de pierre se souleva lentement. Une odeur lourde et musquée s'en échappa et un trou béant apparut.

— Regarde bien, ma petite.

Le ravisseur se dirigea vers un interrupteur et de puissantes lampes colorées éclairèrent la fosse qui se mit à vibrer comme un nid de serpents. Des tiges entrelacées et grouillantes se tortillaient avec mille crampons et autant de bouches aveugles, tendues vers la lumière. Des feuilles larges et noires couvertes d'épines ondulaient, pareilles à l'eau d'un étang, à peine troublée par le passage furtif d'une anguille. L'homme saisit la gamine par les cheveux et la força à fixer le fond du puits.

— Tu la vois ? Après cette vilaine dame, ce sera à ton tour, si tu ne m'obéis pas au doigt et à l'œil !

La femme allongée sur le sol tenta vainement de se redresser. Sa tignasse était sale des ronces du buisson et des cocons s'y étaient emmêlés. Une tige se penchait sur elle, alourdie de fruits sombres.

Kayla poussa un long cri de terreur.

# 76

*L'antre de Jack* se trouvait près du palais de justice. Sur la façade en briques, un décor peint évoquait les venelles obscures des quartiers misérables de Londres au XIXe siècle. On avait ajouté en contreplaqué la silhouette d'un homme avec un haut-de-forme qui tenait un grand couteau. Une pancarte au-dessus de sa tête annonçait « Whitechapel » avec de fausses traces de sang qui dégoulinaient en dessinant une flaque.

*Entre Disneyland et la chambre des horreurs du musée de Madame Tussaud*, songea Masson. Et derrière cette respectabilité commerciale, un sale type à son bureau visionne des fichiers pédophiles en *peer-to-peer*.

Marie était peut-être passée par là. Il fallait tenter quelque chose. Donner un coup de pied dans la fourmilière et voir ce qui se produirait.

Écartant un groupe de quelques jeunes, des clients sans doute, le commandant essaya d'ouvrir la porte d'entrée, mais sans succès. Le local paraissait étrangement calme pour un lieu ouvert au public. Personne pour l'accueillir. Pas de guichet visible. Masson secoua la poignée et remarqua le tas de prospectus, gorgé d'eau de pluie. Il avait dû glisser sous la porte et personne ne l'avait ramassé.

— C'est fermé, on dirait.

Le flic se retourna vers un des jeunes qui s'énervait tout seul :

— Ces enfoirés ont mis la clef sous la porte, ou quoi ? On avait tous payé d'avance en réservant notre place sur Internet. Qui va nous rembourser maintenant ?

Le groupe se décida à partir, non sans pester une dernière fois. Masson resta dans l'expectative. Les commerçants qui tiraient le rideau du jour au lendemain sans donner de nouvelles, ce n'était jamais bon signe. Il sonna à l'interphone de la porte mitoyenne et se retrouva dans un long couloir sombre au mur gauche couvert de boîtes aux lettres. Celle de *L'antre de Jack* débordait de prospectus avec des courriers administratifs et un avis de passage au nom de Michel Bourdais. Une poubelle pleine de débris de contreplaqué, de polystyrènes peints et de caissons bloquait une porte de service à l'armature en bois. Tout était silencieux. L'heure molle des débuts d'après-midi où personne ne passe.

Masson n'hésita pas. La serrure craqua au troisième coup de pied. Un coup d'épaule donné de tout son poids acheva le travail. Il entra et rabattit la porte fracassée avant d'allumer sa torche.

Un escalier en bois partait sur sa gauche. Une pièce mal entretenue aux murs recouverts d'une tapisserie fadasse, avec des cartons, un escabeau et de vieilles planches empilées, conduisait vers l'accueil de l'espace de jeu. Le décor pris dans le faisceau de la torche était baroque ; il copiait une demeure londonienne bourgeoise avec ses lampes à pétrole factices, un portrait de la reine Victoria, de fausses boiseries et un lustre de bimbeloterie de cristal *made in Taiwan*.

Masson s'engagea dans un passage qui lui rappela la maison hantée de Disneyland. Tapis profond, couleurs sinistres, mélange de rouge et de noir. Des portes fermées, certaines matelassées et d'autres avec des heurtoirs ou des judas grillagés, jalonnaient son parcours. Masson posa la main sur la poignée de l'une d'elles, barrée d'une plaque « salon privé », et l'ouvrit doucement.

L'impression de voyage dans le temps s'amplifia : cheminée en fausses briques, fauteuils club ramassés à Emmaüs, têtes d'animaux africains empaillées, table basse dressée pour l'apéritif et agrémentée d'une fausse boîte de cigares… Cela devenait ridicule et pourtant le malaise de Masson ne faisait que s'accroître. Un je ne sais quoi dans l'air. L'idée que cette maison recelait quelque chose de monstrueux.

Le commandant dégaina son Sig et le croisa devant lui avec la lampe. Un silence inquiétant recouvrait tout, à l'exception d'un singulier bourdonnement qui sinuait dans l'air, comme sorti des murs. Il faisait penser à un système de climatisation particulièrement inefficace. À cela s'ajoutait une odeur de renfermé mêlée à une autre, tristement familière, et qui s'imposait de plus en plus au fur et à mesure qu'il avançait dans le décor. Une nouvelle porte révéla une grande bibliothèque composée de tiroirs et d'alcôves qui recelaient des figurines, des trophées, des poissons naturalisés et même un petit squelette à la provenance mystérieuse. Un tableau représentait une scène de chasse kitsch avec un cerf et une biche traqués par des chiens. L'odeur était devenue insupportable. Masson savait qu'il touchait au but, hélas. Il écarta une dernière porte en se bouchant le nez et releva la torche. Il ne comprit d'abord pas ce qu'il voyait bouger devant lui. Plus vraie que tout ce qu'il avait vu jusqu'à présent, la vision était abominable.

## 77

Ethan pianotait sur son ordinateur sécurisé, relié au casque 3D de Valmont. Marie avait emprunté le smartphone de Kevin pour téléphoner à Thierry Masson et lui faire part de ce qu'elle avait trouvé.

— Tu es sûre de toi ? avait demandé Ethan. Il ne va pas nous balancer ?

Les yeux de Marie trahissaient son désarroi.

— Est-ce qu'on a le choix ? Ça ne nous empêche pas d'agir et, au moins, une personne aura été prévenue.

Elle fixait un point abstrait au loin et semblait se parler à elle-même.

— Je ne vais pas laisser Pauline dans ce trou. S'il y a une seule chance de la sauver, c'est à moi de la saisir. De toute façon, tout concorde : il y a à l'intérieur quelque chose de grand et de vivant et je ne crois pas à un gros chien.

Elle marqua une pause avant d'ajouter :

— Si ça se trouve, Kayla est là aussi, quelque part.

Ils avaient laissé l'adolescent à l'écart de la conversation puis l'avaient déposé à un arrêt de bus en lui faisant jurer de ne rien dire, pour sa propre sécurité.

— Je t'expliquerai plus tard, lui dit Marie. Et ne t'inquiète pas pour ton engin, tu le retrouveras vite. Tu viens certainement de sauver une nouvelle fois des vies.

À l'horloge du tableau de bord, il était presque 17 heures. La nuit tombait. Il faisait froid et humide.

— J'ai fini, lança Ethan en déconnectant la paire de lunettes électroniques. Tu as une heure d'autonomie et c'est plus qu'il ne t'en faut, j'imagine.

Marie prit l'appareil ainsi qu'un portable qu'Ethan lui tendait ; elle les rangea dans une poche de son manteau.

— À défaut d'échange audio, commenta l'ingénieur, tout ce que tu verras à travers tes lunettes, je le suivrai sur mon écran d'ordinateur.

Il s'efforçait de n'en laisser rien paraître, mais Marie voyait bien qu'il était inquiet. De son côté, elle n'en menait pas large non plus. Pour se donner un peu de contenance, elle vérifia la présence de ses deux chargeurs, l'un dans la crosse de son revolver l'autre dans la poche de son pantalon.

Le moment était venu.

Marie ouvrit la portière, sortit dans le noir et chambra une balle dans le canon en tirant la culasse vers l'arrière.

— Les lunettes t'aideront à repérer d'éventuelles caméras et l'application amplifiera la luminosité environnante. Un petit bonus.

— Tout va bien se passer, osa Marie.

Aucun des deux n'était vraiment convaincu.

# 78

Tenu par une corde et le cou tordu, le corps pendait à un crochet normalement utilisé pour suspendre le lustre. Il tournait imperceptiblement sur lui-même comme une énorme broche de kebab, alourdi par un manteau vibrant de mouches qui empêchait de voir jusqu'aux habits. Des grappes de larves tombées du cadavre grouillaient sur le sol. Quelques cheveux échappaient au tapis vivant des insectes. Un tonneau couché sur le côté avait dû lui permettre de lier le bout de sa corde avant d'en finir.

*Vraiment ?*

Masson sortit un mouchoir pour se masquer le visage. La puanteur était infernale.

*Tu parles d'une ventilation ! Des insectes…*

Le commandant trouva le courage de s'approcher et recula devant l'envol des mouches qui l'aveugla avant qu'il ne se rapproche à nouveau du cadavre. C'était un homme. Vraisemblablement ce qu'il restait de Michel Bourdais. Un symbole grossièrement dessiné à la craie s'étalait sur le sol. Des images se succédaient sur une télévision au son coupé, posée sur un petit bureau face au pendu. Les images étaient insoutenables. Des enfants. Des masques. Des corps nus.

Masson recula, horrifié, et manqua glisser sur les larves. Les mouches avaient déjà repris possession du pendu.

S'il pensait découvrir des informations lui permettant de retrouver Marie, il arrivait trop tard. Et de plusieurs jours. Quelqu'un n'avait pas attendu que l'enquête devienne officielle pour faire le ménage. En trente ans de carrière, Thierry Masson avait vu bien des mises en scène mais celle-ci était particulièrement grossière. Arrivé dans la rue et à demi suffoqué par la pestilence qui l'avait pourchassé jusque sur le trottoir, il pensa à Marie avec effroi.

Elle était la prochaine victime.

## 79

Marie tourna les talons et s'enfonça à travers les fourrés qui marquaient les limites de la propriété. Très vite, elle buta contre un mur de deux mètres à peine, rehaussé de tessons de bouteilles, saisis dans le ciment, mais suffisamment espacés pour ne pas trop la ralentir. Après quelques mètres, elle chaussa ses lunettes et appuya sur le bouton de mise sous tension. Dans sa poche, le téléphone vibra doucement.

Au centre de son champ visuel, une phrase apparut pour lui signifier que la commande vocale était activée. Comme elle n'avait pas la tenue appropriée, avec le clavier intégré dans la manche, c'était la seule option qui lui restait. Le paysage devint légèrement flou. Les ombres de la nuit tombante s'atténuèrent, le noir cédant au gris, les teintes plus foncées à des nuances qui déclinaient un mélange de brun et de bleu.

Désormais, Marie entendait le bruit des feuilles sous ses pieds et sentait l'odeur de la végétation, lourde de pluie. Elle marcha sous de grands arbres avant d'entrer dans la propriété.

Elle marqua une pause, le temps de s'assurer que personne n'avait remarqué sa présence. L'inquiétude ne cessait de monter. Si Patural se terrait ici, il n'était pas question de le sous-estimer. D'autres avaient commis cette erreur. Elle songea au lieutenant stagiaire, pendu dans la solitude de sa chambre, et au malheureux employé de l'office HLM, foudroyé avec ses filles dans un accident de la route.

*Morts tous les deux.*

Elle pensa aussi à Olivia et à tous ceux qu'elle n'avait pas découverts.

Rien pour la rassurer. Mais cette fois, Patural ne bénéficierait pas de l'effet de surprise et Valmont était de son côté. Le rapport de force penchait en sa faveur. Elle voulait le croire.

Dans ses lunettes, des lignes argentées quadrillaient l'horizon, espacées de dizaines de mètres. Elle songea à ces pylônes électriques que le drone avait remarqués depuis le ciel. Autour d'elle, le jardin. Livré à l'hiver et plongé dans l'encre de la nuit, il ne payait pas de mine mais, dans l'imagination de Marie, l'endroit devait fourmiller de plantes vénéneuses et de mares putrides.

Sa curiosité la poussa d'abord vers des détritus où se trouvaient des emballages de filtres à air. Elle songea à un de ces abris antiatomiques qu'on trouve chez les adeptes du survivalisme ou dans certaines sectes apocalyptiques. Dans ses lunettes, pourtant, aucun rayonnement. Elle s'interrogeait.

S'il se trouvait une cachette là-dessous, les ondes pourraient-elles passer à travers le béton et la terre ?

C'était possible. Elle tourna la tête vers la grande demeure. La façade était enduite d'un crépi jaune pisseux et les volets couleur rouille. Tous étaient fermés, sans exception. Son impression première se confirmait.

*Le manoir est inhabité. Tu fais fausse route !*

Mais alors, qu'était cette chose vivante, apparue dans l'œil du drone ? Main sur la crosse de son arme, Marie observait soigneusement chaque mètre carré de la résidence à la recherche du moindre capteur.

*Rien.*

Près d'une terrasse ensevelie sous un tapis de feuilles en décomposition, elle aperçut un escalier avec une balustrade en acier oxydé qui descendait sous la maison. Les marches étaient recouvertes de mousse et il faisait sombre, mais ses lunettes lui permettaient de distinguer les obstacles les plus gros.

Elle s'engagea dans un ancien cellier à vin dont les portes d'accès avaient disparu depuis des lustres. Des bouteilles envahies de poussière s'alignaient dans un coin. Tout était à l'abandon.

*Il n'y a personne ici.*

La rage lui serrait le cœur. Si seulement elle n'était pas en cavale ! Elle devrait être avec ses collègues de la brigade, occupée à perquisitionner la maison de cet enfoiré dans les règles de l'art.

Marie se fit violence.

*Kayla est peut-être là. Ou Pauline Lambert.*

Autour d'elle, l'odeur de la végétation devenait plus forte. Son nez était assailli par les émanations d'herbes détrempées où dominaient des relents de mycélium et de viandes corrompues.

Dans ses lunettes, la jeune femme ne détectait aucune trace d'interrupteur, de circuit électrique ou d'ampoules. Rien que ce buisson épais et touffu de tiges entrelacées avec, au centre, une plante aux feuilles noires qui offrait des baies charnues et lourdes. Il était massif et poussait de partout dans le sous-sol. De son cœur jaillissaient d'innombrables rameaux de lierre qui s'agrippaient au mur et obstruaient tout le passage.

Marie fit un pas dans sa direction quand il lui sembla que quelque chose vivait dans les ramifications du taillis. Une chose que Marie aurait pu tirer de sa torpeur et qui, désormais, flairait sa présence. La jeune femme se figea aussitôt. Le végétal occupait pratiquement toute la cave. Les feuilles vibraient et bougeaient, sans brise aucune, et les fruits faisaient de même, comme des clochettes. Jamais Marie n'avait rencontré pareille créature. Le duvet de ses bras se dressa sous ses manches comme les poils d'un chat avant même qu'elle n'ait pris conscience de la terreur qui venait de la submerger.

## 80

La plupart des commissariats, ouverts jour et nuit, permettent occasionnellement aux clochards et aux dingues de trouver un endroit pour confier leurs délires ou adresser une doléance. Les demandes les plus farfelues sont poliment renvoyées vers un service imaginaire : la « brigade des invisibles ». Un moyen de calmer, voire de rassurer les impétrants qui repartent convaincus qu'un spécialiste va prendre en charge leur requête, toutes affaires cessantes. Exigeant un travail d'écoute souvent ingrat, cette mission est laissée au dernier arrivé dans le service, un stagiaire de préférence.

Ce jour-là, ce n'était pas la première fois que Mme Varlet se présentait à l'accueil. D'ordinaire elle se déplaçait pour un chat coincé dans un arbre (qu'on ne retrouvait jamais), un couple de tigres évadés d'un zoo ou des « terroristes » en maraude dans les vergers, là où il ne s'agissait que de l'excursion des retraités du club ornithologique local. Le mois dernier, sa plainte évoquait la disparition des oiseaux de son jardin. Plus de mésanges ni de rouges-gorges, comme avalés dans l'ombre.

Cette fois-ci, l'histoire était particulièrement colorée : des extraterrestres avaient survolé son quartier en plein jour. Il s'agissait d'un engin non identifié, de la taille d'une petite valise ; il avait tourné au-dessus de sa maison avant de s'éloigner. Pour Mme Varlet, leurs intentions étaient limpides : ils venaient chercher les animaux ! D'abord les chats, les chiens puis les humains. Et bien entendu, elle était la prochaine sur la liste.

Dans le petit bureau aux murs blancs des « invisibles », qui débouchait dans le hall, près des toilettes et du distributeur de boissons, la gardienne stagiaire hochait la tête en faisant semblant de prendre des notes.

— À quelle heure avez-vous aperçu la soucoupe ? Quelle était sa couleur ?

— Gris clair, répondit la retraitée d'une voix assurée. De la même couleur que la voiture qui s'est garée dans le chemin, derrière les Bouchardon. Je l'ai remarquée depuis ma fenêtre. Encore un truc qui cloche, si vous voulez mon avis. Elle est restée sur place une bonne heure avant de repartir, puis de revenir à nouveau. Et le plus inquiétant, c'est qu'il y a un homme qui dort dedans. Il marche mal et il a sorti un fauteuil roulant de son coffre. Il faudrait que j'aille voir de plus près, mais je n'ose pas.

— Un fauteuil roulant ? fit la policière en souriant.

— Je sais en reconnaître un, même de loin. Mon pauvre mari était atteint de sclérose en plaques.

— Ce monsieur, qui est-ce, selon vous ?

— Cette question ! Un complice des extraterrestres, bien sûr. Il leur indique des maisons isolées où vivent des femmes seules, comme moi.

Elle marqua une pause, avant d'ajouter :

— Si ça se trouve, il est mort !

La jeune policière hocha la tête.

— Il fait sans doute une sieste… Ça arrive souvent, madame. Ce sont des gens qui ne peuvent pas dormir chez eux, car il y a trop de bruit ou pas assez de place. Des enfants qui courent… Ils prennent leur voiture pour trouver un endroit tranquille où se reposer.

Mme Varlet haussa les épaules.

— Est-ce que je vais roupiller sous les fenêtres des gens, moi ?

Par acquit de conscience, la gardienne de la paix nota le numéro de la plaque minéralogique que son interlocutrice lui communiqua. Ensuite, elle la raccompagna à la sortie.

Ce n'est que plus tard, lors de sa relève, qu'elle raconta l'anecdote à son collègue. Ce dernier tiqua en entendant parler du fauteuil. Il remonta l'info à l'officier de garde, qui appela immédiatement Lamouche. Dix minutes après, Taylor était au courant. Le numéro de la plaque minéralogique appartenait à un certain Lucas Brémaire. Taylor était à son domicile le matin même.

# 81

Marie avait reculé. En remontant les marches, elle comprit que la nuit était complètement tombée. Une clarté blême générée par les lunettes enveloppait le jardin. Cette horreur dans la cave devait être un weru. Les feuilles noires, l'odeur puissante, le buisson aux baies rouges et ces lianes velues : tout concordait avec la description faite par le type qui bossait aux Herbiers de la ville.

*Il faut que tu trouves la serre et ce foutu trou.*

Elle contourna le manoir par l'arrière. La source de chaleur détectée par le drone se situait au niveau d'une cour intérieure, qui n'était accessible que de l'intérieur de la bâtisse. Elle força le volet d'une porte-fenêtre jouxtant une terrasse et ramassa une pierre dans le jardin qu'elle entortilla dans sa parka. Le double vitrage résista puis s'étoila avant d'exploser. Le bruit ne lui sembla pas trop violent. Elle put saisir la poignée et entrer dans un salon avec du vieux plancher, des murs supportant de grands tableaux et, un peu partout, des récipients accueillant des plantes de toutes sortes. Ses lunettes détectèrent des interrupteurs, mais pas d'alarmes.

*Quand on a vraiment des choses à cacher, on ne les signale pas par un système de détection.*

Marie essayait de se repérer.

*Où est cette fichue serre ?*

Elle traversa le salon puis une bibliothèque qui débouchait sur un solarium, du moins ce qu'il en restait. Des parois et du plafond en verre ne demeurait plus que l'armature en fer forgé, ouverte à tous les vents. Le sol en briques était jonché de tessons. Des dizaines de pots et d'urnes qui avaient dû contenir des fleurs et des arbres exotiques gisaient sur leurs étagères, vides.

La serre, adossée à ce patio fantomatique, formait une vaste coupole. Ici, la nature explosait : les végétaux étaient partout, de toutes les espèces, mélangés dans un fouillis tropical d'où jaillissaient cactus et orchidées étranges… La chlorophylle et les parfums saturaient l'atmosphère d'une odeur pénétrante et sucrée qui donnait presque la nausée. Grâce à la lumière artificielle de ses lunettes, Marie remarqua un espace dégagé au centre de la salle. C'était un puits avec sa margelle basse. Une grosse dalle, qui devait permettre d'en condamner l'accès, était relevée à l'aide d'une poulie, située au-dessus. De puissantes lampes horticoles accrochées à une potence surplombaient la fosse. La dernière fois qu'elle en avait vu de semblables, c'était dans la tour Corinthe, juste avant que le dealer ne l'attaque.

*Le même matériel. Le type a toujours dit que tout était déjà sur place…*

Les coïncidences, ça n'existait qu'au cinéma. Marie sortit son arme et s'approcha du puits. L'ouverture devait faire moins de deux mètres de diamètre. Elle se pencha pour regarder et ce qu'elle vit lui souleva le cœur.

Une femme au corps abandonné, agrippée par plusieurs lianes, le visage tourné vers la terre, se débattait avec des gestes lents. Elle était exténuée et paraissait lutter avec les seuls réflexes archaïques de son instinct de survie. Le combat devait durer depuis des heures, peut-être des jours. Les tiges la tiraient vers une masse sombre agitée de curieux tremblements.

*Cette horreur respire !*

Le weru noir qu'elle avait croisé dans la cave poussait aussi dans le puits. Il devait déjà coloniser les galeries qui couraient sous la demeure et y ramper comme un mycélium monstrueux. La silhouette parvint à la regarder et Marie la reconnut en dépit de l'espèce de laine qui lui mangeait les joues.

— Pauline !

La scientifique était méconnaissable. La peau de son visage était blême, ses joues creusées et sa chevelure enchevêtrée dans un filet gluant.

— Je vais te sortir de là !

Pauline tourna la tête dans sa direction. Ses yeux étaient vitreux, effrayés, et ses lèvres sèches et plissées articulèrent une phrase inaudible. Marie ne la comprit que trop tard.

*Derrière toi !*

En l'espace d'une seconde, elle se retourna et croisa un regard qu'elle reconnut instantanément. Il s'était approché d'elle par l'arrière, jouant de l'effet de surprise. Marie vit la grosse pelle qu'il tenait dans ses mains.

Par réflexe, elle fit un mouvement sur le côté et laissa son épaule droite encaisser le coup. Sa parka amortit légèrement le choc, mais la douleur lui fit lâcher son pistolet, qui bascula dans la fosse. Patural la frappa de nouveau et, cette fois-ci, la tête de la jeune femme heurta la margelle du puits. Ses lunettes valdinguèrent et elle sombra dans le noir.

## 82

Thierry Masson était rentré chez lui. Sur la route, il avait utilisé un téléphone jetable pour passer un coup de fil anonyme au commissariat et signaler l'existence du cadavre dans *L'antre de Jack.* Car pour le moment, devoir perdre son temps à justifier sa présence dans une salle de jeu fermée au public était la dernière chose dont il avait besoin.

Ce qu'il lui fallait, c'était consulter sa messagerie au cas où Marie lui aurait laissé une information quelconque, même si c'était improbable. Malheureusement, son propre smartphone était introuvable. Il était coutumier du fait et passait son temps à égarer sa machine, dans le repli d'une banquette, dans un sac de courses ou sous le siège de sa voiture. Pour l'heure, son genou le faisait souffrir et la solitude l'écrasait. Où Marie pouvait-elle bien se cacher ? Et surtout, quelle piste pouvait-elle bien suivre pour avoir pris le risque insensé d'embarquer une copie de Valmont ? Une folie qui lui mettait aussitôt à dos les services secrets.

Imprégné de l'odeur du cadavre, Masson s'était jeté sous la douche. Il frictionnait ses cheveux au shampooing, espérant comme chaque fois que l'odeur de putréfaction s'atténue. Avec l'eau, quelques insectes morts coulèrent vers la bonde. Ensuite, Masson savonna son corps fatigué puis se rasa et termina en se manucurant les mains à la traque de la moindre molécule pouvant lui rappeler ce qu'il venait de vivre. Deux gouttes de camphre sous le nez l'aidèrent à chasser la puanteur persistante et il se rhabilla avec un jean souple et un chandail. Ses vêtements formaient un tas sur le carrelage de l'entrée. Il alla chercher un grand sac-poubelle sous l'évier de la cuisine afin d'y mettre la paire de chaussures et les fringues. Aucune lessive ne pouvait chasser le parfum des mouches et de la viande.

Masson vida les poches du jean et récupéra ses papiers dans sa veste fourrée. C'est en la palpant pour s'assurer de ne rien oublier qu'il sentit quelque chose dans la doublure. Son smartphone.

Il clignotait comme jamais.

## 83

Marie recouvrait à peine ses esprits qu'elle sentit qu'on cherchait à la pousser dans le puits. Elle parvint à se libérer d'une ruade, mais l'herboriste avait le dessus. Toujours groggy, un rideau de sang sur les yeux, la policière était incapable de fuir. Patural, méthodique, compensant son manque de force par une volonté de psychopathe, avait passé ses mains sous son corps pour la jeter dans le vide. Il ne prononçait aucune parole et son souffle de vieux pédophile venait caresser la nuque de la jeune femme. Marie avait planté ses ongles dans la pierre et résistait de toutes ses forces en se faisant la plus lourde possible. Peine perdue. Elle allait basculer quand une explosion fit littéralement disparaître Patural. Libérée de son poids, Marie manqua tomber, mais le vieil homme, sous l'impact de la balle, avait été projeté au sol où il rampait désormais, touché à l'épaule.

La policière se redressa gauchement et attrapa la pelle qu'elle laissa tomber au plus près de Pauline. Celle-ci avait encore le pistolet à la main. Elle regroupa toutes ses forces pour attraper le manche et tailler dans la masse végétale.

Au-dessus d'elle, Marie titubait vers Patural. La lune d'hiver levée depuis peu éclairait la scène d'une lumière blanche.

*Fumier !*

Marie décocha un coup de pied dans le ventre de son adversaire, puis un second, mais le vieil homme, comme un gamin dans une cour de récréation, lui saisit la jambe et s'y agrippa jusqu'à la faire tomber à nouveau.

*Ethan !*

Marie avait crié dans sa tête. Le botaniste se débattait et ruait, comme pris d'une crise de nerfs. Impossible de l'attraper. Marie cherchait à le menotter quand il ouvrit sa main en grand et la frappa au cou. Elle poussa un cri de douleur et recula précipitamment.

Patural ricanait.

*Qu'est-ce qu'il m'a fait ?*

Le botaniste se relevait en gardant sa main grande ouverte devant lui ; une chevalière baroque accrochait un rayon de lumière. Marie porta les mains à sa gorge et sentit sous ses doigts la trace d'une piqûre.

Derrière elle, Pauline gémissait. Marie tourna brièvement la tête dans sa direction et Patural en profita pour s'enfuir comme il était venu, un cloporte sorti des murs. Par expérience, Marie savait qu'un homme blessé n'allait jamais loin. Il ne perdait rien pour attendre. Elle avisa un escabeau sur lequel reposaient des pots contenant des plantes suspectes et balança tout par terre avant de le glisser dans le trou. Pauline s'était redressée, mais son état faisait peur à voir. Elle monta tant bien que mal jusqu'à la dernière marche puis posa avec répulsion ses mains sur le lichen et les mousses qui recouvraient la pierre. Marie s'était allongée de tout son long sur le sol et lui tendait le bras. Leurs mains se rejoignirent.

# 84

Patural trottinait comme un rat blessé. Il s'était enfui par une ancienne écurie et traversait le jardin. La balle lui avait perforé l'épaule et la blessure l'élançait comme une piqûre de frelon. Il s'arrêtait de temps en temps pour inspecter la tache de sang. L'hémorragie ne semblait pas trop grave. Une pensée tournait en boucle dans sa tête.

*Jamais ils ne t'attraperont.*

Il obliqua vers l'enceinte de la propriété et dénicha sans peine une vieille souche laissée là pour escalader la muraille. Une petite route serpentait au milieu des champs. Patural se mit à courir. Au bout d'un moment, sentant son cœur prêt à éclater, il se retourna pour s'assurer que personne n'était à ses trousses.

*Tu as dû les semer.*

Alors, il ralentit l'allure avant d'atteindre une clôture et de poursuivre à travers les labours gelés. Une ferme étirait son mur troué le long des sillons. Du linge oublié la veille pendait sur des cordes. Patural s'empara d'une chemise en coton épais, humide de rosée, et se changea pour éviter de se balader avec un pull taché de sang. Il savait pouvoir trouver plus loin la maisonnette de la veuve d'un exploitant agricole qui vivait là avec sa petite retraite. Comme certaines personnes âgées, elle voyait le danger partout, sauf quand il était sous son nez. Une vieille Renault 5 était garée dans la cour. Il n'y avait pas âme qui vive.

Patural ouvrit la portière et vit que la clef se trouvait sur le tableau de bord. Il mit le contact et la voiture démarra au troisième essai. Il était tranquille : la veuve Varlet était sourde comme une bûche.

# 85

Ne supportant pas d'attendre alors que Marie pouvait être en danger, Ethan était sorti de l'Audi et avait marché lentement jusqu'au coffre pour en ressortir le drone. Grâce à lui, il avait pu surveiller les environs pour s'assurer que tout était normal. Peine perdue. Le botaniste avait surgi de nulle part et tout était allé trop vite.

*Marie !*

Les souvenirs de l'attentat étaient venus se superposer à ce qu'il devinait sur son écran de contrôle. Très vite, Valmont était devenu aveugle après que les lunettes avaient été arrachées par le second coup de pelle.

*Marie ! Pas toi !*

Il allait faire atterrir le drone en catastrophe pour courir l'aider quand il comprit que le botaniste était en fuite et que Marie s'en sortait très bien sans lui. Il la regarda, médusé, s'affairer autour du puits où elle avait failli basculer quelques secondes plus tôt et en vit émerger une silhouette qui lui tomba dans les bras.

*Nom de Dieu ! La scientifique !*

Que faire si le fou était parti prendre une arme et qu'il revenait ? Ethan avait dirigé le drone pour chercher le fuyard à l'aide de la caméra infrarouge installée par Kevin. Il n'avait pas tardé à le repérer dans un jardin, chipant du linge sur un fil. Alors, il l'avait suivi de haut pour rester le plus discret possible. Une chose pour laquelle cet engin avait été spécialement conçu. Il l'avait vu monter dans une petite voiture, avant de rejoindre la route où lui-même était garé, une centaine de mètres plus haut.

À cause de ses jambes ankylosées, Ethan était incapable de courir. En revanche, conduire, il faisait ça très bien. Maintenant que Marie était hors de danger, la meilleure façon de la protéger était de coincer ce psychopathe.

*Il est blessé et sans doute qu'il saigne. Tu dois essayer, car s'il disparaît, Valmont sera un échec et tout aura été vain.*

Il abandonna le drone dans un fossé et démarra sans plus attendre. Les phares devant lui se rapprochaient rapidement. À en juger par leurs faisceaux erratiques, Patural n'était pas un as de la route. Ethan le rattrapa au moment où la R5 se fondait dans la circulation de Clermont-Ferrand. Il choisit de garder ses distances, sans le quitter des yeux.

*Où peut-il bien aller ?*

La filature s'éternisait, Patural semblait vouloir traverser la ville entière. Il n'était plus qu'un véhicule anonyme, perdu dans le trafic. Aucun excès de vitesse, pas d'incivilité : un père rentrant paisiblement chez lui après une journée de travail.

*Bon sang ! Pourvu qu'il ne file pas sur Lyon ou même Paris !*

Ethan le suivait sur une voie rapide quand la R5 se gara subitement sur le bas-côté. Patural en sortit en clopinant et enjamba des rambardes de sécurité. Autour de lui se trouvaient désormais les parkings d'un complexe de salles de cinéma avec billards, bowling et boîte de nuit. Une pluie glacée s'était mise à tomber et, à travers les gouttes, les lumières des enseignes s'étiolaient dans des reflets baveux.

*L'enculé !*

Ethan eut à peine le temps de se garer puis de s'extraire de l'Audi. Au loin, Patural cherchait à se fondre dans la foule. Le jeune homme s'élança à sa poursuite aussi vite que ses jambes le lui permettaient. Il ne pensait plus ni à l'éclat de balle niché dans son dos ni à son handicap. L'adrénaline lui donnait une force nouvelle, insoupçonnée. Il avait perdu Alice, il n'abandonnerait pas Marie.

# 86

Pauline était livide, elle pouvait à peine parler. Elle avait tendu le pistolet à Marie avant de s'affaisser contre un mur. Marie ouvrit un robinet et l'aida à boire, prenant le liquide dans ses mains réunies en coupe. Elle en profita pour se nettoyer le cou.

— Le salaud, il m'a piquée. Je ne sais pas ce que c'est.

Après avoir étanché sa soif, la jeune scientifique murmura quelques mots, au prix d'un gros effort :

— Des antibiotiques… une injection de sulfadiazine. C'est ça qu'il te faut. Un anti-infectieux. La piqûre…

— Quoi ? Qu'est-ce que tu dis ?

Pauline s'appuyait sur l'épaule de Marie qui l'aidait à se relever doucement.

— Partir d'ici. Il est fou. Le parasite.

— Quel parasite ?

Pauline lui expliqua comme elle put. Elle était épuisée.

— Les suicides… Le toxoplasme. C'est lui. Il te pousse à te détruire. La piqûre…

Marie était incrédule.

— Combien de temps avant qu'il n'atteigne le cerveau ?

— Chez un humain, je ne sais pas. Il va vite…

Marie se redressa avant de tituber.

— Je suis avec toi, murmura Pauline.

Elle la serra contre elle.

Marie s'aspergea le visage avec l'eau glacée.

*Garde les idées claires.*

— On se calme, Pauline. Il m'a juste éraflée avec sa bague de théâtre. Si ça se trouve, il n'y a rien dedans. Et si je veux me mettre en l'air, tu es là, hein ! Tu me surveilles.

— Ton arme.

— Quoi ?

— Donne-la-moi, murmura Pauline. Appelle des secours.

— Entendu. Tiens. Je retire même le chargeur. Regarde.

Marie lui tendit la crosse du pistolet. Pauline s'en saisit gauchement. Elle roulait des yeux exténués.

— Hier ou ce matin… une fillette… Il a traîné une gamine au bord du puits.

— Une gamine noire, d'une dizaine d'années ?

Pauline hocha la tête.

*Kayla !*

— Pauline, cette fille a été enlevée. On la cherche depuis deux jours. Si elle est ici, on ne part pas avant de l'avoir retrouvée. Je vais la chercher, tout retourner s'il le faut. Et Norbert Moreau… Ça te dit quelque chose ?

La scientifique fit signe que non. Marie récupéra ses lunettes Valmont qu'elle glissa dans sa poche. Elle songeait soudainement à l'affaire Natascha Kampusch qui s'était déroulée en Autriche : une enfant claquemurée dans un abri souterrain et violée des années durant par son ravisseur.

*Ce salopard s'est suicidé le jour où la petite est parvenue à s'échapper. Moi, je veux que tu crèves en prison de mort lente !*

— On recherche un système de ventilation, une cave ou n'importe quel local, à l'abri des regards. Donne-moi vingt minutes et ne bouge pas, surtout.

Marie partit comme une furie. Elle tapait contre les murs et retournait tout ce qui, au sol, pouvait cacher une trappe, examinant les rideaux et toutes les issues possibles. Partout des plantes en pot, des sculptures africaines, des masques et des habits traditionnels de cérémonies tribales.

*Les réserves d'une putain de boutique des horreurs.*

Pauline entendait Marie qui s'avançait, toujours plus loin à l'intérieur du bâtiment. Elle parvint à se relever et entreprit de se rapprocher de la jeune femme. Marie ne devait pas rester seule, elle ne se rendait pas compte. Qui pouvait savoir ce que ce taré avait concocté à partir du weru noir ? Ce qu'elle avait vu de la plante était si abominable qu'elle puisa au bout de ses forces pour continuer.

— Marie !

Le silence était retombé. Pauline n'entendait même plus les coups sourds portés par la policière dans les murs. Les pièces éclairées par la lune étaient lugubres. Pauline venait de redescendre au rez-de-chaussée par un escalier de bois noir quand elle découvrit Marie, prostrée contre une cheminée.

— Marie, que se passe-t-il ?

La capitaine semblait hébétée. Sous ses pieds, le tapis plongeait dans des teintes d'un bleu-vert maladif et quelque chose frétillait à l'intérieur. Des visages sortaient des murs de la pièce et les pierres elles-mêmes paraissaient onduler comme des vagues.

— Ça commence déjà… Ce n'est pas possible !

Pauline vint la soutenir.

— Tu hallucines. Mais rien n'est vrai, sauf moi. Accroche-toi à mon bras.

— Kayla, murmura Marie. Il faut trouver Kayla.

Soudain, elle rua comme une démente et se jeta contre le mur.

Pauline profita de ce qu'elle lui tournait le dos pour s'emparer d'un vase qu'elle lui brisa sur la tête.

## 87

Quand Marie reprit connaissance, ses yeux se posèrent sur son pied, attaché à la commode par sa propre paire de menottes. À quelques mètres, assise en tailleur, Pauline la regardait. Elle chavirait de fatigue et paraissait plus vieille de dix ans.

— Je suis désolée, Marie. Il le fallait.

— Détache-moi, bordel !

Pauline lui répondit d'une voix atone.

— On va attendre les secours, ils seront bientôt là.

Marie se débattait comme elle pouvait.

— Tu ne saisis pas qu'avant eux d'autres viendront pour s'emparer de Valmont ! Ils nous embarqueront sans nous écouter et Kayla mourra de faim derrière ces murs.

Pauline à son tour ne comprenait plus rien.

— Elle est peut-être déjà morte, lâcha Marie d'une voix sourde.

— On a cherché presque partout, Marie. Pour continuer, il te faut des équipes spécialisées. Et je ne parle pas des caves, infestées par cette saloperie de plante.

La tête de Marie dodelinait.

— Détache-moi, Pauline. J'ai ce qu'il faut dans ma poche. Val va nous aider. Tu vois bien que je n'ai pas la force de me faire du mal. Fais-moi confiance !

Pauline réfléchit une seconde avant de s'exécuter. En se redressant péniblement, Marie vit que la batterie de son téléphone était pratiquement déchargée. Déjà une heure qu'elle avait quitté Ethan. Il allait forcément réagir. La jeune femme posa les lunettes électroniques sur son nez et lança l'application de détection des rayonnements électromagnétiques. Les explications savantes d'Ethan sur les propriétés du logiciel lui revenaient vaguement en mémoire.

— Il faut éteindre la lumière, tirer les rideaux… du noir.

Pauline créa le plus d'obscurité possible. Dans les lunettes, la pièce se recouvrit de voiles frémissants, tantôt bleutés, tantôt gris pâle. Il fallut un moment à Marie pour comprendre qu'il ne s'agissait pas d'hallucinations, cette fois-ci, mais des propriétés de son engin. Elle avait remarqué que les rayonnements apparaissaient plus nettement dans la pénombre. Elle chancelait au milieu du salon.

— *À votre service*, fit la voix.

*Val, trouve-moi cette petite.*

Le tapis s'était dissous dans un sol brumeux, de ce même gris ardoise qui recouvrait le plafond et les murs. Les meubles étaient pareils à des taches sombres. Les premiers trigones apparurent, flous et lointains. Marie fit quelques pas vers la sortie de la pièce. Pas de thermostat ou d'objet connecté autour d'elle. Pauline se tenait dans son dos. Elle aussi avait du mal à avancer. À travers ses lunettes électroniques, les yeux de Marie s'attardaient sur les murs.

*Les ondes doivent pouvoir les traverser.*

Pareilles à des vagues s'échouant sur le sable, des vibrations pulsaient et s'agrandissaient en cercles concentriques, avant de s'estomper dans des reflets glacés.

Quelle pourrait en être l'origine ? Un compteur électrique dernier cri ou une box Internet ?

*Concentre-toi sur les murs.*

Elles avançaient péniblement. La batterie commençait à lâcher. À proximité de la serre, dans ce qui avait dû servir jadis d'entrepôt à outils, une épaisse cloison en stuc était masquée par des plantes grimpantes. Marie recula d'un pas et vit qu'à travers ses lentilles le mur tremblotait.

*Des rayonnements... il y a quelque chose derrière !*

Marie posa sa main sur la paroi avec la même douceur que si elle avait effleuré une peinture rupestre très ancienne. Elle tapota alors la surface et poussa avant de sentir que ses forces l'abandonnaient. Voilà que le mur se déformait. Les hallucinations reprenaient.

*Pas maintenant !*

Pauline vint la soutenir. Quelque chose remua derrière elles. Une présence humaine, Marie en était persuadée.

Dans l'ombre, quelque part, quelqu'un les épiait.

# 88

Un homme s'approcha. Un deuxième sortit de l'ombre. Ils étaient lourdement armés. Dangereux et silencieux comme des chiens de combat. D'autres silhouettes se déployèrent dans la pièce. Les deux femmes gisaient affalées au pied de la cloison. Taylor s'avança en relevant ses lunettes de vision nocturne. Le sourire du chat qui s'apprête à croquer sa proie se dessina sur ses lèvres.

Il vint s'accroupir devant Marie.

— Vous nous avez bien fait courir, capitaine.

Comme elle n'avait plus la force de bouger, l'un des hommes en noir la retourna sur le ventre pour lui mettre les menottes.

— Elle a besoin de soins… souffla Pauline.

— Mais bien sûr, murmura le soldat. Bien sûr…

— Elle est malade. Ne la laissez pas seule.

Le sourire de Taylor se fit plus sinistre encore.

— Pour ça, n'ayez nulle crainte.

Les deux femmes étaient livides. Marie avait les yeux exorbités et Pauline luttait contre la terreur. Qui étaient ces hommes ?

— Il faut qu'elle aille à l'hôpital. Ce salopard l'a piquée. Vous comprenez ?

Le chef la toisait.

— Un médecin l'examinera *après* son placement en garde à vue. Tout comme vous, d'ailleurs.

Un commando releva la scientifique de force et lui tordit les bras dans le dos pour lui passer des bracelets. La jeune femme s'effondra au risque de se déboîter les épaules. Elle murmura :

— Kayla, le mur… Elle est derrière.

On avait allongé Marie sur une civière et deux hommes du GSR la transportaient vers la sortie. Taylor aperçut alors le regard de la policière, qui semblait considérer la mort elle-même, quelque part derrière lui. Taylor avait beau savourer sa victoire, il restait un homme de terrain. Analyser les anomalies et prendre des décisions faisait partie de son ADN. Il se retourna et ses yeux se fixèrent à leur tour sur la cloison. Taylor n'y vit aucun ange de la mort, mais choisit de lever la main. Ses hommes s'arrêtèrent.

— Bélier. Défoncez-moi ce mur.

Dès le premier choc, les briques légères se fendirent. Alors, trois hommes se mirent en position de combat. Taylor recula d'un pas et dégaina un Glock Parabellum. Le second coup révéla une cavité profonde et large. Recroquevillée dans un coin, une fillette se cachait la tête dans les bras.

Taylor entra le premier et s'approcha de la gamine.

— Kayla ?

Le sourire du militaire s'était envolé.

# 89

Quand le commando avait investi la cache, une paire de caméras, fixées au mur et reliées à Internet, étaient pointées vers le lit de l'enfant et les membres connectés du groupe n'avaient rien perdu de la scène. L'intrusion de la policière dans la demeure avait déjà bien gâché le scénario concocté par Thélem qui avait dû retarder les festivités. C'est la vue des policiers libérant l'enfant qui avait plongé l'ancien juge et ses comparses dans la stupeur. Ce dernier s'était déconnecté presque aussitôt, non sans avoir rappelé aux autres la mesure à prendre en pareil cas : lancer immédiatement le programme de nettoyage à distance de leurs ordinateurs. Le contenu des disques durs fut effacé par des passages successifs qui écrasèrent une à une toutes les lignes de code. L'opération était irréversible. Un message s'afficha sur tous les écrans précisant le compte à rebours de la procédure. Les consignes étaient claires et prévues de longue date. Si l'un d'entre eux tombait, les autres disparaissaient. Thélem n'était pas revenu. Des membres des forces de l'ordre avaient découvert la cachette. Le réseau était démantelé. Ce n'était pas la première fois.

Ils avaient toujours su renaître. Et puisque Thélem était hors jeu, quelqu'un n'allait pas tarder à prendre la relève.

L'ancien juge était prêt.

# 90

Disparu ? Impossible !

Le cœur d'Ethan battait à tout rompre. L'éventualité que Patural puisse s'enfuir l'accablait à un tel point qu'il en oubliait son fauteuil, resté à l'arrière de sa voiture. Il se dirigea vers l'entrée du multiplex. Les affiches annonçaient les derniers blockbusters du moment. L'ingénieur regardait dans toutes les directions.

*Salaud, où te caches-tu ?*

Il traversa un hall immense parsemé de distributeurs de billets et de boissons. Une patrouille de six militaires quadrillait la zone avec des fusils automatiques. Ethan n'hésita pas une seconde. Il s'approcha du chef de section et sortit sa carte barrée d'un bandeau tricolore.

— Ethan Milo. Je cherche un vieux, pas très grand et plutôt malingre. Je dirais la soixantaine, genre anonyme.

Le sergent Ayad Sakiet n'avait pas besoin d'un long discours. Lui et les autres appartenaient au programme Sentinelle, un ensemble d'unités mis en place dans le cadre des plans de lutte contre le terrorisme. À force d'être des cibles potentielles, ces soldats avaient développé des réflexes proches de la paranoïa.

Le gradé réunit ses hommes et demanda à Ethan de leur refaire son topo. Un jeune Black réagit :

— Il y a un vieux qui est passé il y a cinq minutes. Il venait du parking. Il est allé directement vers les toilettes. Je l'ai remarqué parce qu'il marchait comme un gars qui veut faire vite sans que ça se voie. Il se tenait l'épaule et…

Le soldat était gêné. Son supérieur lui rentra dedans.

— La suite !

— Il n'avait pas de sac et ne semblait pas armé, chef. J'ai pensé qu'il avait juste une bonne envie de chier.

Le chef de la patrouille allait ajouter quelque chose quand sa radio crachota une information qui lui fit plisser les yeux.

Une valise « abandonnée », devant la boulangerie de la galerie sud.

— Il faut aller voir tout de suite, lança-t-il.

Il se tourna vers Ethan.

— Restez devant les toilettes et ne tentez rien vous-même. Je vous envoie du renfort dès que possible.

L'instant d'après, les militaires étaient partis. De nouveau seul, Ethan songea que le vieux avait tout le temps de se faire la malle.

*Tant pis, tu vas devoir te débrouiller.*

Il prit la direction des sanitaires.

Ces derniers étaient surdimensionnés avec des rangées de cabines individuelles sur dix mètres face à des lavabos équipés d'une glace qui couvrait toute la superficie du mur. En le voyant entrer, deux adolescents ne prirent même pas la peine de dissimuler le joint qu'ils étaient en train de rouler.

Ethan mit un doigt sur les lèvres pour leur intimer de se taire. De la tête il leur indiqua la première porte des toilettes.

*Y a quelqu'un là-dedans ?*

Le premier gamin comprit et fit non avec la main. Pareil pour la deuxième. La troisième… Ethan longeait les sanitaires en poussant lentement les portes du pied quand le deuxième garçon tendit un index vers l'avant-dernière cabine. Il s'était mis à reculer vers la sortie. Son pote le suivit. Ethan se retrouva seul.

Si Patural était planqué là, il était aussi silencieux qu'une tarentule dans son trou. Ethan s'approcha. Il aurait aimé s'accroupir pour voir si quelqu'un était à l'intérieur, mais il n'en était pas capable. Son organisme gorgé d'adrénaline fonctionnait sans douleur et ses jambes suivaient. Jusqu'à quel point ?

Il se mit sur le côté et compta jusqu'à trois avant de se jeter sur la porte qui s'ouvrit à la volée. Un homme terrorisé, le pantalon sur les chevilles, était assis sur le trône.

*Putain, il est où ?*

Le bruit répercuté par le carrelage des murs sonnait encore dans la tête d'Ethan quand une masse jaillit de la dernière cabine et le percuta. Le jeune homme s'effondra sur le dos. Patural était déjà sur lui pour l'étrangler et le griffer avec une bague étrange. Ses maigres forces décuplées par la rage et l'instinct de survie dominaient Ethan, incapable de se retourner. Alors, il choisit de laisser tomber les coups pour parer au plus urgent : la chevalière que le forcené tendait vers sa gorge. La lutte, du fait de sa position, tournait à son désavantage. Les coups pleuvaient sur son visage et son nez. Patural, comme un insecte avec son dard, cherchait le bon endroit pour frapper.

Ethan hurla aussi fort qu'il le pouvait. Le rictus de Patural se rapprocha un peu plus de son visage. Le botaniste pesait de tout son poids sur lui. Son poignet bloqué dans la main du jeune homme descendait inexorablement. La bague n'était plus qu'à quelques millimètres de la peau d'Ethan quand toute pression disparut. Il y eut des bruits de pas, de métal et de portes qui claquent. Ethan fut couvert par une muraille protectrice en treillis.

— C'est fini. Tout va bien.

Le jeune soldat qui avait effacé Patural d'un coup de crosse braquait l'homme inconscient avec son fusil-mitrailleur. Un autre légionnaire tenta de relever Ethan.

— Monsieur ?

— Mes jambes, gémit Ethan. Mes jambes…

Une épée lui transperçait le bas des reins. Alors, un coup de gueule retentit plus fort que les autres. À l'entrée des sanitaires, un homme tentait de franchir le cordon que formaient deux militaires, stoïques comme s'ils gardaient l'accès d'un QG nucléaire.

— Police ! Laissez-moi passer.

— Monsieur…

— Police nationale, nom de Dieu !

Personne n'aurait pu empêcher Thierry Masson d'entrer.

Le commandant déboula à l'intérieur ; il vit Ethan adossé au mur du fond, immobile, mais vivant. Il y avait aussi le corps d'un homme, une plaie à la tête, allongé sur le carrelage. Le sergent de la légion avait déployé son unité pour parer à toute éventualité.

Le commandant s'approcha lentement. Le forcené reposait en chien de fusil, visage contre le sol. Masson lui bloqua les mains dans le dos pour lui passer les menottes.

## 91

*Une semaine plus tard*

On sonna et Marie vint ouvrir. C'était Thierry Masson.

Dans son appartement de la tour Corinthe, les cartons plus nombreux qu'à l'habitude étaient empilés le long des murs.

— Ça sent le déménagement, constata le commandant en faisant quelques pas à l'intérieur.

Elle sourit.

— C'est gentil de passer. Tu es le premier de la brigade à le faire. Tu as envie d'un café ?

Il approuva d'un signe de la tête. Marie disposa deux tasses et Masson prit un sucre.

— Quelles nouvelles, au bureau ?

Le visage de son collègue exprimait une profonde lassitude.

— Lamouche a été convoqué par le directeur central, à Paris. Il va devoir rendre des comptes et ton rapport n'a pas arrangé ses affaires…

— J'ai essayé d'être objective.

Masson haussa les épaules avant d'ajouter :

— Et l'enquête administrative te concernant ?

— Tu as dû croiser mon délégué syndical dans le hall de l'immeuble. Je suis actuellement suspendue. Je risque gros.

— La révocation ? Ils n'oseront pas.

— Bien sûr que si, répliqua Marie. Une seule chose joue en ma faveur dans cette histoire : la petite Kayla a été retrouvée saine et sauve.

Ce n'était pas rien. Masson regarda autour de lui.

— Le déménagement, c'est pour tourner la page ?

— Et comment ! Impossible de continuer à vivre ici, après tout ce qui s'est passé. Et puis, je ne veux plus payer de loyers à ESTTIA Participations et engraisser ce pourri de Charles Menster. J'aurais l'impression de donner directement mon salaire à Lamouche, sa sous-préfète de femme ou qui sais-je encore.

Masson approuva d'un hochement de tête.

— Où vas-tu habiter ?

— J'ai prévu d'acheter une petite maison du côté de Beaumont. Mon divorce a été prononcé avant-hier et mon ex s'est montré moins rapace que je ne le craignais. Quant à ma chère mère, elle souhaite absolument m'aider. Son bellâtre l'a plaquée pour une gamine et elle sent la vieillesse qui arrive. Elle a peur, je crois. Ce retour d'affection est tout sauf désintéressé, mais je prends quand même.

Masson n'osa rien ajouter. Il avait cru comprendre que la vie de Marie était compliquée.

Elle le regardait avec, au fond des yeux, une immense gratitude.

— Je voulais te remercier…

— À propos de quoi ?

— Pour nous avoir cherchés, Ethan et moi.

Masson baissa les yeux, gêné.

— Oh, tu sais, je n'ai pas été parfait dans cette affaire, loin s'en faut. Et je ne doute pas qu'à ma place tu aurais agi pareil.

Masson but une gorgée en s'approchant de la fenêtre. Derrière la vitre, il voyait un chapelet de volcans qui barrait l'horizon ; le puy de Dôme avait la tête dans les nuages. Promesse de pluie pour le lendemain.

— En ce qui concerne Ethan, retrouver son véhicule n'a été qu'une formalité. Il avait emprunté l'Audi du mec de ta mère et, comme la voiture avait été repérée par une vieille dame, Taylor a diffusé le numéro de sa plaque par radio à toutes les patrouilles de la circonscription. Quand l'Audi a été signalée au multiplex, je n'ai eu qu'à descendre de chez moi. J'habite à côté. Malgré mon genou en vrac, je t'avoue que j'ai couru comme un dératé. Je croyais que c'était toi au volant et que tu allais y passer. À aucun moment je n'ai songé à Ethan…

Ces derniers mots, Masson les avait prononcés sans quitter le paysage des yeux. Il semblait soudainement fragile, conscient de la part d'intimité qu'il venait de livrer, sans s'en rendre compte.

— Et Norbert Moreau ? demanda Marie pour l'aider à se reprendre. Qu'est-ce que ça donne ?

Masson se retourna d'un bloc.

— Cauchemardesque. Plus les jours avancent, plus les découvertes macabres s'accumulent. Pour le moment, il est mis en examen pour l'enlèvement et la séquestration de Pauline Lambert et de la petite Kayla, et pour la tentative de meurtre sur Ethan et toi. Mais l'instruction englobe aussi l'association Écoute et bienfaisance et les langues commencent à se délier. Concernant ses activités en Afrique, je crains qu'on n'ait ni le temps ni les moyens de pousser notre enquête jusque-là, mais il a dû s'en donner à cœur joie. Le plus terrible, c'est qu'on se demande combien ils étaient.

— Ils ? C'est-à-dire ?

Masson soupira.

— Il y avait plusieurs caméras dans le réduit où Kayla était cloîtrée, toutes reliées à un système de diffusion via le darknet. Tout a été écrasé à distance dès que Taylor a défoncé le mur. Tu imagines ? Des cinglés pouvaient regarder en live ce qui se passait ! Combien étaient-ils, qui sont-ils, on n'en sait rien… Une seule chose est sûre, la petite allait salement déguster. Les collègues de la police scientifique ont trouvé dans une malle cadenassée tout l'attirail du père Fouettard, version porno : godemichés, menottes et, bien sûr le fouet de rigueur. Traitées au luminol, les lanières ont montré qu'elles étaient barbouillées de sang séché. Certaines taches sont anciennes, d'autres moins.

Masson fit une pause pour permettre à Marie de respirer une seconde.

— Mais ce n'est pas tout. La police scientifique a fait d'autres découvertes ; elle a prélevé des traces ADN dans la cellule, dont deux matchent avec celles de gamines disparues depuis plusieurs années, dans le nord de la France. Ils ont également trouvé des tombes fraîchement creusées au fond du parc.

Marie s'était raidie.

— Des tombes…

— Les expertises sont en cours, on parle d'un véritable ossuaire. Les sépultures ont près de deux mètres de profondeur avec des squelettes de chiens en surface. En descendant plus profondément, vers les premières couches, les collègues sont tombés sur des résidus de vertébrés beaucoup plus gros…

— Sérieux ?

Masson confirma :

— Tu imagines l'ampleur du boulot ? La brigade criminelle de Clermont s'est emparée de l'affaire et quatre collègues ont été détachés en renfort de la Direction interrégionale de la police judiciaire de Lyon. Au total, huit enquêteurs pour animer « SATURNE », une cellule créée pour élucider tous les crimes de Moreau.

*Saturne, le dieu qui dévore des enfants…*

— Ils vont reprendre le listing des disparitions non résolues sur l'ensemble du territoire. Leur problème, c'est que Moreau ciblait des personnes vulnérables et sans papiers, dont le sort n'émouvait pas les foules.

Marie s'était assise, soufflée par l'ampleur de ce que lui confiait son collègue.

— Tu sais, continuait Masson, il existe parfois de véritables lignées de psychopathes. Des groupes ou des familles d'apparence normale qui héritent de génération en génération de comportements psychotiques.

— Tu crois qu'une telle chose pourrait se produire à Clermont-Ferrand ?

— Qui sait ? On a retrouvé des clefs USB et un disque dur visiblement oublié, mais tout est chiffré et les investigations patinent. C'est un gars très méfiant et très malin, ce Moreau. Je n'ai pas le souvenir d'avoir déjà croisé un criminel pareil dans toute ma carrière, ni mes prédécesseurs d'ailleurs.

Marie était abasourdie.

— Comment un pervers de ce calibre a-t-il pu échapper à la brigade aussi longtemps ?

Le commandant s'assit à côté de sa collègue.

— Moreau s'est livré à quelques confidences dans sa dernière audition. Il serait parti en Afrique pour faire de « l'humanitaire », durant une bonne trentaine d'années. Au début, il a erré sur les principaux spots du tourisme sexuel : Banjul en Gambie, Kampala en Ouganda, les stations balnéaires du Kenya… Puis il a entendu parler du Malawi et de ces villages qui pratiquent la « purification sexuelle », dans le Sud profond. L'un d'entre eux était, paraît-il, connu de tous les pédophiles d'Afrique : à leurs yeux, un Eldorado du sexe où les jeunes filles étaient déflorées de façon coutumière et les agresseurs rétribués !

— Ce genre d'endroit existe. Moreau l'a confirmé ?

— Il ne l'a pas dit. En revanche, il nous a parlé d'un autre village qui aurait servi de base arrière à une société secrète nommée Zalhu. Le leader de cette organisation aurait péri avec la plupart de ses hommes, lors d'un raid de l'armée régulière. Moreau en aurait profité pour explorer le site, en compagnie d'un journaliste rencontré au cours de ses pérégrinations douteuses. C'est là qu'il aurait trouvé le weru noir avec des débris humains enchâssés dans ses tiges. Moreau a parlé de crânes d'enfants, de tout petits tibias et d'une fosse sacrificielle où la plante était nourrie comme une divinité.

— Quelle horreur !

— Sur le coup, son penchant d'herboriste a dû prendre le pas sur son appétit sexuel, car il s'est mis en tête d'en rapporter plusieurs graines en France. Selon ses dires, c'est en l'aidant que le journaliste se serait piqué aux épines du weru. Moreau serait tombé sur son cadavre quelques jours plus tard, pendu dans sa chambre d'hôtel.

— C'est là qu'il a compris ce que permettait le weru ? demanda Marie.

Masson secoua négativement la tête.

— Bien après, semble-t-il.

Marie compléta :

— Du coup, après son retour d'Afrique, c'est sous l'identité d'Augustin Patural qu'il a décidé de mener une double vie. Cette plante est devenue son obsession : il a commencé à l'étudier sous toutes les coutures, en la faisant d'abord pousser au dernier étage de la tour Corinthe, là où vivait la famille d'Olivia, placée sous sa coupe. D'où les lampes horticoles.

Masson écoutait sa collègue avec attention.

Elle continuait :

— Peut-être qu'au début il ne savait pas que cette chose était si redoutable. C'est sûrement après le suicide d'Olivia, qui a très bien pu se piquer toute seule en s'approchant trop près du weru, qu'il l'a installée dans la maison des Ormeaux. Par la suite, elle s'est incroyablement développée. Moreau a dû poursuivre ses expériences et comprendre qu'il pouvait concocter une arme parfaite pour des crimes qui le seraient tout autant : pousser au suicide par suggestion parasitaire.

— C'est là que sa chevalière entre en scène, ajouta Masson.

— Oui, le chaton plat de la bague recelait une pointe rétractile. Grâce à celui-ci, Moreau a pu surprendre ses victimes en leur serrant la main. Et si Olivia avait été la première ? Peut-être craignait-il qu'elle le dénonce, lui et son lupanar. C'est bien de cette façon qu'il a dû couper court aux enquêtes du lieutenant stagiaire et de l'employé de Volcans Habitats.

— Probablement, oui…

— Rien qu'avec ça, ce salaud a tué six personnes !

Marie poursuivait :

— Ses premières cibles expérimentales ont dû être les chiens du quartier. Il en a piqué au moins trois, mais la liste devrait s'allonger, grâce aux fouilles dans son jardin.

Masson était atterré.

— Cette histoire de parasite, c'est peut-être vrai, mais ni toi ni moi ne sommes experts et le juge voudra davantage que des hypothèses.

Marie fulminait.

— Pauline Lambert répondra à toutes ses questions, démonstrations à l'appui !

Il haussa les épaules et semblait dubitatif.

— Figure-toi qu'elle a déjà été entendue par un magistrat et que ses propos ont été évasifs, pour le moins. Selon les conclusions du rapport qu'elle lui a adressé, le toxoplasme venu d'Afrique ne serait qu'une « spéculation scientifique ».

— Quoi ? Elle a dit ça ?

Marie était stupéfaite.

— Avec ce qu'elle a vécu dans la fosse ? Et moi qui ai failli y rester, sous ses yeux ! Je ne parle même pas de tous ces chiens « suicidaires », son propre sujet de recherche.

— Le professeur Lambert n'en a pas fait état. Je t'ai apporté la copie de son rapport.

Sa collègue, qui s'était levée d'un bond, se laissa retomber sur un fauteuil.

— De toute façon, Moreau restera à l'ombre jusqu'à la fin de ses jours.

Masson posa sa tasse et la dévisagea, l'air triste.

— Quoi ? demanda-t-elle.

— Son avocat est une pointure qui défend les pires criminels.

— Et alors ?

— Alors il veut négocier.

— Négocier quoi ?

Gêné, Masson s'était de nouveau tourné vers la fenêtre ; il inspectait la rue en contrebas. Un scooter pétaradait au loin.

— Je ne sais pas. Peut-être qu'il a des dossiers à charge, des noms à balancer. Tu trouvais toi-même étrange qu'il ait pu mener ses activités criminelles aussi longtemps, dans une ville de province, sans jamais attirer l'attention ? Il doit posséder des soutiens insoupçonnés.

— Ce n'est pas possible !

— Hélas, si. À un certain niveau d'implications, la criminalité devient intouchable, comme l'argent de la drogue lorsqu'elle est réinjectée dans l'économie légale. Et avec la pédophilie, c'est pareil.

— Moreau ne va quand même pas ressortir libre !

— Non. Mais il pourrait ne pas mourir en prison.

Marie ramassa les tasses sans un mot. Masson la suivit dans la cuisine. Il vit qu'elle pleurait.

— Marie ?

Il posa une main sur son épaule.

— Il prendra cher, Marie. Fais-moi confiance.

## 92

Ethan considéra la canne posée contre sa chaise puis se leva et fit quelques pas dans la chambre aux murs blancs. Debout près de la fenêtre, Claude Gutterman lui adressait un regard admiratif.

— C'est formidable, vous êtes un miraculé.

Ethan sourit :

— Les radios ont montré que l'éclat s'est coincé au bord de ma colonne, comme saisi dans l'os. Il ne bouge plus d'un iota, désormais. Ma cavalcade a eu un effet insoupçonné. Et dire que depuis ma chute dans les toilettes je me croyais définitivement paralysé ; la conséquence a été tout autre. C'était si inattendu, d'ailleurs, que mon cerveau a refusé l'évidence, pendant un moment.

— Vous êtes tiré d'affaire et, d'une certaine façon, c'est à ce psychopathe que vous le devez !

Ethan soupira.

— Tant que cet éclat sera en moi, je ne serai jamais tranquille.

*Il est comme le toxoplasme, il vit à tes dépens.*

Gutterman fit quelques pas en avant.

— Malgré tout ce qui est arrivé, j'espère vous revoir très vite parmi nous, Ethan. Les services ont compris que vous aviez agi dans l'urgence et pour l'intérêt général. L'enquête saura en tenir compte.

La voix était chaleureuse et bienveillante, à l'image du personnage.

Ethan était inquiet.

— Vous oubliez que j'ai joué avec la sécurité nationale. Je risque de passer plus de temps en prison que Moreau lui-même. Et d'être grillé à jamais.

— Mais non ! Rempilez au STSI2, je vous prends. Ce sera le meilleur moyen de revenir dans les bonnes grâces du ministère. J'ai cru comprendre qu'il pourrait retirer sa plainte et enterrer le dossier. Personne n'a intérêt à une mauvaise publicité. Plus les affaires sont énormes, plus elles font de dégâts et cela protège les accusés, paradoxalement.

— Vous le pensez vraiment ?

— La presse est déjà passée à autre chose, répondit le directeur. Quant aux syndicats, ils ont reçu des assurances et leurs représentants ont bien compris qu'il s'agissait de l'intérêt supérieur du pays.

Ethan éprouvait un immense sentiment de gâchis.

— Et Valmont, que va-t-il devenir ?

Son chef haussa les épaules :

— La place Beauvau a demandé au Groupement interministériel de contrôle de déconnecter son serveur principal. Du coup, plus de cerveau. Terminé, Valmont.

Ethan sentit une petite boule se former dans sa gorge, quelque chose qui ressemblait à de la tristesse.

— Ils vont le détruire ?

Son patron le dévisagea.

— L'expérience a été rude, n'est-ce pas ? Imaginez ce que doit ressentir Marie Lesaux. Peut-être que nous sommes allés vite en besogne, que Val était en avance sur son temps. Un peu trop, d'ailleurs…

— Il a parfaitement fonctionné.

— Je le sais, Ethan. Bien au-delà de nos espérances. Mais le politique n'est pas prêt. Si nous étions en Chine, il tournerait déjà à plein régime pour traquer les dissidents.

— Sans lui, on n'aurait jamais stoppé ce prédateur.

Son chef objecta :

— Les algorithmes ne sont que des instruments et, quoi qu'on puisse vous reprocher sur la forme, la différence s'est faite sur votre détermination, à vous et à la capitaine Lesaux.

Ethan massa ses genoux avant de tenter quelques pas de plus.

— Vous n'avez pas répondu à ma question. Ils vont l'éteindre définitivement ?

Gutterman haussa les épaules.

— Je ne veux pas jouer les cyniques, mais j'imagine qu'il va rejoindre un de ces hangars climatisés du ministère de la Défense.

— Et vous ? demanda Ethan. Ils vous ont mis sur le gril ?

Son patron secoua la tête.

— Taylor a tenté de me tirer les vers du nez. L'expérience n'a pas été agréable. Mais vu le manque de psychologie du personnage, vous n'aviez pas grand-chose à craindre.

— Qu'est-ce qu'il voulait savoir ?

— Votre degré de fiabilité.

Gutterman regarda Ethan avec un sourire au coin des lèvres puis se dirigea vers la sortie. Avant d'ouvrir la porte, il se retourna.

— Bon rétablissement, monsieur Milo. Revenez vite. J'ai besoin de vous.

# Épilogue

Le cours de Pauline Lambert à la faculté de médecine s'achevait. Elle rassemblait ses notes tout en voyant le flot des étudiants qui s'écoulait vers le hall. Durant l'heure précédente, les gradins de l'amphithéâtre avaient été bondés et l'air chaud comme dans une étuve. La jeune femme attrapa sa sacoche et marqua un temps d'arrêt en croisant le regard de Marie qui l'attendait devant la sortie. Elles ne s'étaient pas parlé depuis qu'elles avaient frôlé la mort, coincées ensemble dans l'antre de Moreau.

— Tu as un moment pour prendre un café ? demanda Marie en s'approchant.

Alors que Pauline balbutiait une vague réponse, la policière l'examinait. Elle s'était laissé pousser les cheveux, sans parvenir à masquer complètement quelques mèches blanches, traces de son calvaire au fond du puits. Elle avait perdu de sa superbe et semblait lasse, presque négligée.

— J'ai un autre cours…

— Vraiment ? J'ai vérifié sur le planning. Ton nom n'y figure pas avant demain matin.

Pauline détourna les yeux.

— Écoute, je suis venue pour te voir. J'ai essayé de te joindre à plusieurs reprises, continua Marie. Tous mes messages sont restés sans réponse. Accorde-moi quelques minutes. C'est important… pour nous deux.

Pauline la suivit de mauvaise grâce dans une brasserie du quartier. Elles s'assirent un peu à l'écart. Marie n'aimait pas couper les cheveux en quatre, elle lança :

— Tu ne travailles plus sur le toxoplasme ?

Pauline se rembrunit.

— J'ai démissionné du CHU. Je ne veux plus entendre parler de tout ça.

Elle baissa la tête et fixa la table avant d'ajouter :

— J'ai besoin d'oublier.

Marie lissait machinalement un faux pli de la nappe avec le plat de sa main. La caresse du tissu lui permettait de rester concentrée, de tenir les émotions à distance. Elle se souvenait qu'Ethan le faisait souvent.

— Oui, je comprends. L'une de tes anciennes collègues me l'a dit au téléphone, mais j'avais du mal à le croire. L'existence de cette nouvelle variété de toxoplasme représentait à tes yeux une découverte si importante… Tu aurais pu rédiger un article pour *Nature* ou *Science*. Ta renommée était faite.

Le regard de Pauline restait fuyant. Marie insista en essayant d'y mettre les formes. Il lui fallait des réponses.

— J'imagine que le toxoplasme de Moreau t'aurait ouvert les portes des plus grands laboratoires de parasitologie. Les fonds n'auraient pas manqué, et qui sait ce que tu aurais pu découvrir d'autre, grâce à ton expertise ? Je n'arrive pas à comprendre pourquoi tu as tout laissé tomber.

Comme la justification tardait, Marie lança :

— Après ce que nous avons traversé ? Après avoir vu les ravages du weru et m'avoir sauvé la vie comme j'ai sauvé la tienne ?

Les lèvres de la chercheuse tremblèrent.

— Je te l'ai déjà dit : cette histoire m'a fait trop de mal, je veux l'oublier.

Marie ne répondit pas directement. Elle était calme, comme portée par sa propre réflexion.

— Pendant des semaines, je me suis interrogée sur ton attitude et j'ai attendu, aussi. De notre côté, il fallait qu'on fasse tomber Moreau pour pédophilie, bien sûr, mais aussi qu'on rende justice à tous ceux qu'il avait infectés, les tuant par la même occasion. Il fallait démontrer, pour leurs proches et pour leur mémoire, qu'ils ne s'étaient pas suicidés selon le sens commun. Alors bien sûr ton rapport était indispensable, c'était une pièce essentielle au dossier d'accusation. Sans toi, tout ce que nous pouvions dire ou raconter n'était qu'allégations et l'avocat de Moreau se serait fait une joie de nous renvoyer dans les cordes.

Marie marqua une pause avant de reprendre. L'horloge de la brasserie tapait les secondes.

— Le coup de grâce est tombé quand j'ai découvert le rapport d'expertise que tu avais adressé au juge, à sa demande. Ça m'a mise dans une rage folle.

La voix de Marie vibrait sous l'effet d'une colère rétrospective.

Pauline gardait le silence. Le serveur apporta un nouveau café et des verres d'eau. La policière le laissa s'éloigner avant de poursuivre :

— Pourquoi avoir évincé le toxoplasme de tes conclusions ? Sans cette explication, les meurtres d'Olivia, d'Hervé Prigent ou de Daniel Marchand ne tiennent plus et c'est toute l'instruction qui se dégonfle ! Pour le moment, la justice ne voit dans cette ordure qu'un violeur d'enfants alors que c'est l'un des pires tueurs en série que l'Europe ait connus depuis des lustres !

Marie s'efforçait de ne pas élever la voix malgré son indignation qui remontait comme une vague. Pauline restait mutique, les yeux baissés. La discussion prenait des airs de monologue.

— Et puis, j'ai vu qu'un incendie avait ravagé la maison de cet enfoiré. Les pompiers ont relevé plusieurs départs de feu. L'intention criminelle ne fait aucun doute. Le rapport est formel : le brasier a pris dans le sous-sol avant de se propager au reste du bâtiment. Il y avait des traces d'essence dans la serre, dans le cellier et partout où le weru noir avait planté ses racines. Des bidons entiers ont été vidés dans le puits ; les flammes l'ont littéralement vitrifié.

Pauline répliqua soudainement :

— Ce n'est pas toi qui as vécu dans cette fosse, face à lui. Peux-tu seulement imaginer ce que j'ai enduré ? Cette chose n'avait qu'un seul but, me digérer !

Marie secoua la tête.

— Mais bon sang, on tenait enfin Moreau ! On pouvait redonner leur dignité à Prigent, à Marchand, à Olivia et, qui sait, identifier d'autres victimes. Pense à toutes ces familles brisées par l'incompréhension et la culpabilité pour n'avoir rien vu venir, rien pu faire. Il suffisait de ton expertise pour que justice soit faite. Tu avais toute la documentation, tes recherches. Le juge aurait suivi.

Le silence était assourdissant. Marie touillait le fond de sa tasse. Elle posa finalement sa cuillère et se permit de mettre sa main sur celle de Pauline qui frémit.

— C'est la semaine dernière que j'ai compris…

Sa voix était blanche.

— Le centre pénitentiaire de Riom m'a appelée ce matin. C'est là que Moreau attend son procès. On m'a dit qu'il y avait eu un incident.

Marie fit une pause pour être bien certaine d'avoir toute l'attention de la jeune femme.

— Moreau était maintenu à l'écart des autres prisonniers. Tu devines le sort qu'ils réservent aux pédophiles. La prison m'a dit que depuis quelque temps il était sujet à des crises bizarres. Son état se dégradait. Coups de tête dans les murs et attaque sur des gardiens… Une fois, il a profité d'un transfert vers la cellule d'isolement pour se jeter sur le pire assassin de la prison. Un psychopathe tombé pour avoir torturé toute une famille au couteau durant cinq jours, du grand-père à la petite fille, à cause d'une simple querelle de voisinage.

Marie s'interrompit pour boire un peu d'eau. Sa gorge était incroyablement sèche.

— C'était il y a onze jours exactement. Entretemps, je me suis rendue là-bas et j'ai demandé à voir les images de vidéosurveillance. Ce n'était pas la première fois que Moreau provoquait quelqu'un. Il s'en était déjà sorti avec une bonne raclée, administrée par deux dealers de Villeurbanne qu'il avait agressés à mains nues.

Marie poursuivit :

— Sur les images, on le voit dans sa cellule qui tente de s'arracher les veines avec les dents. Tout ça m'a rappelé quelque chose, vois-tu. C'est la raison pour laquelle j'ai demandé à consulter la liste des personnes qui lui avaient rendu visite.

Marie souriait tristement.

— J'imagine qu'il ne t'a pas été difficile de trouver un prétexte pour le rencontrer. Quant au reste… Tu es une scientifique, tu dois savoir comment inoculer un parasite.

Marie avait presque terminé. Pauline n'avait pas bougé. La policière se leva et laissa quelques pièces sur la table. Son café était froid.

— Tu as choisi de sacrifier ta carrière pour assouvir ta vengeance. Mais par la même occasion tu as privé Olivia, Hervé, Daniel et tant d'autres d'une justice qui leur était due. Et ça, tu n'en avais pas le droit.

Marie lui attrapa le menton et le releva doucement.

— Tu l'apprendras tôt ou tard dans la presse, mais je voulais te l'annoncer moi-même. Tu sais pourquoi la prison m'a tirée du lit ce matin ? Moreau ne sera pas jugé. Il ne paiera jamais pour ses crimes. Au petit jour, un gardien l'a trouvé dans sa cellule, tout raide. Il avait été saigné à mort. La pénitentiaire pense qu'ils se sont mis à deux ou trois pour lui faire son affaire.

Pauline soutint le regard de Marie. Une lueur sauvage brûlait dans les yeux de la scientifique. Quelqu'un avait compris. Elle n'était plus une victime et tant pis pour les regrets, pour le moment du moins.

Marie relâcha doucement le menton de celle à qui elle devait la vie puis lui tourna le dos avant de quitter la brasserie. Elle marcha un long moment, sans but. Il fallait qu'elle laisse la tension retomber. En parcourant le jardin Lecoq, Marie comprit qu'autour d'elle le printemps était là : le ciel clair, des parfums capiteux qui montaient des massifs fleuris et ces grappes d'étudiants qui riaient en prenant le frais, à la terrasse d'un restaurant. En regagnant le boulevard, elle vit un chat qui traversait la chaussée en bondissant. Marie ne put s'empêcher de réprimer un frisson. Elle avait consulté la veille son dernier examen de biologie médicale et les résultats étaient encourageants. Le parasite que Moreau lui avait inoculé avec sa chevalière était toujours dans son organisme, mais le traitement aux antibiotiques faisait son œuvre. Quant à son cerveau, nulle trace du toxoplasme, en apparence du moins.

*Pas de pensées suicidaires non plus.*

Marie s'arrêta devant la vitrine d'une librairie ; son regard flottait sur la couverture des livres mis en avant. Au bout d'un moment, elle mit fin à ses rêveries et attrapa son téléphone, sélectionna un numéro et respira profondément avant d'appuyer sur la touche d'appel. L'homme décrocha presque aussitôt. Sa voix était toujours aussi claire et pleine de vie.

— Bonjour Ethan, je ne te dérange pas ?

## NOTES DE L'AUTEUR

### Valmont

Bien que fictif en l'état, le projet Valmont s'inspire d'un logiciel que testent actuellement les forces de police des Midlands de l'Ouest (Royaume-Uni) et d'Anvers (Belgique). Nommé VALCRI (pour Visual Analytics for Sense-Making in Criminal Intelligence Analysis), il est présenté par ses concepteurs comme un « système semi-autonome sémantique d'analyse de renseignements criminels » ; il bénéficie d'un financement de la Commission européenne et possède un site qui lui est dédié :

http://valcri.org/

On notera que, en France, les services de police et de gendarmerie utilisent pour leur part une solution canadienne (COPLINK, rachetée par IBM en 2011), qui se présente comme une plateforme d'analyse de bases de données multiformats. Dans l'Hexagone, elle se nomme ANACRIM. Bien moins innovante que VALCRI, elle permet toutefois de visualiser graphiquement les différents éléments des enquêtes de police. ANACRIM aurait servi dans la traque des tueurs en série Francis Heaulme, Émile

Louis (affaire des disparues de l'Yonne) et plus récemment Nordahl Lelandais.

*Source* : http://www.europe1.fr/societe/le-logiciel-anacrim-sur-les-traces-de-nordahl-lelandais-3543530

Les prouesses technologiques de Valmont ne relèvent pas de la science-fiction. L'extraction automatique de contenus appliquée à la reconnaissance de textes, nommée « scraping », est déjà abondamment utilisée sur Internet, à des fins commerciales. La numérisation des scènes de crimes par « nuages de points » est aussi d'actualité. Les services de gendarmerie font appel à des scanners laser 3D afin de garder intacts des indices potentiels. Dans ce domaine, le logiciel « FaroZone 3D » est très répandu.

*Source* : http://www.leparisien.fr/high-tech/sur-les-scenes-de-crime-faites-entrer-la-3d-07-03-2018-7595400.php

L'application pour smartphone qui permet de localiser les sources d'ondes électromagnétiques pour les représenter de manière graphique dans l'espace existe aussi. Nommée « Architecture of Radio », elle a été conçue par le développeur néerlandais Richard Vijgen.

*Source* : http://www.architectureofradio.com/

**Les « hyènes » du Malawi**

Concernant les « hyènes » du Malawi, bien que désormais interdites d'activité par une loi de leur pays, leurs pratiques persistent dans certaines régions du Sud. Leur existence a été largement révélée par un reportage de la BBC, diffusé en 2016, et intitulé : « The man hired to have sex with children ».

*Source* : http://www.bbc.com/news/magazine-36843769

Pour sa part, le quotidien *Le Monde* a consacré une série de reportages à cette coutume durant l'été 2017.

*Source* : https://www.lemonde.fr/afrique/article/2017/07/23/les-hyenes-du-malawi-ou-le-terrible-apprentissage-du-sexe_5164040_3212.html

Signe que les temps changent, en 2016, une « hyène » a été condamnée par la justice malawite à deux ans de prison pour « pratiques nuisibles ».

**Des souris, un toxoplasme et des hommes**

L'idée de ce roman m'a été donnée par un article du *Monde*, paru en 2017. De fil en aiguille, je suis tombé sur l'ouvrage de Joanna Kubar, entièrement consacré au protozoaire *Toxoplasma gondii* et intitulé : *Un parasite à la conquête du cerveau*, publié en mars 2017 par la maison d'édition EDP Sciences. Mme Kubar est docteur en médecine et chercheuse au CNRS en sciences de la vie dans le domaine de la parasitologie.

*Source* : https://www.lemonde.fr/sciences/article/2017/06/12/notre-cerveau-sous-controle-d-un-parasite_5143206_1650684.html

Très éclairant aussi, l'ouvrage *Moi parasite* de Pierre Kerner (Éditions Belin, 2018). L'auteur est maître de conférences en génétique évolutive du développement à l'université Paris-Denis-Diderot et l'Institut Jacques-Monod.

On peut l'entendre en podcast dans l'émission « Qui sont les parasites ? » sur RFI, avec la journaliste Caroline Lachowsky (« Autour de la question », 12 mars 2018).

*Source* : http://www.rfi.fr/emission/20180312-sont-parasites

Si *Toxoplasma gondii* pousse les souris contaminées à se jeter dans la gueule des chats, il en va de même pour certains chimpanzés, comme l'a démontré une étude du Centre d'écologie fonctionnelle et évolutive (CNRS/université de Montpellier) : des primates infectés par la toxoplasmose sont attirés par l'urine de leur prédateur naturel, le léopard, et non par celle d'autres grands félins.

*Source* : http://www2.cnrs.fr/sites/communique/fichier/cp_toxoplasmose.pdf

Si le toxoplasme entraîne une modification du comportement chez les animaux infectés, qu'en est-il de l'homme ?

Des études scientifiques démontrent que les personnes contaminées par le parasite ont trois à quatre fois plus de chances d'être tuées dans des accidents de la route dus à la vitesse excessive ; on estime qu'un Français sur deux est infecté par ce parasite qui serait, par ailleurs, à l'origine de maladies psychiatriques comme les troubles bipolaires ou la schizophrénie.

« Des expériences menées récemment laissent penser que les hommes infectés seraient plus introvertis et enclins à la méfiance, tandis que les femmes se montreraient à l'inverse plus ouvertes et conviviales. Il a enfin été remarqué que les personnes dont la sérologie à la toxoplasmose est positive sont plus exposées à des tentatives de suicide. »

*Source* : http://sante.lefigaro.fr/actualite/2015/07/19/23957-toxoplasmose-maladie-mentale-lien-troublant

Là, je tenais mon histoire !

Peut-être que le toxoplasme explique la malédiction du pont d'Ouvertou, en Écosse. Situé près du village de Milton, cet ouvrage favoriserait le suicide des chiens (près de six cents auraient sauté délibérément et cinquante seraient morts).

*Source* : http://www.cnews.fr/paranormal/2015-06-26/ecosse-600-chiens-ont-deja-saute-de-ce-pont-hante-706639

À moins qu'il n'y ait un weru noir en contrebas ?

**Une plante carnivore, tueuse de frelons**

Contrairement à ce qui est raconté dans mon roman, c'est à Christian Besson, le jardinier botaniste en charge de la tourbière au jardin des plantes de la ville de Nantes, qu'on doit les premières observations sur la plante carnivore *Sarracenia*, tueuse de frelons asiatiques.

*Source* : http://www.leparisien.fr/sciences/la-sarracenia-la-plante-carnivore-qui-tue-les-frelons-asiatiques-09-08-2015-4999739.php

**Le weru noir**

L'idée d'une plante infectée par un parasite m'a été inspirée par le phytoplasme, qui transforme les végétaux en « plantes zombies ».

*Source* : https://dailygeekshow.com/plante-bacterie-nocive/

Enfin, la capacité du weru à « sentir » sa proie m'a été inspirée par l'incroyable affaire des acacias d'Afrique du Sud.

Comme le résume une étude scientifique publiée dans la revue *New Scientist*, « les acacias transmettent un signal d'alarme aux autres arbres de leur espèce lorsque des antilopes viennent brouter leurs feuilles. Les acacias ainsi grignotés par les mammifères se défendent en faisant monter la teneur en tanin de leurs feuilles [...] ce qui a pour conséquence d'empoisonner les antilopes. Par ailleurs, les acacias s'informent les uns les autres du danger en émettant de l'éthylène (gaz incolore) dans l'air, lequel peut se propager jusqu'à une distance de cinquante mètres. L'éthylène met en garde les autres arbres de l'imminence du danger, lesquels intensifient à leur tour leur propre production de tanin. »

*Source* : *New Scientist* (29 septembre 1990) : « Antelopes activate the acacia's alarm system ».

Pour finir, un mot sur le muséum d'Histoire naturelle de Clermont-Ferrand. Contrairement à ce qu'expérimente Ethan, il n'est pas (pour le moment) accessible aux personnes à mobilité réduite. J'ai donc privilégié le rythme du récit à la réalité.

**Pour retrouver l'auteur**

Twitter : @sylvainforge

Instagram : sylvainforge

Facebook : Sylvain Forge - Auteur

Et son site : http://sylvainforge.webnode.fr/

*Du même auteur :*

Sous la ville, Éditions du Toucan, 2018.
Pire que le mal, Éditions du Toucan, 2017, 2018.
Tension extrême, Éditions Fayard, 2017.
Un parfum de soufre, Éditions du Toucan, 2015.
La Trace du silure, Éditions du Toucan, 2014 ; Le Livre de Poche, 2018.
Le Vallon des Parques, Éditions du Toucan, 2013 ; 2017.

Le Livre de Poche s'engage pour l'environnement en réduisant l'empreinte carbone de ses livres. Celle de cet exemplaire est de :
250 g éq. $CO_2$
Rendez-vous sur
www.livredepoche-durable.fr

PAPIER À BASE DE FIBRES CERTIFIÉES

Composition réalisée par Belle Page

Achevé d'imprimer en France par
CPI BRODARD & TAUPIN (72200 La Flèche)
en février 2020
N° d'impression : 3037793
Dépôt légal 1re publication : mars 2020
LIBRAIRIE GÉNÉRALE FRANÇAISE
21, rue du Montparnasse – 75298 Paris Cedex 06

88/3323/0